블레이드 헌터

김정률 판타지 장편소설
FANTASYSTORY & ADVENTURE

Blade Hunter

4

dream
books
드림북스

블레이드 헌터 4

나이트 리셀

초판 1쇄 인쇄 / 2011년 4월 13일
초판 1쇄 발행 / 2011년 4월 23일

지은이 / 김정률

발행인 / 오영배
편집장 / 허경란
편집 / 신동철, 문보람, 오미정, 윤상현
본문디자인 / 신경선
펴낸 곳 / (주)삼양출판사 · 드림북스

주소 / 서울특별시 강북구 송천동 322-10호
대표 전화 / 02-980-2112 팩스 / 02-983-0660
편집부 전화 / 02-980-2116 팩스 / 02-983-8201
블로그 / blog.naver.com/dreambookss

등록번호 / 제9-00046호
등록일자 / 1999년 3월 11일

ⓒ 김정률, 2011

값 8,000원

ISBN 978-89-542-4204-2   04810
ISBN 978-89-542-4200-4   (세트)

* 지은이와 협의하에 인지는 생략합니다.
* 잘못된 책은 구입한 곳에서 바꾸어 드립니다.

Blade Hunter

블레이드 헌터

김정률 판타지 장편소설

FANTASY STORY & ADVENTURE

4

나이트 라셀

dream books

드림북스

블레이드 헌터

Blade Hunter

Contents

제1장
레오폰의 흑마법사

리셀의 응징은 사뭇 효과적이었다. 할벤 일당의 참상이 장거리 정찰대 전체로 퍼져 나간 이후 파디아에게 눈독을 들이는 자는 더 이상 없었다.

이후 리셀이 소속된 808정찰조는 임무를 맡아 두 번 더 출행했다. 물론 거둔 성과는 없었다. 장거리 정찰대의 활약으로 다수의 병참을 잃은 레오폰 왕국 측에서 사력을 다해 보급 기지를 은폐했기 때문이었다. 때문에 리셀의 정찰조는 번번이 아무런 소득 없이 숙영지로 귀환해야 했다.

각각 열흘과 보름 동안 임무를 수행하고 돌아온 리셀을 파디아가 밝은 표정으로 맞아주었다.

"어서 오세요."

"그래. 혹시 별일은 없었겠지?"

그 말에 파디아가 살짝 얼굴을 붉혔다.

"네. 아무 일도 없었어요."

그녀의 말에 의하면 장거리 정찰조의 병사들은 심지어 리셀의 막사 부근에도 접근하지 않았다고 한다.

"하긴. 그 꼴을 보고도 욕심을 부릴 녀석은 없겠지."

싱긋 미소를 지은 리셀이 걸치고 있던 갑옷을 풀었다.

"제가 도와드릴게요."

밝은 표정의 파디아가 찰싹 달라붙어 거들어주었다.

장거리 정찰조의 임무는 적 병참을 수색하는 것만이 아니다. 다섯 번째 임무에서 808정찰조에게 별도의 명령이 하달되었다. 그것은 바로 소식이 끊어진 아군 전초 기지의 상황을 파악하라는 명령이었다.

열흘가량 사막을 수색한 뒤 귀환 준비를 하던 조원들에게 조장인 터커가 명령서 하나를 꺼내어 흔들었다.

"애석하게도 곧바로 귀환할 수 없을 것 같다. 별도로 받은 명령이 있어."

그 말에 조원들의 얼굴이 살짝 일그러졌다. 주둔지로 돌아가서 푹 쉴 생각을 하고 있었는데 뜻밖의 임무가 기다리고 있는 것이다.

“무슨 임무입니까?”

“이곳에서부터 서남쪽으로 30킬로미터 정도 떨어진 곳에 아군 전초 기지가 있다. 기사 열 명과 이백여 명의 병사들이 주둔하고 있는 곳이지.”

그곳에 전초 기지가 있다는 사실을 익히 알고 있었기에 조원들이 고개를 끄덕였다.

“보름 전부터 그곳과 연락이 되지 않는다고 한다. 해서, 그곳으로 가서 사정을 살피고 오라는 상부의 지시다.”

이백 명 안팎의 병력이 주둔하는 소규모 전초 기지라면 마법 통신용 수정구가 배치되어 있을 리가 없다. 마법 수정구는 그 정도로 비싼 물건이다. 때문에 소식은 통상적으로 전령을 통해 전달되기 마련이다.

그런데 사막이라는 지형은 극도로 위험천만한 장소이다. 오가는 전령들이 유사에 빠져 흔적도 없이 묻히거나, 아니면 매복한 사막 전사들에게 죽임을 당할 가능성을 생각해야 한다. 이런 점을 고려해서 지휘부에서는 부근을 정찰할 예정인 808 정찰조에게 그 임무를 맡긴 것이다. 베릴이 툴툴거리며 배낭에 묻은 모래를 털었다.

“명령이니 어쩔 수 없지. 전초 기지 녀석들의 낯짝이나 보러 가자고.”

조원들이 구시렁거리며 행군 준비를 했다.

그늘 밖으로 나가자 뜨거운 뙤약볕이 내리쬈다. 바람막이 천으로 머리를 감쌌지만 뜨거운 열기가 여지없이 파고들었다. 가죽갑옷에 뚫린 구멍을 통해 김이 모락모락 피어올랐다. 더위에 허덕이던 조원들이 여기저기서 투덜거리기 시작했다.

"정말 이놈의 뜨거운 열기는 도무지 적응이 되지 않는군."

"영지로 돌아가면 라할리아 사막 쪽은 쳐다보지도 않을 거야."

툴툴거리던 조원들이 자신도 모르게 리셀을 쳐다보았다. 리셀은 변함없이 금속제 판금갑옷을 몸에 걸친 채 묵묵히 걷고 있었다. 그들은 씁쓸히 웃으며 고개를 흔들었다. 아마 그들이 리셀처럼 한다면 채 몇 분도 버티지 못하고 실신해버릴 터였다.

'이 더위에 저런 쇳덩이를 걸치는 것은 생각만 해도 끔찍하지.'

'계속 봐왔지만 아무리 봐도 이해가 가지 않아.'

조원들이 힐끔힐끔 쳐다보는 것을 아는지 모르는지 리셀은 행군에 몰두하고 있었다.

갑옷으로 몸에 부담을 주어 마나를 순환시키려는 리셀의 의도는 여지없이 먹혀들어갔다. 그러나 반쪽짜리 성공일 뿐이었다. 아직까지는 리셀 자신의 의지로 마나를 순환시킬 수 없는 실정이었다. 그러나 리셀은 조바심내지 않았다.

'이대로 계속 수련하다 보면 언젠가는 통제가 가능하겠지.'

태양빛에 달아오른 갑옷으로부터 열기가 파고들자 서서히 마나가 순환하기 시작했다. 확장되는 감각을 느끼며 리셀이 살짝 눈을 감았다. 마나가 온몸을 순환하는 감촉은 언제 느껴 봐도 상쾌했다.

"끄으으으으."

고통에 겨운 신음 소리가 서서히 잦아들고 있었다. 바닥에 누워 간헐적으로 경련을 일으키던 털북숭이 사내의 몸이 축 늘어졌다. 하나의 생명이 끊어지는 순간, 적막감이 주위를 감돌았다. 음침한 음성이 정적을 깨뜨렸다.

"후. 이제 끝났는가?"

입을 연 자는 피로 얼룩진 시커먼 로브를 걸친 초로의 사내였다. 눈매가 가늘고 입술이 얇아 몹시 냉혹한 인상을 풍기는 사내가 바닥에 놓여 있던 거무튀튀한 수정구를 집어 들었다. 그 속에는 조금 전 죽은 사내에게서 짜낸 원념이 가득 채워져 있었다.

축 늘어진 사내의 몸은 만신창이였다. 손톱과 발톱은 모조리 뽑혀나갔고 끔찍하게 난자된 전신 곳곳에는 소금이 뿌려져 있었다. 한눈에 보기에도 끔찍한 고문이 가해졌음을 알 수 있었다.

"치워라."

흑포 사내가 손짓을 하자 누군가가 다가와 시체를 들어 올렸다. 얇은 천으로 만든 옷에 바람막이 천으로 얼굴을 가린 전형적인 레오폰 사막 전사의 모습. 그들은 무표정한 눈빛으로 포로의 시체를 들어 구석에 내려놓았다. 구석에는 십여 구의 시체가 쌓여 있었는데, 흘러나온 피가 굳지 않은 것으로 보아 죽은 지 얼마 되지 않은 것 같았다.

"클클. 이렇게 될 줄 알았다면 이놈들도 결코 항복하지 않았을 테지."

구석에 놓인 십여 구의 시체는 전초 기지 주둔군의 유일한 생존자들이었다. 목숨을 건지기 위해 무기를 버리고 항복했지만 종국에는 끔찍한 고문으로 생을 마감해야 했던 불행한 자들인 것이다.

수정구를 품속에 집어넣은 사내가 허리를 폈다. 로브에 말라붙은 피가 우수수 바닥으로 쏟아져 내렸다. 사내의 이름은 자일. 레오폰 왕국에 적을 두고 있는 흑마법사였다. 무심한 눈빛으로 구석에 쌓인 시신을 쳐다보던 자일이 돌연 얼굴을 찡그렸다.

"빌어먹을……. 이 중에 기사의 시체가 한 구만 있었더라도."

지금은 폐허로 변해버린 제국군의 전초 기지에는 모두 열 명의 기사가 있었다. 긍지 있는 제국 기사답게 그들은 단 한 명도 항복하지 않고 최후의 순간까지 저항하다 죽어갔다. 그런데 그들의 시체는 선배 흑마법사들이 모조리 챙겨가 버렸다. 십여 명의 포로와 이백여 구의 시체 중 단 서른 구의 병사 시체만 남겨두고 말이다.

자일의 얼굴에 아쉬움이 서린 것은 바로 그 때문이었다. 만약 기사의 시체가 있었다면 흑마법사에게 꿈의 소환수라 할 수 있는 데스 나이트 제조를 한 번 시도해 볼 수 있었을 것이다. 그러나 데스 나이트 제조는 현재 자일의 실력으로는 꿈도 꿀 수 없는 경지였다. 그 사실을 잘 알고 있었기 때문에 자일은 마음을 억눌렀다.

'우선은 듀라한을 먼저 시도해봐야 해. 그러려면 어둠의 마력을 더 끌어모아야 하지.'

이곳 전초 기지를 습격한 인원은 고작 십여 명이 전부였다. 자일을 비롯한 흑마법사 세 명에 그들을 호위하는 사막 전사 여덟 명이 기지를 점령한 장본인이었다. 고작 열 명이 조금 넘는 인원으로 기사 열 명이 포함된 제국군 이백 명을 전멸시킨 것은 실로 엄청난 전과라고 볼 수 있었다. 그러나 이곳의 특성을 살펴보면 그리 어려운 일도 아니었다.

제국군 전초 기지가 세워진 이곳은 오래전부터 사막 부족들 간의 전쟁이 빈번했던 곳이다. 이곳에 살던 사람들은 약 10년 전 부족 간의 전쟁에 휘말려 모조리 학살당했고 시체는 사막에 묻혔다. 바로 그 사실 때문에 흑마법사들은 작전의 성공을 낙관했다. 시체만 충분히 확보되면 천군만마도 두렵지 않은 것이 흑마법사의 속성이다.

이곳에 도착한 흑마법사들은 가장 먼저 주민들의 시체가 묻힌 곳을 찾았다. 시체는 전초 기지의 뒤편에 집중적으로 묻혀 있었다. 시체의 소재를 파악하자 흑마법사들은 머뭇거림 없이 언데드 소환을 시작했다. 어둠의 마력을 집중시키자 대량의 언데드 몬스터들이 일어났다.

덜그럭 덜그럭.

수를 헤아릴 수 없는 스켈레톤(해골 병사)들이 턱뼈를 맞부딪치며 땅을 뚫고 나왔다. 오래전에 묻혀 뼈만 남은 시체로 소환할 수 있는 것은 오직 스켈레톤뿐이다. 그러나 그 수는 이백 명의 제국 병사들이 감당하기 힘들 정도로 많았다. 그 정도로 많은 시체가 전초 기지 뒤쪽에 묻혀 있었던 것이다.

되살아난 스켈레톤들은 흑마법사들의 조직적인 통제하에 전초 기지 쪽으로 물밀듯 밀려들어 갔다. 언데드 군단을 발견하자 전초 기지에는 비상이 걸렸다.

"적이다! 적의 공습이다."

"흑마법사가 스켈레톤 군단을 대거 소환해 공격해 오고 있다!"

전초 기지에 배치된 제국의 병사들은 하나같이 정예들이었다. 장비도 충실하고 훈련 상태도 좋았다. 그들은 흔들림 없는 태도로 달려나와 스켈레톤 군단을 맞이했다.

흑마법사들이 소환한 스켈레톤의 수는 무려 오백이 넘었다.

사실 스켈레톤의 전투력은 그리 높지 않다. 동작이 느리기 때문에 서넛이 달려들어야 겨우 병사 하나를 상대할 수 있다. 만약 흑마법사들이 없었다면 제국군은 충분히 스켈레톤 군단을 제압할 수 있었을 것이다. 무엇보다도 기지에 배치된 기사들은 스켈레톤 따위로는 감당하기 힘든 실력자들이다. 힘이 실린 그들의 장검에 맞으면 스켈레톤 따위는 단숨에 박살이 나버린다. 따라서 접전 초반에는 제국군 측이 압도적으로 스켈레톤 군단을 밀어붙였다.

그러나 흑마법사들이 가세하자 전황은 판이하게 뒤바뀌었다. 안전한 뒤쪽에서 사막 전사들의 엄호를 받던 흑마법사들이 집중적으로 저주를 걸기 시작했다. 그러자 제국 병사들이 맥없이 쓰러져나갔다. 저주가 발동되자 한창 스켈레톤과 맞서 싸우던 병사들의 안색이 돌연 보라색으로 변했다. 갑자기 팔에 힘이 쭉 빠졌고 다리가 후들거렸다. 투지가 꺾이며 용기가 흔적도 없이 사라졌다. 그리고 맞서 싸우던 스켈레톤에 의해 목숨을 잃었다.

"흑, 흑마법사가 저주를 걸었다!"

당황한 기사들이 포위망 돌파를 시도했다. 저주를 거는 흑마법사를 처리하지 못하면 전황이 암울하다는 사실을 직감한 것이다. 그러나 흑마법사의 앞에는 수를 헤아릴 수 없는 스켈레톤들이 밀집되어 있었다.

무리한 돌파를 감행하던 기사들이 하나둘씩 쓰러졌다. 해골 병사들의 밀집 대형을 뚫지 못하고 힘이 다해 무릎을 꿇은 것이다. 기사들이 모두 쓰러지자 병사들 역시 돌파를 시도했다. 그러나 기본적으로 기사에 비해 실력이 낮은 병사들이 포위망을 뚫을 가능성은 희박했다. 병사들은 해골 병사들에게 둘러싸여 처절한 비명과 함께 생을 마감했다.

"크아아악."

그렇게 쓰러진 제국 병사들은 곧바로 적이 되어버렸다. 흑마법사들이 어둠의 마력을 투여해 죽은 병사들을 구울로 만들어버린 것이다. 몸을 일으킨 구울들은 조금 전까지만 해도 동료였던 병사들에게 괴성을 지르며 달라붙었다. 그러자 더는 돌이킬 수 없을 정도로 전황이 기울어지고 말았다.

구울의 전투력은 스켈레톤보다 월등히 높다. 힘도 세고 민첩할뿐더러 딱딱하게 경직된 육신에는 검도 잘 박히지 않는다. 능히 제국 병사 하나와 맞서 싸울 수 있는 것이다. 구울들이 하나둘씩 가세하자 상황이 암울해졌다. 구울들이 스켈레톤과 뒤섞여 맹공을 가했고 제국군의 전열이 맥없이 허물어졌다. 쓰러진 병사들은 어김없이 구울이 되어 몸을 일으켰다. 종국에는 쓰러진 제국 병사들의 절반 이상이 구울이 되어버렸다.

기사들은 하나 남김없이 언데드 군단과 싸우다 최후를 맞이했으며 병사들도 대부분 쓰러졌다. 고작 십여 명 정도 남자 제국군 병사들은 공포에 질려 무기를 버리고 항복했다. 흑마법사의 잔혹성을 모르고 내린 어리석은 결정인 것이다.

"사, 살려주시오."

제국군의 전초 기지는 그렇게 해서 끝장이 났다. 전초 기지를 점령하고 난 뒤 자일을 제외한 두 명의 흑마법사는 곧바로 다른 곳으로 떠났다. 제국군 시체를 이용해 만들어낸 구울 군단을 고스란히 대동하고 말이다. 몇 구 남지 않은 스켈레톤들은 다시 원래의 백골 형태가 되어 기지 이곳저곳에 널브러졌다.

전투 과정에서 흑마법사들이 불러일으킨 스켈레톤 대부분이 파괴되었다. 두개골이 부서지면 더 이상 스켈레톤으로 일으켜 세울 수 없다. 그리하여 자일에게 남겨진 것은 십여 명의 포로와 구울이 되지 않은 서른 구 정도의 시체뿐이었다. 흑마법사 중 가장 신분이 높은 자가 자일에게 엄명을 내렸다.

"제국군 전초 기지에서 탈출한 자는 아무도 없다. 그러므로 틀림없이 이곳의 정황을 살피기 위해 정찰대가 파견될 것이다. 운이 좋으면 그중에 장거리 정찰대가 있을 수도 있다. 그대는 이곳에 남아서 기어들어오는 제국의 정찰대를 남김없이 때려잡도록 하라."

실력이 가장 떨어지는 자일로서는 받아들일 수밖에 없는 명령이었다.

"알겠습니다. 그리하겠습니다."

십여 명의 포로라면 상당히 많은 양의 원념을 짜낼 수 있기 때문에 자일은 호위를 맡은 사막 전사 두 명과 함께 기지에 남았다. 철수 명령이 떨어질 때까지 전초 기지를 지키는 것이 자일에게 내려진 임무의 전부였다.

"지루하군."

상념을 접어 넣은 자일이 고개를 돌렸다. 그를 유심히 쳐다보던 사막 전사 한 명이 흠칫 놀라 고개를 돌렸다. 사막 전사의 눈동자에 담긴 경외와 공포감을 간파한 자일이 유쾌한 미소를 지었다.

'흐흐흐. 이제야 이 몸의 두려움을 알아보는 겐가?'

호위로 붙은 사막 전사들은 하나같이 실력이 검증된 경험 많은 전사들이다. 처음 배치되었을 당시 그들의 눈에는 못마땅하다는 기색이 역력했다. 긍지 높은 전사로서 시체 따위나 만지작거리는 흑마법사를 지켜야 한다는 사실이 내킬 리가 없는 것이다.

하지만 여러 번의 전투를 겪으며 그 시선은 판이하게 뒤바뀌었다. 언데드 군단을 몰고 다니는 흑마법사들은 그들 전사들이 상상도 하기 힘든 전과를 거두고 있었다. 고작 십여 명으로 이백 명이 넘는 제국군이 주둔한 전초 기지를 점령하는 것은 전사들에겐 상상조차 하기 힘든 일이다. 만약 사막 전사들로만 공격했다면 족히 백 명은 동원되었어야 가능했을 것이며 사상자도 절반 이상이 발생했을 터였다.

유쾌한 눈빛으로 전사들을 뚫어지게 쳐다보던 그의 안색이 확 바뀌었다.

"응?"

자일이 서둘러 품속의 수정구를 꺼내어 들여다보았다. 그의 입가에 냉혹한 미소가 그려졌다.

"드디어 손님이 방문했군."

그는 전초 기지 입구에 마법적 처리가 된 스켈레톤의 두개골을 설치해 두었다. 거기에 뭔가가 감지된 것이다. 전사들이 조심스럽게 다가왔다.

"적입니까?"

"그렇다. 숫자는 십여 명 정도, 규모를 보니 아무래도 제국군의 장거리 정찰대 같다."

그 말에 사막 전사들의 얼굴이 밝아졌다. 제국군의 장거리 정찰대는 사막 전사들에게 한마디로 눈엣가시나 다름없었다. 사막에서 가장 중요한 병참선을 교란시키는 놈들이니 눈길이 고울 수가 없는 것이다.

"어떻게 하실 생각입니까?"

"우선 놈들을 깊숙이 끌어들인다. 응? 저건 뭐지? 아! 데저트 렙터로군. 데저트 렙터가 있는 것을 보니 장거리 정찰대가 확실하군."

자일이 회심의 미소를 지으며 수정구를 다시 품속에 집어넣었다.

"놈들이 깊숙이 들어올 때까지 기다린다. 시체의 배치는 끝났겠지?"

"물론입니다. 건물 안에다 보이지 않게 늘어놓았습니다."

"좋아. 한 놈도 놓치지 않고 모조리 처리하기로 한다."

자일의 입가에 묘한 미소가 떠올라 있었다. 제국군의 장거리 정찰대라면 틀림없이 기사 한두 명은 배치되어 있을 것이다. 그 시체를 이용한다면 듀라한 소환을 시도해볼 수 있으리란 기대감에 자일의 걸음걸이가 조금 빨라졌다.

리셀이 소속된 808정찰조는 전초 기지의 외곽으로 접어들었다. 그런데 조원들의 안색은 하나같이 딱딱하게 굳어 있었다.

'뭔가 이상이 있어.'

'적의 습격을 받은 것인가?'

전초 기지 외곽에는 감시초소가 설치되어 있다. 그런데 초소 안에 배치되어 있어야 할 초병의 모습이 하나도 보이지 않았다. 심지어 기지 입구에서도 사람의 그림자를 찾아볼 수 없었다. 터커의 이맛살이 조심스럽게 접혀 들어갔다.

'분명 무슨 일이 생겼군.'

베릴이 조심스럽게 다가와서 입을 열었다.

"어떻게 할까요?"

"조사를 해봐야지. 안에 적이 남아 있는지, 그리고 기지의 병사들이 어떻게 되었는지 말이야."

"위험하지 않을까요?"

"위험해도 어쩔 수 없는 일이지."

얼굴을 찌푸린 터커가 손을 들어 올렸다. 수신호를 본 조원들이 조심스럽게 전초 기지 안으로 진입해 들어갔다. 그러나 그들은 보지 못했다. 초소의 망루 위에 놓인 조그마한 두개골의 눈구멍에서 간헐적으로 괴이한 빛이 뿜어진다는 사실을 말이다. 워낙 작았기 때문에 조원들은 두개골을 발견하지 못했다.

기지 내부는 적막하기 그지없었다. 눈을 씻고 둘러보아도 사람의 그림자를 찾아볼 수 없었다. 원래 이곳은 폐허가 된 사막 부족의 마을을 이용해 만들어진 기지였다. 마을 한가운데 우물이 있기에 제국군의 주둔이 가능했다. 그런데 지금 보는 기지는 완전히 유령 마을이나 다름없었다. 베릴이 눈을 가늘게 뜨고 바닥을 살폈다.

"혈흔이 있습니다. 아무래도 이곳에서 전투가 벌어진 것 같습니다."

"그런 것 같군. 이 정도 핏자국이면 사상자가 상당히 발생했을 것 같은데 시체는 도대체 어디로 갔지?"

터커가 이해하기 힘들다는 듯 고개를 갸웃거렸다. 사막 부족들은 매장을 선호하지 않는다. 그래서 전투가 끝나더라도 죽은 전사들의 시체를 수습해가는 일은 드물다. 오로지 신분이 높은 귀족의 시체만을 챙겨갈 뿐이었다. 그런데 아무리 주위를 살펴보아도 시체가 보이지 않았다. 하다못해 죽은 제국 병사의 시체라도 보여야 정상인데 그렇지 않은 것이다.

"어쩔 수 없군. 막사 쪽으로 더 들어가 보도록 하자."

"적군이 있을지도 모릅니다."

"그 정도 위험은 감수할 수밖에. 기지의 상황을 명확히 파악해 오라는 명령이었다."

808정찰조의 조원들이 조심스럽게 기지 안쪽으로 진입해 들어갔다. 높은 망루 위에서 그들을 내려다보는 해골의 눈빛이 점점 더 소름 끼치는 빛으로 변해갔다.

기지의 가장 중심 부분까지 접근했지만 인적은 느껴지지 않았다. 발견되는 것은 오로지 핏자국뿐이었다.

"기지를 습격한 녀석들이 모두 철수했나 보군."

"정황을 보니 기지의 모든 인원을 포로로 붙잡아 간 것 같습니다. 그렇지 않고서야 설명이 되지 않습니다."

"아직은 모르는 일이야. 우선 막사의 상황을 살펴보기로 한다."

조원들이 막사 쪽으로 조심스럽게 움직였다. 리셀 역시 그런 조원들의 뒤를 따랐다. 첨병 역할을 하는 베릴이 반쯤 열린 막사 내부를 들여다보려 했다. 그때 이변이 일어났다.

"끼아아악!"

뭔가가 막사 안에서 불쑥 튀어나왔다. 거무튀튀한 손톱이 베릴의 목덜미로 파고들었다. 막 내부를 들여 보려던 베릴이 혼비백산해서 방패를 들어 올렸다.

가가가각.

소름 끼치는 소리와 함께 방패 표면이 푹 패여 들어갔다. 베릴의 당황한 음성이 울려 퍼졌다.

"구, 구울입니다!"

느닷없이 막사에서 튀어나온 것은 언데드 몬스터의 일종인 구울이었다. 퀭한 눈동자에 귀밑까지 찢어진 입에서는 침이 줄줄 흘러내렸다. 흉측한 몰골의 구울이 길게 자라난 손톱을 치켜들고 괴성을 내질렀다. 구울을 본 조원들이 깜짝 놀라 뒤로 주춤 물러섰다.

"흑마법사야. 흑마법사가 이곳에 있어."

막사 입구에 버티고 선 구울은 넝마가 된 제국군의 군복을 입고 있었다. 다시 말해 제국 병사의 시체로 소환해 낸 구울인 것이다. 터커는 정신이 번쩍 드는 것을 느꼈다.

"빠져나가야 해. 이곳은 함정이야."

앞을 가로막은 구울은 단 한 구, 숙련된 병사라면 어렵지 않게 상대할 수 있다. 그러나 구울을 소환해 낸 흑마법사가 막사 안에 도사리고 있을지도 모르는 상황이었다.

"철수한다. 모두 기지를 빠져나가……. 헉!"

몸을 돌린 터커의 눈이 툭 불거졌다. 어느새 시커먼 그림자들이 나타나 그들이 들어온 진입로를 가득 메우고 있었다.

"키이이이."

"캬아악."

십여 구의 구울들이 나타나 진입로를 틀어막았다. 정황을 보니 건물 안에 숨어 있다가 튀어나온 것 같았다. 그들이 지켜보는 사이에도 계속해서 구울들이 튀어나오고 있었다. 구울의 수가 스무 구를 넘어서자 터커가 혀를 찼다.

"뚫고 나가기 힘들 것 같군."

좁디좁은 길을 구울들이 완전히 틀어막은 상황이었다. 808 정찰조는 흑마법사들이 파놓은 함정에 제대로 빠져버린 것이다. 터커가 어쩔 수 없다는 듯 명령을 내렸다.

"모두 방어 태세로 전환한다. 구울의 손톱에 독이 있으니 긁히지 않도록 조심하라."

말을 마친 터커가 끌고 온 데저트 렙터의 고삐를 움켜쥐었다. 어떻게든 빠져나가서 전초 기지의 상황을 알려야 하는 것이 그에게 부여된 임무였다. 그러던 사이 구울들이 일제히 달려들었다.

노릿한 구울의 눈동자는 보기만 해도 소름이 끼쳤다. 구울들은 머뭇거림 없이 공격을 시작했다. 녹색빛이 번들거리는 갈고리 같은 손톱이 조원들의 목덜미를 노렸다. 그러나 장거리 정찰조의 조원들은 하나같이 혹독히 훈련받은 정예들이다.

조원들이 능숙하게 방패로 공격을 막은 다음 병기를 휘두르기 시작했다.

"가급적 둔기를 써라. 그게 구울에게 효과적이다. 머리를 공격해."

"틈이 벌어져서는 안 돼. 방진을 허물어뜨리지 마라."

위협적인 구울 무리의 공세였지만 정찰조원들은 쉽사리 밀리지 않고 맞서 싸웠다. 스무 구 정도의 구울이라면 그리 버거운 적이라 볼 수 없었다. 그러나 숨어 있던 흑마법사가 등장하자 상황이 급변했다.

"클클클. 어서들 오거라."

막사 안에서 흘러나온 늙수그레한 음성. 이어 십여 구의 구울들이 막사 안에서 쏟아져 나왔다. 그 뒤를 이어 검은 로브를 걸친 자일이 사막 전사들의 호위를 받으며 등장했다. 그는 나타나기 무섭게 방진을 형성한 정찰조원들에게 저주를 걸었다. 이미 그는 막사 안에서 충분히 캐스팅을 해둔 상태였다. 그의 몸에서 뿜어져 나온 음차원의 마나가 맹렬히 재배열되며 저주를 발현시켰다.

"커어억!"

베릴의 입에서 돌연 비명이 터져 나왔다. 잔뜩 일그러진 그의 얼굴은 어느덧 보랏빛으로 물들어 있었다. 메이스를 든 팔에서 힘이 빠져나가며 다리가 후들거렸다. 눈앞이 침침해지며 상대하는 구울의 모습이 여러 개로 보였다.

"저, 저주야. 흑마법사가 저주를 걸었어."

비틀거리는 베릴을 향해 구울들이 맹공격을 가했다. 저주에 걸려 정신이 오락가락하는 베릴은 도저히 그것을 막아낼 수가 없었다. 위기의 순간, 옆에 있던 조원이 베릴을 방진 안으로 끌어들였다. 베릴을 노리고 집중되던 구울의 공격은 그가 방패로 막아냈다.

"흐흐흐. 동료애가 보통이 아니군. 그런데 네놈은 누가 구해줄까?"

자일이 손가락을 뻗자 베릴을 구해낸 조원의 얼굴도 보랏빛으로 물들었다. 그 모습을 본 터커는 사색이 되었다.

"이대로 간다면 전멸이야."

그가 돌연 입술을 질끈 깨물었다. 조원들이 전멸하더라도 이 사실을 본부에 알려야 한다. 그것이 그에게 부여된 임무였다.

마음을 정한 그는 신속한 동작으로 데저트 렙터의 등에 올라타려 했다. 구울들이 조원들과 맞서 싸우는 지금이라면 돌파가 가능할 것 같았다. 데저트 렙터의 스피드를 감안할 때 인간보다도 느린 구울들이 따라잡을 수 있을 리가 없었다. 하지만 자일의 마수가 데저트 렙터에게 뻗치자 사정은 달라졌다.

"캬아아악."

돌연 데저트 렙터가 괴성을 내질렀다. 자일이 데저트 렙터에게 저주를 건 것이다. 어느새 동체가 보랏빛으로 물든 데저트 렙터가 비틀거리다 힘없이 바닥에 주저앉았다. 도주하려던 터커 역시 저주에 걸려 낯빛이 변해 있었다.

"끄, 끝장이야."

터커는 눈앞이 캄캄해지는 것을 느꼈다. 직업 군인이 된 그 순간부터 죽음을 항상 염두에 두고 있었다지만 자신의 시체가 흑마법사의 장난감이 되는 것만은 정말 싫었다.

리셀은 방진의 중심부에 서서 싸우고 있었다. 구울을 상대하는 것은 생각보다 까다로웠다.

푸캉.

리셀의 장검이 정확히 적중했지만 구울의 몸통은 절단되지 않았다. 몸통의 반이 잘려나간 구울이 흉흉한 눈빛을 내뿜으며 기성을 내질렀다.

"캬아아악."

인간이라면 벌써 죽어 넘어졌을 상처지만 언데드에겐 그리 큰 타격이 아니다. 경직된 근육과 피부는 구울이 가진 가장 큰 무기였다.

"몸통이 무척이나 단단하군."

얼굴을 찡그린 리셀의 눈에 동료들의 모습이 들어왔다. 누구 할 것 없이 얼굴이 보랏빛으로 물든 채 비틀거리는 모습이 금방이라도 쓰러질 것처럼 보였다. 깜짝 놀란 리셀이 고개를 돌렸다. 그때 그는 느낄 수 있었다. 묘한 느낌을 주는 이질적인 마나가 몸속을 파고드는 것을 말이다.

'이것이 흑마법사의 저주인가?'

그러나 저주는 리셀의 몸에 아무런 영향을 미치지 못했다. 갑옷의 열기로 인해 리셀의 몸속을 마나가 맹렬히 순환하고 있는 상황이다. 저주는 그런 리셀 몸속의 마나 흐름과 상쇄되어 효과를 발휘하지 못하고 덧없이 사라져버렸다.

'흑마법사를 처리해야 해. 그러지 않는다면 승산이 없어.'

마음을 정한 리셀이 땅을 강하게 박찼다.

쿠당탕.

상대하던 구울 두 마리가 리셀에게 밀려 뒤로 나가자빠졌다. 그 사이로 몸을 빼낸 리셀이 일직선으로 흑마법사를 향해 달려가기 시작했다.

"저놈이 정찰조에 속한 기사인가 보군. 엥? 이 더위에 판금 갑옷을 뒤집어쓰고 있어? 미친놈."

어처구니없다는 듯 머리를 흔든 자일이 재빨리 구울들에게 명령을 내렸다. 그러자 십여 구의 구울들이 일렬로 늘어서서 앞을 틀어막았다.

그것을 확인하고 나자 자일이 달려오는 리셀에게 저주를 걸었다. 조금 전 정찰조원들에게 걸었던 것보다 지독하고 효과적인 저주라서 자일은 기사의 돌진을 어렵지 않게 막을 것이라 자신했다. 그러나 예상은 여지없이 빗나가버렸다.

"뭐, 뭐야?"

　자일의 눈이 찢어질 듯 부릅떠졌다. 분명 충분한 음차원의 마나를 퍼부어 저주를 걸었다. 그런데 저주는 발현되지 않고 묘한 마나의 흐름에 휘말려 사라져버렸다.

　"어찌 된 일이지?"

　당황한 자일이 재차 저주를 걸었다. 그러나 이번에도 저주는 실현되지 않았다. 그러던 사이 리셀이 십여 구의 구울과 맞닥뜨렸다. 자일이 망설임 없이 명령을 내렸다.

　"놈을 막아라."

　명을 받자 구울들이 맹렬한 기세로 달려들었다. 이를 지켜보고 있던 리셀은 재빨리 판단을 내렸다.

　'이대로 발목이 잡힌다면 아무것도 할 수 없어.'

　다행히 구울의 무기는 날카로운 손톱이 전부이다. 손톱만으로는 판금갑옷을 입은 리셀에게 그리 큰 타격을 입히지 못한다. 그것을 믿은 리셀은 구울의 공격에 일절 대응하지 않고 돌파했다. 파고드는 리셀의 전신에 구울의 손톱이 작렬했다.

　콰지지직.

　소름 끼치는 소리와 함께 리셀의 갑옷이 보기 흉하게 패여들어갔다. 구울의 손톱은 금속제 갑옷마저도 우그러뜨리는 위력을 지녔다. 그러나 갑옷 아래 리셀의 육신에까지는 영향을 미치지 못했다. 구울의 공격을 갑옷으로 받아낸 리셀이 흔들림 없이 흑마법사를 향해 짓쳐 들어갔다.

　"뭐, 뭐야?"

깜짝 놀란 자일의 눈이 휘둥그레졌다. 철석같이 믿었던 구울들이 기사의 발목을 잡지 못한 것이다. 다급해진 그가 사막 전사들을 쳐다보았다.

"마, 막아라."

사막 전사들은 그가 명령을 내리기 전에 이미 몸을 날리고 있었다. 흑마법사를 지키는 것은 그들에게 내려진 소명이다. 시퍼런 빛을 줄기줄기 토해내는 시미터 두 자루가 리셸의 전신을 종횡무진 쪼개어 들어왔다.

"이런!"

살짝 입술을 깨문 리셸이 장검을 들어 시미터를 가로막았다. 구울의 손톱은 어떻게 버텨낸 판금갑옷이지만 시미터까진 막아내지 못한다. 쌍검을 쓰는 호레이살 부족과는 달리 전사들은 단 한 자루의 시미터만을 들고 있었다. 시미터에 실린 힘은 분명 리셸의 갑옷을 부수고도 남을 정도일 것이다.

챙 촤촹 챵.

허공에 불똥이 자욱하게 흩뿌려졌다. 리셸이 정신없이 장검을 휘둘러 공방을 나누었다. 그러나 상황은 결코 리셸에게 유리하지 않았다. 어이없이 포위망을 돌파당한 구울들이 어슬렁거리며 다가오고 있었고 사막 전사들은 호락호락 길을 열어주지 않았다. 반면 구울들에게 포위당한 정찰조원들은 금방이라도 쓰러질 듯 위태로운 상황.

'이대로는 안 되겠어.'

입술을 깨문 리셀이 장검에 가일층 힘을 불어넣었다. 그러나 상대하는 전사들은 하나같이 산전수전 다 겪은 노련한 자들이었다. 밀고 당기기를 거듭하며 결코 길을 열어주지 않았다. 마음이 급해진 리셀의 귓전에 나지막한 음성이 파고들었다.

"셋을 세고 뒤로 빠져라. 놈에게 마법을 퍼부을 것이다."

겨우겨우 알아들을 수 있는 레오폰 말이었다. 리셀의 입꼬리가 묘하게 비틀어졌다.

'내가 레오폰 말을 못 알아들을 것이라 생각했나 보군.'

내심 파디아에게서 레오폰 말을 배워둔 것이 천만다행이라는 생각이 들었다. 잠시 후 셋을 다 셌는지 전사들이 시미터를 강하게 휘둘러 거리를 벌린 뒤 뒤로 쭉 물러났다. 리셀은 생각할 것도 없다는 듯 바짝 따라붙었다. 전사들과 거리가 벌어진다면 흑마법사의 마법 공격이 작렬할 것이기 때문에 리셀의 입장에서는 어떻게든 거리를 좁혀야 했다.

자일이 입술을 깨물었다. 제국 기사에게 연거푸 저주를 걸었지만 무슨 이유에서인지 걸리지 않는다. 때문에 그는 상당히 위력이 있는 파괴 마법을 캐스팅해놓은 상태였다. 그의 손에서는 소름 끼치는 빛을 내뿜는 광구가 이글거리며 방전하고 있었다.

화르르르.

사막 전사들과의 거리가 벌어지는 순간 캐스팅해놓은 마법을 쏘아붙일 생각이었다. 그러나 제국 기사는 자신의 내심을 알아차리기라도 한 듯 전사들과 바짝 달라붙어 좀처럼 떨어지려 하지 않았다. 더 이상 지체할 수는 없었다. 시간이 더 지난다면 힘겹게 캐스팅해놓은 마법이 소멸되어버릴 것이다.

'어쩔 수 없지.'

흑마법사답게 자일은 인명을 매우 경시하는 성품을 지녔다. 비록 지금까지 자신을 호위해 주던 사막 전사일지라도 지금 이 순간 그에겐 방해물일 뿐이었다. 더 이상 지체할 수 없다고 판단한 자일이 마법을 발동시켰다.

"날 원망하지 마라."

방전하는 구슬이 급격히 커지더니 리셀이 있는 방향으로 쏜살같이 쏘아졌다. 이어진 것은 가공할 만한 폭발이었다.

콰콰콰쾅.

시뻘건 불꽃을 내뿜으며 작렬한 파괴 마법의 후폭풍이 뒤엉켜 싸우던 세 사람을 송두리째 뒤덮어버렸다. 바닥에 깔린 모래가 폭발에 휘말려 떠올랐다가 우수수 떨어져 내렸다.

"아쉽지만 구울 군단이 남아 있으니."

쓴웃음을 지은 자일이 마법으로 바람을 불러일으켜 모락모락 피어나는 연기를 날려버렸다. 바람에 모래먼지가 걷히며 장내의 참혹한 모습이 드러났다. 가장 먼저 눈에 들어오는 것은 바닥에 큰대자로 뻗어 있는 사막 전사 하나였다. 폭발에 휘

말리는 과정에서 모래 알갱이가 전신에 박혀 피투성이가 되어
있었다.

그리고 그 옆에 비틀거리며 힘없이 주저앉는 또 다른 사막
전사의 모습이 보였다. 자일에게 원망 어린 시선을 보내는 것
도 잠시, 사막 전사가 맥없이 바닥에 고꾸라졌다. 그런데 판금
갑옷을 뒤집어쓴 제국 기사의 종적이 묘연했다.

"뭐야? 영향을 받지 않았을 리가 없는데?"

이해할 수 없다는 듯 고개를 갸웃거리던 자일의 눈이 커졌
다. 죽은 듯 쓰러진 사막 전사의 몸이 뒤집히며 시커먼 뭔가가
쏜살같이 튀어나왔다. 그게 목표로 했던 제국 기사란 사실을
알아차린 자일이 다급하게 고함을 질렀다.

"마, 막아라!"

구울 무리의 반응속도는 생각보다 느렸다. 눈 깜짝할 사이
에 코앞까지 다가온 제국 기사를 보며 자일이 반사적으로 캐
스팅을 했다. 그러나 애석하게도 그는 캐스팅을 끝맺지 못했
다.

촤아아악.

리셀은 아무런 망설임 없이 검을 자일의 목에 찔러 넣었다.
위기에 빠진 동료들 때문에 적의 사정을 봐줄 틈은 없었다.

"커어억."

묵직한 비명 소리와 함께 자일의 몸이 작살에 꿰인 물고기
처럼 파르르 떨렸다. 이어 리셀이 검을 뽑자 자일은 쩍 벌어진

목 사이로 피를 내뿜으며 힘없이 뒤로 나동그라졌다. 리셀이 급히 고개를 돌렸다.

"다행이로군."

흑마법사가 죽자 구울들은 원래의 형태인 시체로 돌아가기 시작했다. 다른 쪽에서 동료들을 둘러싼 채 맹공을 퍼붓던 구울들 역시 바닥에 풀썩풀썩 쓰러지고 있었다.

리셀의 몸 상태는 엉망이었다. 직접적으로 작용하는 마법에 대해서는 저항력이 강했지만 이처럼 범위 공격을 가하는 마법 앞에는 보통 사람이나 다를 바 없다. 그러나 리셀은 마법이 작용하는 순간을 정확히 간파할 수 있었다. 마나의 흐름에 대해 보통 사람보다 몇 배나 민감하기 때문이었다.

막 마법이 작렬하여 폭발이 일어난 순간 리셀은 정확히 타이밍을 맞춰 사각지대로 몸을 피했다. 맞서 싸우던 사막 전사의 몸이 폭발에 휘말려 붕 떠오를 때 리셀은 도리어 그의 몸 아래로 파고들었다. 그곳이 폭발에서 가장 안전한 장소였다. 그러나 사막 전사는 그 급박한 와중에서도 자신의 임무를 잊지 않았다.

"이, 이놈이!"

버럭 고함을 내지른 사막 전사가 시미티를 거꾸로 잡고 리셀을 향해 내려찍었다.

콰직.

날카로운 시미터의 날이 만신창이가 된 갑옷을 꿰뚫고 리셀의 몸속으로 파고들었다. 그 순간 폭발이 사방을 완전히 휘감아버렸다.

콰아아앙.

폭발은 사막 전사의 몸으로 집중되었다. 간발의 차이로 밑으로 파고든 리셀은 사막 전사가 방패가 되어준 덕분에 그리 큰 영향을 받지 않았다. 폭발로 비산한 모래 알갱이는 엉망이 된 판금갑옷이 막아주었다. 이것이 작렬한 파괴 마법으로부터 리셀이 무사할 수 있었던 이유였다.

그러나 한 사람의 생명을 앗아간 강렬한 마법에서 온전할 순 없는 노릇. 엉망으로 찌그러지고 패인 갑옷 틈새에서 피가 줄줄 흘러내렸다. 전신에서 아릿한 통증이 전해졌지만 리셀은 억지로 몸을 추슬렀다.

"조원들은 어떻게 되었을까?"

흑마법사의 사망으로 인해 소환된 구울들은 모조리 원래의 형태인 시체로 돌아갔다. 그리고 조원들의 생명력을 갉아먹던 저주 역시 풀린 상태였다.

"괘, 괜찮습니까?"

얼굴이 피투성이가 된 터커가 힘겹게 말을 걸어왔다. 808 정찰조 조원들 절반이 의식을 잃고 쓰러져 있었다. 남은 조원들도 힘이 다한 듯 제자리에 풀썩풀썩 쓰러졌다. 말로만 들었던 흑마법사의 위력은 치가 떨릴 정도였다.

정찰조원들은 한참만에야 몸을 일으킬 수 있었다. 정신을 추스른 뒤 터커는 가장 먼저 사상자를 챙겼다. 피해는 막대했다.

"세 명이 죽었습니다. 나머지도 부상이 극심합니다."

죽은 것은 사람뿐만이 아니었다. 808정찰조에 소속된 데저트 렙터가 구울들에게 집중공격을 받고 숨이 끊어져 버렸다. 남은 인원들도 하나같이 몸에 크고 작은 상처를 입고 있었다.

"무서운 놈들이군요."

리셀이 어두운 표정으로 고개를 흔들었다. 기지에 숨어 있던 인원은 고작 세 명, 그들로 인해 정찰대 전원이 전멸당할 뻔했다. 만약 흑마법사를 처리하지 못했다면 808정찰조원들은 모두 죽어 시체마저 흑마법사의 장난감이 되었으리라.

리셀을 쳐다보는 터커의 눈동자에는 경외의 빛이 어려 있었다. 만약 리셀이 흑마법사를 죽이지 않았다면 이어질 결과는 상상만 해도 끔찍했다. 어지간한 기사라도 돌파할 엄두를 내지 못할 구울 무리를 뚫고 들어가 사막 전사 두 명의 방해를 받으면서도 흑마법사를 처치한 것은 실로 엄청난 전과였다. 그러나 지금은 감탄만 하고 있을 때가 아니었다.

"서둘러 귀환해야 할 것 같습니다. 조원들의 부상 정도가 생각보다 큽니다."

"알겠습니다. 서두르지요."

리셀은 갑옷을 모두 벗은 상태였다. 엉망으로 찌그러지고 패인 탓에 도저히 입고 있을 수가 없었다. 만신창이가 된 갑옷을 대충 끈으로 엮어 등에 둘러멘 리셀이 몸을 일으켰다. 터커가 어두운 표정으로 고개를 흔들었다.

"죽은 조원들의 시체는 두고 가야 할 것 같습니다."

부상자를 수습하는 것도 힘겨운데 시체까지 들고 갈 순 없는 노릇이다. 게다가 그들에겐 생각지 못했던 전과가 생겼다.

흑마법사가 불러일으킨 폭발에 휘말린 사막 전사 한 명이 간신히 목숨을 부지했다. 비록 금방이라도 숨이 넘어갈 듯 상세가 위중했지만 귀중한 정보를 얻어낼 수 있는 포로였다. 마찬가지로 죽은 흑마법사의 시체 역시 본부로 가지고 가야 한다. 채비를 갖춘 정찰조원들이 힘겹게 걸음을 옮기기 시작했다. 부상자가 대부분이었기에 주둔지로 가는 길은 멀고도 험했다.

제 2 장
낮게 나는 까마귀

808정찰조가 귀환하자 주둔지는 발칵 뒤집혔다. 얼마나 사안이 중했는지 칼스 자작이 직접 와서 정찰 내용을 보고받을 정도였다.

"뭐라고? 믿을 수가 없군."

전초 기지가 쑥대밭이 되었으며 사막 전사 두 명의 호위를 받는 흑마법사가 기지에 숨어 정찰조를 기다렸다는 말에 칼스 자작의 안색은 딱딱하게 굳어 있었다. 하지만 죽은 흑마법사의 시체와 사막 전사 하나를 포로로 잡아왔다는 소식을 전하자 비로소 그의 얼굴에 표정이 떠올랐다.

"수고했다. 막사에 가서 쉬도록 해라."

지금 그에게 가장 급한 일은 포로의 입을 여는 것이다. 레오폰 측에서 도대체 무슨 방법으로 이백여 명이 주둔하는 전초 기지를 쓸어버렸는지 알아내야 했다. 그러기 위해서는 붙잡아 온 사막 전사의 입을 여는 것이 급선무였다.

리셀을 비롯한 조원들은 일단 막사로 돌아가 휴식을 취했다. 조원들 대부분이 부상자라서 시급한 치료가 필요했다. 칼스 자작은 신관을 불러 정찰조원들의 치료를 맡겼다.

그와 별도로 삼십여 명의 인원으로 구성된 조사대가 주둔지를 떠났다. 폐허가 된 전초 기지의 상황을 수습할 인원들이었다.

사안이 사안인지라 칼스 자작은 마법사를 대거 동원해 포로로 잡아온 사막 전사를 취조했다. 신관들이 대거 동원되어 신성력을 퍼부었기에 사막 전사는 오래지 않아 의식을 회복했다. 이어진 것은 현혹 마법을 통한 심문이었다. 지금껏 수십, 수백 번 해 왔던 일이라 마법사들은 어렵지 않게 사막 전사의 자백을 받아냈다.

"이럴 수가?"

그의 입을 통해 전초 기지가 전멸한 내막을 알게 된 지휘관들은 깜짝 놀랐다. 이백 명이 넘는 병사와 기사 십여 명이 주둔한 전초 기지를 전멸시킨 인원이 고작 열 명 안팎이라는 말에 놀라지 않을 수 없었다.

결국 칼스 자작은 조사된 내용을 가지고 사령부로 향했다.

알아낸 사실을 총사령관인 브렌트 백작에게 한시라도 빨리 보고해야 했기 때문이었다. 예상대로 브렌트 백작 역시 놀라움을 금치 못했다.

"놀랍군. 고작 열 명으로 전초 기지 하나를 전멸시키다니……."

"앞으로는 전초 기지를 건설할 때 사전에 부지를 세밀히 조사해야 할 것 같습니다. 기지 부지 뒤편에 대량의 시체가 매장되어 있었다는 사실을 몰랐기 때문에 너무도 어이없이 기지 하나를 잃었습니다."

"하긴. 시체만 충분하다면 결코 만만히 볼 수 없는 존재가 흑마법사들이니."

"기존에 세워진 기지 주변에 대한 조사도 병행해야 할 것 같습니다. 레오폰 놈들이 또다시 동일한 방법을 사용할지 모르니 말입니다."

"알겠네. 각 기지에 즉각 사실을 알리도록 하겠네. 주변에 시체가 묻혀 있는지 확인하라고 말일세."

고개를 끄덕인 브렌트 백작이 심유한 눈빛으로 칼스 자작을 쳐다보았다.

"그래. 이번에도 정찰조에 배속된 견습기사 리셀이 큰 공을 세웠다고?"

"그렇습니다. 단신으로 구울 무리를 뚫고 들어가 흑마법사의 목숨을 끊었다더군요."

"놀랍군. 구울 열 구에 사막 전사 둘이라면 정식으로 서임
받은 정규 기사조차도 하기 힘든 활약인데 말이야."

"한낱 정찰대에 박아두기엔 아까운 실력이라고 생각됩니
다."

그 말을 들은 브렌트 백작의 눈빛이 미묘하게 빛났다.

"흠. 자네도 그렇게 생각하고 있었나?"

영문을 모른 칼스 자작이 눈을 끔뻑거렸다.

"네? 무슨 말씀이신지?"

"안 그래도 그 리셀이라는 견습기사의 보직을 변경하려고
생각하던 참일세. 그 정도 실력이라면 더 적합한 곳에 배치해
야 하지 않겠나?"

칼스 자작의 얼굴이 살짝 일그러졌다. 유능한 부하를 빼내
어 가려는데 기분이 좋을 리가 없었다.

"어디로 배치하실 생각이십니까?"

"발톱 기사단에 배치할까 생각 중이었다네. 이번에 공을 세
웠다니 그 생각이 점점 더 굳어지는군."

발톱 기사단이라면 일종의 강습 부대로 볼 수 있었다. 장거
리 정찰대나 기타 정찰병들이 적의 근거지나 병참을 발견해
냈을 경우, 바로 이 발톱 기사단이 출동하여 공격한다. 기동력
이 생명인 만큼 전원 말을 탄 기사나 견습기사로 구성된, 그
실력이 검증된 자들만이 배치될 수 있는 정예 기사단이었다.

그 말에 얼굴을 살짝 일그러뜨렸지만 칼스 자작은 금세 평

정을 회복했다.

"하긴 리셀 정도라면 능히 발톱 기사단으로 갈 자격이 있지요. 그럼 어디를 생각 중이십니까? 아마도 와이번이나 그리폰 전대 정도는 충분히 갈 자격이 될 것 같습니다만."

발톱 기사단은 도합 여덟 개의 전대로 이루어져 있다. 각각 날짐승의 이름을 사용하는데, 가장 실력이 높고 강한 것이 드래곤 전대이다. 드래곤 전대에는 아무나 들어갈 수 없다. 신분이 확실하고 눈에 띌 정도로 출중한 능력을 보이는 기사만이 드래곤 전대에 들어갈 수 있다. 신분과 실력, 이 두 가지를 두루 갖춘 기사만으로 구성된 것이다.

바로 그 아래에는 와이번 전대와 그리폰 전대가 있다. 이곳 역시 드래곤 전대만큼은 못하지만 나름대로 실력과 신분을 지닌 기사들이 활약하고 있다. 칼스 자작은 리셀이 능히 와이번이나 그리폰 전대에 들어갈 수 있을 것이라 생각했다.

'드래곤 전대는 조금 어렵겠지? 아무래도 충군형을 받은 견습기사 신분이니.'

그러나 칼스 자작의 짐작과는 달리 브렌트 백작은 다른 생각을 하고 있었다.

"리셀은 와이번이나 그리폰 전대에 들어갈 수 없네. 물론 드래곤 전대는 상상조차 할 수 없지."

"실력은 충분하지 않습니까?"

브렌트 백작이 그게 아니라는 듯 손가락을 들어 흔들었다.

"이 세 전대에 소속된 기사들은 하나같이 명망 높은 귀족 가문의 자제들일세. 출신어 아스트리아 제국이 아닌 자들은 하나도 없지. 그런 자들이 베텔 왕국 따위 소국의, 그것도 충 군형으로 복무하는 견습 기사를 동료로 받아들일 것 같나?"

설명을 들은 칼스 자작이 고개를 끄덕였다.

"하긴. 그럴 만도 하군요. 보나 마나 따돌림당할 것이 분명합니다."

"가봐야 리셀에게 별달리 도움이 되지 못할 거야."

"아쉽군요. 실력이 충분하건만 신분이 따라주지 못하다니. 그렇다면 그 아래 등급의 전대에 넣으실 생각이십니까?"

그러나 브렌트 백작의 다음 말을 들은 칼스 자작의 눈이 휘둥그레졌다.

"나는 리셀을 까마귀 전대에 집어넣을 생각이야."

"마, 말도 안 됩니다. 리셀 정도의 실력자를 어찌……?"

칼스 자작이 믿기 힘들다는 듯 고개를 흔들었다. 그도 그럴 것이 까마귀 전대라면 발톱 기사단 중에서 가장 실력이 떨어지고 질이 낮은 전대이다. 정식 전대라기보다는 그저 전장의 뒷정리나 담당하는 수준 낮은 보조 전대로, 구성원 태반이 기사가 아닌 견습기사였다. 칼스 자작으로서는 리셀 정도의 실력 있는 기사를 어찌하여 까마귀 전대에 배치하는지 이해가 가지 않았다.

"나름대로 고민해서 내린 결정일세. 현재 까마귀 전대의 구성원은 서른 명, 리셀을 보낸다면 마땅히 대장 자리에 임명할 수 있지."

"그거야 당연하지요. 그놈들은 기사라고 부르기에도 부끄러운 녀석들이니까요."

칼스 자작의 퉁명스런 말투에는 이유가 있었다. 까마귀 전대라면 남부군 최고의 골칫거리들이 모여 있기로 악명이 높은 곳이다. 끊임없이 사고를 치는 꼴통들이 많아 항명을 밥 먹듯 했다. 쉽게 말해 이름은 발톱 기사단이지만 예비대 정도로 생각하는 것이 정확했다. 칼스 자작이 못마땅하다는 표정을 지었다.

"까마귀 전대에 보내시느니 차라리 정찰대에 놔두시는 게 나을 것 같습니다."

"아니야. 내 생각에는 한번 해볼 만한 시도인 것 같아. 리셀이 그 골칫거리들을 어떻게 휘어잡는지 두고 보는 것도 재미있을 것 같고 말이지."

단호한 브렌트 백작의 말에 칼스 자작이 어깨를 축 늘어뜨렸다.

"알겠습니다. 명령서를 주시면 리셀을 까마귀 전대로 보내도록 하겠습니다."

"곧 써줌세. 나가서 조금 기다리도록 하게."

"알겠습니다."

막사를 걸어나가는 칼스 자작의 뒷모습을 쳐다보던 브렌트 백작이 빙그레 미소를 지었다. 물론 그 의미를 아는 사람은 아무도 없었다.

서랍에서 종이 한 장을 꺼낸 브렌트 백작이 펜을 들어 뭔가를 적기 시작했다. 그것은 바로 리셸을 까마귀 전대의 대장으로 삼는다는 명령서였다.

리셸은 파디아의 간호를 받으며 막사에서 쉬고 있었다.

"세상에 이 상처 좀 봐요. 얼마나 아플까?"

파디아가 눈물 가득한 얼굴로 발을 동동 굴렀다. 야전 침대에 누운 리셸의 몸은 완전히 붕대로 휘감겨 있었다. 칼스 자작의 배려로 신관의 신성력 치료를 받았지만 전신을 뒤덮은 상처가 금세 아물지는 않는다.

특히 흑마법사의 마법이 작렬하기 전 사막 전사가 찔러 넣은 시미터에 의한 자상은 상당히 깊었다. 파디아가 눈물을 글썽거리며 상처를 감싼 붕대를 매만졌다.

"많이 아프겠어요."

그러나 리셸은 다른 생각을 하고 있었다.

'드디어 마나를 내 의지로 순환시킬 수 있게 되었어.'

그의 눈동자에는 희열의 빛이 일렁이고 있었다. 전초 기지의 상황을 파악한 뒤 철수하는 과정에서 리셸은 마나의 순환을 시도해 보았다. 물론 갑옷을 입고 있지 않았기에 혹시나 하는 마음으로 시도해 본 것에 불과했다. 지금까지는 의도적으로 몸에 부담감을 안겨주어야만 전신의 마나가 순환을 했다. 그러나 도구로 쓰던 판금갑옷은 흑마법사와 싸우는 과정에서 완전히 망가져 버렸다.

때문에 리셀은 큰 기대를 하지 않았다. 그런데 이변이 일어났다. 극히 일부이기는 하지만 마나홀의 마나가 리셀의 의도에 따라 순환을 시작했다. 뜻밖의 사실에 리셀은 뛸 듯이 기뻐했다.

'전혀 불가능한 일은 아니로군. 이대로 수련을 한다면 언젠가 마나 전체를 통제할 수 있겠어.'

물론 리셀의 통제에 따르는 마나는 극히 일부분에 불과했다. 그러나 그 정도만으로도 리셀에게는 막힌 수련의 물꼬를 틀 수 있는 분수령이나 다름없었다.

'몸이 나으면 당장 마나 수련을 시작해야겠어. 꾸준히 수련하다 보면 통제할 수 있는 마나량이 차츰 늘어날 테니.'

그때 통증을 느낀 리셀이 얼굴을 찌푸렸다. 간호하던 파디아의 손길이 상처를 스친 것이다.

"어머. 죄송해요."

리셀에게 찰싹 붙어 앉아 상처를 쓸던 파디아의 얼굴은 붉게 상기되어 있었다. 그리 큰 체격은 아니지만 리셀의 어깨와 가슴에는 근육이 촘촘히 덮여 있었다. 어지간히 몸을 단련하지 않고서야 나오지 않는 근육이다.

게다가 리셀의 외모는 결코 평범하지 않다. 치렁치렁한 은

발에 연초록빛 눈동자는 여자들이 보기에 더없이 매혹적이었
다. 리셀을 올려다보는 파디아의 눈초리는 촉촉하게 젖어 있
었다.

"저, 전 괜찮아요. 워, 원하신다면."

간신히 한 마디를 내뱉은 뒤 홍당무가 되어버린 파디아였
다. 그녀의 고혹적인 눈빛에 리셀은 자신도 모르게 가슴이 뛰
는 것을 느꼈다. 지금껏 한 번도 여인과 관계해본 경험이 없는
리셀이다. 그런 만큼 숨결이 거칠어지지 않을 도리가 없다.

그런데 흥분이 고조되려는 순간 마나가 꿈틀, 하고 움직였
다. 마나가 순환하며 전신의 감각이 확장되었고 그로 인해 들
끓던 혈기가 차분히 가라앉아버렸다. 금세 냉정을 되찾은 리
셀이 실소를 지었다.

'별일이로군. 도대체 마나의 효용은 어디까지일까?'

가라앉은 음성이 입술을 비집고 흘러나왔다.

"마음은 고맙지만 난 괜찮다. 게다가 상처가 아직 낫지 않
았어."

파디아가 들릴 듯 말 듯 작게 한숨을 내쉬었다. 분위기가 어
색해지자 리셀이 화제를 돌렸다.

"고향으로 돌아가고 싶지 않나?"

그 말에 파디아의 얼굴이 어두워졌다. 귓전으로 리셀의 음
성이 파고들었다.

"원한다면 고향으로 돌아갈 수 있도록 널 풀어주마. 내가

레오폰 말을 다 배우고 나면 말이다.”

그러나 파디아의 대답은 뜻밖이었다.

“고향으로는 돌아가고 싶지 않아요. 좋지 않은 추억만 있으
니까요.”

리셀의 눈이 휘둥그레졌다.

“고향으로 돌아가고 싶지 않다고?”

“네. 어릴 때 기억은 오로지 추위와 굶주림밖에 없었어요.
제가 태어난 부족은 워낙 힘이 없고 가난해서…….”

파디아는 쓸쓸한 표정으로 자신의 어린 시절에 대한 이야기
를 털어놓기 시작했다. 파디아가 어렸을 때 양을 치던 아버지
는 부족 간의 분쟁에 휘말려 살해되었다. 그러자 미망인이 된
파디아의 어머니는 필사적으로 새로운 남편감을 찾아 헤맸다.
척박한 사막에서 가족을 부양할 가장이 없으면 남은 가족들은
모조리 굶어 죽을 수밖에 없다. 그러나 새로운 남편을 찾는 것
은 쉽지 않았다. 어린아이들이 너무 많았기 때문이었다.

사막 부족의 아이는 열 살이 넘어야 제 몫을 할 수 있다. 그
보다 어린아이들은 식량을 축내는 짐 덩어리로 간주될 뿐이
다. 때문에 남자들은 쉽사리 파디아의 가족을 거두려 하지 않
았다. 결국 파디아의 어머니는 눈물을 머금고 자식들 절반을
노예로 팔아넘겼다. 파디아도 그때 동전 몇 개에 호레이살 가
문에 팔려간 것이다. 그녀의 말을 모두 듣고 난 리셀의 표정에
숨길 수 없는 착잡함이 묻어났다.

　"그래서 고향에 돌아가고 싶지 않다는 것이구나. 그렇다면 말이다."

　파디아의 까만 눈동자가 리셀을 올려다보았다.

　"만약 내가 너에게 자유를 준다면 어디로 가고 싶으냐."

　잠시 고민하던 파디아가 대답을 했다.

　"다시 호레이살 가문으로 돌아가고 싶어요."

　깜짝 놀란 리셀이 되물었다.

　"노예 생활을 다시 하고 싶다는 말이냐?"

　"네, 그러면 우선 배를 곯지 않아도 되니 말이에요."

　"주인이 원하면 언제든지 몸을 내주어야 하고 수틀리면 목숨을 잃을 수도 있는데 다시 노예가 되겠다니 이해가 되지 않는구나."

　"노예의 삶이 그리 절망적인 것만은 아니에요. 나름대로 질서가 있고 법도가 있어요. 좋은 주인 밑에 있으면 더할 나위 없이 행복하게 살 수 있어요. 이젠 돌아갈 수 없겠지만 말이에요."

　파디아가 조심스럽게 말꼬리를 흐렸다. 그녀는 밀정으로 파견된 부족 여인의 몸종 신분으로 이곳에 왔다. 그런 그녀가 다시 호레이살 부족으로 돌아갈 방법은 어디에도 없었다. 리셀이 풀어준다고 하더라도 마찬가지였다. 노예가 혼자서 돌아올 경우 호레이살 가문에서는 분명 진상을 조사할 것이며 때에 따라서는 파디아에게 중벌을 내릴 수도 있었다. 주인을 버리고 홀로 귀환했다는 죄명으로 말이다.

리셀이 침통한 표정으로 파디아를 쳐다보았다. 그녀는 생각보다 노예근성에 많이 물들어 있었다.

'나였다면 설사 죽는 한이 있더라도 다시 노예가 되려 하지 않았을 텐데.'

하지만 파디아에게 자신의 생각을 강요할 수는 없었다. 어쨌거나 그녀는 자신과 판이하게 다른 삶을 살아왔으며 인종 자체도 다르지 않은가? 리셀이 입을 열었다.

"내가 말을 다 배우고 난 다음 너를 돌려보낼 방법을 강구해 보도록 하겠다."

"감사드려요."

살짝 고개를 숙였지만 파디아의 눈가에는 약간의 아쉬움이 배어 있었다. 리셀이 자신을 거둬주겠다는 말을 꺼내려는 건 아닐까, 살짝 기대를 품었던 것이다. 그러나 그녀는 자신의 주제와 처지를 잘 알고 있었다.

'천한 노예 출신인 내가 많은 것을 바라면 안 돼.'

더는 생각을 않기로 한 파디아가 흐트러진 붕대를 정리하기 시작했다.

808경비조의 개편은 금세 이루어졌다. 전초 기지로 출동한 수색대는 죽은 정찰조원들의 시체를 수습해 왔다. 한때 구울이 되어 동료들을 공격했던 주둔군 병사들의 시체 역시 말끔

히 거두어왔다. 혹시라도 내버려두면 또다시 흑마법사의 소환
수가 될지 모르기 때문이다.

죽은 세 명의 조원은 바로 보충되었다. 그리고 별개로 두 명
의 기사가 배치되었다. 명령서를 받은 터커는 깜짝 놀랐다. 이
례적으로 칼스 자작이 직접 명령서를 가지고 왔기 때문이었
다.

"그, 그렇다면 리셀 기사님은?"

"리셀은 발톱 기사단으로 배속되었다. 오늘 오후 수송대 짐
마차 편으로 발톱 기사단의 주둔지로 이동할 것이다."

"안타깝군요."

터커의 얼굴에는 아쉬움이 역력했다. 리셀 덕분에 목숨을
건진 조원이 한둘이 아니었기 때문이었다. 흑마법사를 상대할
때 리셀의 활약이 아니었다면 808정찰조는 한 명도 살아남지
못했을 것이다. 강한 동료를 떠나보내는데 아쉽지 않을 리가
없다. 하지만 터커는 장거리 정찰조에 남아 있기에는 리셀의
실력이 너무 아깝다는 걸 누구보다 잘 알고 있었다.

"명령이라면 어쩔 수 없지요. 그나저나 오늘 오후라면 환송
연을 열어 드리지도 못할 텐데."

"나중에라도 하면 되지 않겠나? 그러니 나를 그의 막사로
안내해라."

"알겠습니다. 절 따라오십시오."

리셀은 침상에 누운 채로 파디아에게 레오폰어를 배우고 있었다. 흑마법사와의 대결에서 파디아에게 배운 레오폰어로 인해 위기를 모면할 수 있었기 때문에 리셀은 더욱 열심히 교습에 열중했다. 그때 막사 밖에서 굵직한 음성이 흘러들어왔다.

"리셀 기사님. 저 터커입니다. 지휘관이신 칼스 자작님께서 찾아오셨습니다."

그 말에 리셀이 급히 몸을 일으켰다. 파디아 역시 화들짝 놀라 구석으로 물러났다. 너무 급하게 일어난 탓에 상처 부위에서 통증이 전해지자 리셀이 나지막이 신음 소리를 흘렸다.

"크으윽."

그때 막사로 들어온 칼스 자작이 손을 흔들었다.

"괜찮네. 그냥 누워 있도록 하게."

"하지만 어찌?"

"자넨 병자가 아닌가? 내 도량이 그 정도로 좁지는 않아."

머리를 흔든 칼스 자작의 시선이 구석에 웅크린 파디아에게로 가서 닿았다. 돌연 그의 입가에 미소가 떠올랐다.

"저 아이는 쓸만하던가?"

무슨 말인가 싶어 의아한 표정으로 쳐다보던 리셀이 곧 말뜻을 알아차리고 얼굴을 붉혔다.

"그, 그렇습니다."

"도움이 되었다니 나도 기쁘네. 그건 그렇고……."

칼스 자작이 약간은 굳은 표정으로 품속에서 명령서를 꺼냈다.

"자네를 발톱 기사단에 배속하라는 명령이 떨어졌네. 유능한 부하를 보내는 것이 아쉽지만 총사령관이신 브렌트 백작님의 명령이니 어쩌겠나."

"발톱 기사단이요?"

리셀이 고개를 갸웃거렸다. 아직까지 제국군의 편제에 대해 그리 많이 알고 있지 않은 리셀이었다.

"일종의 기사단이라고 생각하면 되네. 전원 기사로 이루어진 기동 강습부대이지."

"아, 그렇군요."

리셀의 안색이 살짝 굳어졌다. 이제 겨우 조원들과 친해졌는데 또다시 다른 부대로 가야 한다니 기분이 좋을 리가 없었다.

"장거리 정찰대가 적의 보급 기지를 정찰하는 임무라면, 발톱 기사단은 발견해 낸 적의 거점과 보급 기지를 직접적으로 공격하는 역할을 한다네. 자네는 발톱 기사단 중에서 까마귀 전대의 전대장으로 발령되었어."

뜻밖의 소식에 리셀의 눈이 커졌다. 자신은 아직까지 정식으로 서임받지 못한 견습기사이다. 그런데 기사단의 전대장을 맡기다니.

"뭔가 착오가 있는 것 아닙니까? 저는 아직까지 서임받지 못한 견습기사입니다."

"상관없네. 까마귀 전대의 기사들은 모두 견습기사일세. 그러니 자네가 전대장이 되지 못할 이유가 없지. 무엇보다도 자네 실력은 이미 정규 기사급을 넘어서지 않는가?”

“그, 그래도 기사단을 지휘해본 적도 없고 할 능력도 되지 않습니다.”

“약한 소리를 하는군. 어쨌거나 브렌트 백작님이 직접 작성하신 명령서라서 번복은 불가능하니 오늘 오후 수송대 마차편을 이용해 이동하도록…….”

단호하게 말을 끊은 칼스 자작의 시선이 파디아에게 가서 멎었다.

“그리고 저 아이는 두고 가도록 하게. 발톱 기사단에 여자를 데리고 갈 순 없을 테니 말이야.”

그 말에 리셀의 안색이 한결 더 딱딱하게 굳어졌다. 만약 파디아를 이곳에 남겨두고 간다면 그녀의 운명은 보지 않아도 뻔했다. 다른 레오폰의 여인들처럼 쇠사슬에 묶여 오가는 기사들의 노리개가 될 것이 틀림없었다. 그 사실을 증명하듯 파디아의 얼굴은 파랗게 질려 있었다. 필사적으로 리셀을 쳐다보는 눈초리에는 애원이 가득 담겨 있었다. 마음을 정한 리셀이 굳은 표정으로 말했다.

“저는 도저히 파디아를 두고 갈 수 없습니다. 어떻게 안 되겠습니까?”

그 말에 칼스 자작의 눈이 휘둥그레졌다.

“발톱 기사단에 말인가? 아마 힘들 텐데.”

그러나 칼스 자작은 길게 생각하지 않았다. 묘한 미소가 그의 얼굴에 떠올랐다.

"하긴 그녀에게 위해를 가한 용병 열 명을 때려눕힐 정도로 정이 들었다면 어쩔 수 없겠지. 데리고 가고 싶으면 마음대로 하게. 하지만 가서 지키기는 힘들 것이야."

"상관없습니다. 제가 알아서 할 테니 허락만 해주십시오."

"뭐, 허락하고 자시고 할 것도 없지. 전적으로 자네가 알아서 하게."

칼스 자작이 손에 든 명령서를 탁자 위에 올려놓았다.

"어쨌거나 자네와 헤어진다고 하니 섭섭하구먼. 자네의 활약 덕분에 나도 공을 많이 인정받았는데 말이야."

"천만의 말씀이십니다."

"발톱 기사단에 가더라도 시간이 나면 놀러 오도록 하게. 술 한 잔 대접할 용의가 있으니 말일세."

칼스 자작은 그 한 마디를 남겨두고 막사를 나섰다. 파리하게 질린 파디아의 얼굴빛이 그제야 제 색깔을 되찾고 있었다. 막사를 나선 것은 칼스 자작뿐이었다. 터커가 아쉬운 표정으로 말을 걸었다.

"리셀 기사님과 헤어져야 한다니 정말 안타깝군요."

"저 대신 정규 기사 두 분이 오셨다고 들었습니다. 그분들이 잘해내실 것입니다."

"그렇긴 하지만."

"그나저나 발톱 기사단에 대해서 아무것도 모르고 있습니다. 개략적으로 좀 알려주십시오.”

오랫동안 복무한 고참답게 터커는 제국군의 편제에 대해 잘 알고 있었다.

“발톱 기사단은 기동 강습부대입니다. 저희들이 적의 거점이나 보급 기지를 발견해 낼 경우 발톱 기사단이 출동해서 타격하지요. 발톱 기사단에는 모두 여덟 개의 전대가 있습니다. 그런데 리셀 기사님이 배속될 까마귀 전대의 경우……”

터커가 조심스러운 어조로 까마귀 전대에 대해 설명을 했다. 리셀이 낙심할까 봐 좋은 말로 돌려 말하긴 했지만 실상을 아는 데에는 그리 오래 걸리지 않았다.

“그러니까 발톱 기사단 중에서 가장 질이 나쁜 전대란 말씀이시죠? 밥 먹듯 사고를 치는 골칫거리들을 모아둔……”

“쉬, 쉽게 말하면 그렇습니다. 대부분 마스터를 잃은 견습 기사나 소속이 없는 자들을 모아두었다고 들었습니다.”

“이거 골치 아프군요.”

리셀이 씁쓸히 웃었다. 브렌트 백작이 도대체 무슨 이유로 자신을 까마귀 전대의 전대장으로 삼았는지 모르지만 상당히 골치가 아파질 것 같았다. 어쨌거나 그는 이제부터 장거리 정찰대 소속이 아니다. 발톱 기사단 까마귀 전대로 가서 새로운 인연을 만들어가야 하는 것이다.

그날 오후 리셀은 마차를 타고 발톱 기사단의 주둔지로 이동을 했다. 정이 든 정찰조원들이 입구까지 리셀을 배웅했다.

"조심해서 가십시오."

"반드시 놀러 오셔야 합니다. 그때 거창하게 환송연을 열어 드리겠습니다."

리셀의 눈매가 살짝 떨렸다. 함께 한 지가 그리 오래되진 않았지만 생각보다 조원들과 정이 많이 들었다. 서로를 지켜주며 싸운 전우 사이였기 때문인 더욱 그런 듯했다.

"휴가를 받으면 반드시 오도록 하겠습니다."

그렇게 리셀은 808정찰조원들의 성대한 환대를 받으며 장거리 정찰대 주둔지를 떠났다.

제3장
지옥으로부터의
환영 인사

“흠. 까마귀 전대의 새로운 전대장이라.”

각진 얼굴의 중년 기사가 명령서를 들여다보다 얼굴을 찡그렸다. 뭔가 마음에 들지 않는 듯 리셀을 쳐다보는 눈빛이 그리 곱지 않았다.

‘브렌트 백작님께서 어찌 저런 애송이를 까마귀 전대의 전대장으로 임명하셨을까?’

계속해서 고개를 갸웃거려 봤지만 도무지 이해가 되지 않았다. 그의 이름은 그레고리였다. 자작이라는 작위를 지니고 있으며 발톱 기사단의 단장직을 맡고 있었다.

‘도저히 까마귀 전대에 어울리지 않는 녀석인데 말이야.’

이해하기 힘들다는 듯 머리를 흔들었지만 그레고리 자작으로선 어쩔 수 없었다. 어쨌거나 최고 사령관인 브렌트 백작이 직접 내린 명령서였기 때문이었다. 리셀을 힐끔 쳐다보는 그의 시선에는 짙은 불신감이 배어 있었다.

물론 명령서에는 리셀이 장거리 정찰조에서 적지 않은 공을 세웠다고 나와 있었다. 그러나 그레고리 자작의 눈에 비친 리셀은 아직까지 머리통에 핏기도 채 가시지 않은 애송이에 불과했다.

'보나 마나 까마귀 전대의 골칫거리들에게 된통 당한 후, 더는 못하겠다며 꽁무니를 빼겠지.'

생각만 해도 머리가 아파왔는지 그레고리 자작이 얼굴을 찡그렸다. 그럴 것이 까마귀 전대는 발톱 기사단장인 그레고리 자작의 가장 큰 고민거리였다.

발톱 기사단에는 모두 합쳐 여덟 개의 전대가 있다. 그중 상위 서열의 전대에는 쟁쟁한 귀족 가문에서 파견된, 검증된 기사들이 포진되어 있다. 그리고 하위 서열의 전대에도 나름대로 실력이 입증된 기사들이 배치된 상태이다. 그러나 까마귀 전대의 사정은 달랐다.

일단 까마귀 전대는 다른 전대와 그 역할에서부터 차이가 났다. 여타 전대들의 임무가 조사된 적의 거점과 보급 기지에 난입하여 분쇄하는 것이라면, 까마귀 전대의 임무는 도주로의 차단이 주를 이루고 있었다. 바로 그 때문에 까마귀 전대의 인원 손실률은 발톱 기사단 중에서도 가장 컸다.

제국군의 기사단이 급습할 경우 레오폰 측에서는 주요 간부나 고급 귀족을 우선적으로 도피시킨다. 그런 인물들 곁에는 무릇 뛰어난 실력의 호위들이 있기 마련이다. 정작 실력이 떨어지는 전사들은 강습부대의 발목을 잡는 데 투입된다. 따라서 레오폰 측의 대응 방식이 달라지지 않는 한 도주로 차단의 임무를 맡은 까마귀 전대 쪽으로 가장 실력이 뛰어난 전사들이 집중될 수밖에 없는 것이다.

그러나 까마귀 전대의 기사들은 발톱 기사단에서 가장 실력이 떨어진다. 그런 만큼 한 번 임무에 투입되면 까마귀 전대의 태반이 목숨을 잃을 수밖에 없다. 6개월 기준으로 따졌을 때 까마귀 전대의 신참 생존율은 채 30퍼센트가 되지 않는다. 그들이 얼마나 위험한 임무를 맡고 있는지를 반증하는 결과였다.

이런 이유로 인해 발톱 기사단의 기사들은 까마귀 전대로 파견되는 것을 극도로 기피했다. 지체 높은 귀족 가문의 기사들은 인맥을 동원해서, 그렇지 않은 자들 역시 수단 방법을 가리지 않고 까마귀 전대를 피해 가려 했다. 자연이 까마귀 전대에는 어디에도 기댈 구석이 없는 외톨이나 주군에게서 버림받은 자들이 모여들 수밖에 없었다. 까마귀 전대가 사고뭉치나 골칫거리들로 이루어져 있는 것은 어찌 보면 자연스러운 일었다.

워낙 임무가 위험한데다가 한 번 투입되면 절반 이상이 죽어나가니 까마귀 전대의 기사들은 하나같이 악에 받쳐 있었다. 말을 듣지 않는 것은 기본이었고 상급자를 봐도 군례조차 하지 않는 경우가 태반이다. 술에 만취해서 싸움을 벌이다 잡혀 오는 자들 대부분이 까마귀 전대 소속이다. 그러니 그레고리 자작이 고개를 절레절레 흔들 수밖에 없는 것이다.

까마귀 전대의 대장 자리는 1년 가까이 공석이었다. 실력 있는 기사들이 기피하는데다 까마귀 전대장으로 부임하면 끊임없이 대원들의 사고 수습에 시달려야 한다. 몇 번 강제로 명령을 내려 전대장으로 임명하긴 했지만 며칠 버티지 못하고 자리를 내놓기 일쑤였다. 그런 자리에 브렌트 백작이 채 스물도 되지 않아 보이는 애송이를 보냈으니 그레고리 자작이 혀를 차는 것도 이상한 일은 아니었다.

'어쨌거나 명령은 명령이니……'

마음을 정한 그레고리 자작이 리셀을 쳐다보았다.

"좋아. 명령서대로 자네에게 까마귀 전대를 맡기도록 하겠네. 하지만 명심하게. 대원들의 관리에 대한 책임은 전적으로 대장에게 있다는 사실을 말이야."

리셀이 묵묵히 고개를 끄덕였다.

"물론이죠. 그 정도는 알고 있습니다."

그레고리 자작이 어처구니없다는 표정을 지었다. 저건 까마귀 전대의 실상을 안다면 결코 할 수 없는 대답이다.

‘아무것도 모르는 애송이로군. 어쨌거나 상관없겠지.’

서랍을 연 그레고리 자작이 휘장 하나를 꺼내어 책상 위에 올려놓았다.

“까마귀 전대장임을 증명하는 휘장일세. 자네에게 맡길 테니 전대를 잘 부탁하네. 혹시라도 내가 도와줄 것이 있나?”

그 말에 잠시 고민하던 리셀이 입을 열었다.

“장거리 정찰대에서 데리고 온 사람이 하나 있습니다. 까마귀 전대에서 머물 수 있도록 허락해 주십시오.”

“누굴 데리고 왔다고?”

“레오폰 왕국의 여자입니다. 레오폰 말을 배우기 위해 장거리 정찰대의 칼스 자작님께서 내려주셨습니다.”

사정을 들은 그레고리 자작은 기가 막힌 듯 잠시 말을 잃었다.

‘전장에 여자를 데리고 있을 생각을 하다니. 정신이 완전히 나간 녀석이로군.’

원래대로라면 치도곤을 내려도 모자랐다. 제정신이 박힌 기사라면 도저히 생각할 수 없는 일이었기 때문이다. 하지만 그레고리 자작은 조용히 묵인하기로 마음먹었다. 모두가 기피하는 까마귀 전대를 맡아야 할 녀석이니 그 정도 편의는 봐줘도 될 것 같았다.

“그 문제에 대해서는 자네 마음대로 하게. 그럼 지금 이 시간부로 까마귀 전대의 관리는 전적으로 자네 책임일세. 대원들이 사고를 치지 않도록 잘 관리하도록.”

“알겠습니다.”

그레고리 자작은 리셀이 군례를 올리는 것을 보지도 않고 손을 흔들었다.

“이만 가보도록 하게. 당번병이 자네를 까마귀 전대의 막사로 안내해 줄 것이야.”

리셀은 당번병의 안내를 받아 까마귀 전대의 막사로 이동했다. 제국 병사의 군복을 입은 파디아가 모자를 푹 눌러쓴 채 뒤따랐다.

까마귀 전대의 막사는 가장 구석진 곳에 있었다. 막사 안에 들어간 순간 리셀이 얼굴을 찡그렸다. 대낮부터 막사 안에 술 냄새가 진동했기 때문이었다. 리셀을 안내해 준 당번병이 질린 표정으로 고개를 숙였다.

“이곳입니다. 그럼 저는 이만 가보겠습니다.”

서둘러 돌아가려던 그를 리셀이 붙잡았다.

“까마귀 전대가 사용하는 막사는 이게 전부인가?”

“바로 옆에 전대장 전용 막사가 있습니다. 오랫동안 비어 있었지요. 사람을 보내 치워놓도록 하겠습니다.”

“가급적 빨리 좀 부탁하네.”

고개를 돌린 리셀이 막사 안을 둘러보았다. 족히 수십 명이 사용할 수 있는 큰 막사였는데 줄지어 놓인 야전 침대 위에는 십여 명 정도의 사내들이 코를 골며 자고 있었다. 얼마나 술을 퍼마셨는지 리셀이 들어와도 아무도 눈을 뜨지 않았다. 드문드문 빈자리를 보며 리셀이 고개를 갸웃거렸다.

"나머지 스무 명은 어디로 갔지?"

그때 막사 입구 쪽에서 나지막한 음성이 들려왔다.

"나머지는 모두 술을 퍼마시고 있지. 신입인가 본데 지옥으로 온 것을 환영한다."

고개를 돌린 리셀의 눈에 서른 중반 정도로 보이는 사내의 모습이 들어왔다. 얼굴에 수염이 덥수룩하게 자라 있었고 술기운 때문인지 눈매가 불그스름했다. 사내의 무례한 태도에 막 막사를 빠져나가려던 당번병이 발끈했다.

"말조심하십시오. 이 분은 새로 부임하신 전대장님이십니다."

그 말에 깜짝 놀랄 것이라 생각했지만 사내는 대수롭지 않다는 듯 리셀을 쳐다보았다.

"허. 별일이로군. 전대장이랍시고 오만 잡동사니를 보내더니 이번에는 마빡에 핏기도 마르지 않은 애송이라……. 어쨌거나 지옥으로 굴러들어온 것을 환영하오."

황당하다는 듯 사내를 쳐다본 당번병이 더 이상 입씨름하기 싫다는 듯 막사를 나섰다. 리셀의 시선이 중년의 사내에게 꽂혔다.

"그대는 누구지?"

“군대는 나이보다 계급이니 말을 높여줘야겠지? 레인이라
불러주시오. 임시로 까마귀 전대의 부전대장을 맡고 있소.”

“좋아. 레인, 나머지 부대원들은 어디로 갔지?”

“꺼어억. 그건 신임 전대장이 직접 조사해 보도록 하시오.
뭐 명령이라면 가서 찾아보는 시늉은 하겠수다.”

레인이 트림을 하며 불손한 태도로 손을 휘저었다. 그 모습
에 리셀이 쓴웃음을 지었다.

“아니, 그럴 필요는 없어. 그냥 지금처럼 대원들을 내버려
두도록 하게. 난 전대장 막사에 머무르고 있을 테니 볼 일이
있으면 찾아오도록.”

리셀이 더 이상 볼 일이 없다는 듯 고개를 돌렸다.

“가자. 파디아.”

걱정스러운 눈빛으로 레인을 쳐다보던 파디아가 조용히 리
셀의 뒤를 따랐다.

전대장 전용 막사는 생각보다 작았다. 그러나 리셀이 파디
아와 함께 지내기에는 충분한 넓이였다. 당번병이 전갈을 했
는지 서너 명의 병사들이 막사 내부를 청소하고 있었다. 리셀
은 병사들에게 지시를 내려 파디아가 잘 야전 침대를 하나 더
들고 오도록 명령했다.

“갈 길이 멀군. 부전대장의 태도를 보니 다른 대원들의 반
응은 불 보듯 뻔하고…….”

　머리를 절레절레 흔든 리셀이 잡념을 날려버렸다. 지금 리셀에게 중요한 것은 까마귀 전대원들을 휘어잡는 것이 아니었다. 흑마법사와 싸운 이후 찾아온 깨달음의 끝을 보는 것이 가장 시급했다. 리셀의 눈가에 짙은 결의의 빛이 번뜩였다.

　"한동안 다른 일은 다 제쳐두고 수련에만 몰두해야겠군."

　이제 리셀은 판금갑옷의 도움 없이 자력으로 마나를 순환시킬 수 있었다. 마나홀의 마나 중 일부였지만 말이다. 물론 양이 극히 미미했지만 한계에 달할 정도로 몸을 움직일 경우 다른 마나들도 덩달아 함께 딸려 들어와 몸을 순환할 것이 분명했다.

　게다가 리셀은 마나가 순환하는 과정에서 어떤 변화를 감지했다. 아랫배의 마나홀에서 흘러나온 마나는 리셀의 몸 전체를 순환한다. 그런데 마나의 양이 늘어나면서 점점 다른 곳으로 확장하려는 기미를 보인 것이다.

　'마나가 어깨를 타고 팔다리로 뻗어 나가려는 움직임을 보이고 있어.'

　그 사실에 리셀은 상당히 고무되었다.

　'어쩌면 빛나는 검을 이룰 수 있을지도 몰라.'

　아너프리로부터 들은 내용대로라면 빛나는 검의 소유자, 즉 블레이드 오너는 검에서 찬란한 빛을 발산한다. 부딪치는 것은 모조리 파괴해 버리는 죽음의 빛이었다. 빛나는 검이 발휘하는 위력은 그 정도로 압도적이었다. 그것을 가능케 하는 원동력을 되짚어보면 분명히 마나의 작용과 연관이 있을 터였다.

'틀림없어. 마나홀의 마나가 검으로 집중되어 빛나는 검을 형성하는 거야.'

그렇다면 어떻게 해야 마나홀의 마나를 병기에 집중시킬 수 있을까? 우선 마나홀에서 무기까지 마나가 오갈 수 있는 통로를 뚫어야 한다. 어떤 방식으로 빛나는 검이 발현되는지는 정확히는 모르지만 일단 통로가 뚫려 있어야 마나가 오고 갈 수 있다는 것만큼은 분명했다. 빛나는 검을 발현시키는 것은 추후에 고민해 볼 문제였다. 지금 시점에서 최우선적인 과제는 마나홀의 마나를 손까지 보내는 것이다.

'분명히 마나가 어깨와 허벅지를 타고 움직이려는 기미를 느꼈어. 이대로 수련을 계속한다면 무기를 쥔 손까지 통로를 뚫을 수 있을 거야.'

리셀은 한없이 가슴이 벅차오르는 것을 느꼈다. 스승인 아너프리가 그토록 이루기 위해 노력했던 바로 그 경지가 여전히 까마득하기는 하지만 저 멀리나마 보이는 것이다.

'지금 나에게 필요한 것은 수련이다. 끊임없이 수련해서 마나의 통로를 뚫어야 한다.'

바로 그 이유 때문에 까마귀 전대 대원들과의 정식 대면조차 보류했던 리셀이었다. 막사 한복판에 책상다리를 하고 앉은 리셀이 살짝 눈을 감았다.

'마음이 급하지만 서두르면 안 돼. 단계를 차근차근 밟아보
도록 하자.'

마음을 차분히 가라앉힌 리셀이 마나를 순환시키기 시작했
다.

그 시각 까마귀 전대의 부전대장인 레인은 주둔지 근처 싸
구려 선술집에서 대원들과 마주앉아 있었다.

"그래. 새로 부임한 전대장이 새파란 애송이란 말입니까?"

서른 정도 되어 보이는 구레나룻 사내가 어처구니없다는 듯
레인을 쳐다보았다. 레인과 가장 죽이 잘 맞는 대원인 윌슨이
었다.

"아무리 잘 봐줘도 풋내기 티가 확 나더군."

"이해할 수가 없군요. 별의 별놈을 다 보내더니 이번에는
애송이랍니까?"

"하긴 전대장이랍시고 무수한 놈들이 왔다 갔지. 대부분 며
칠 버티지 못하고 달아났지만 말이야."

레인이 씁쓸히 웃으며 술잔을 기울였다. 그의 옆에는 십여
명의 까마귀 전대원이 앉아 술판을 벌이고 있었다.

대낮부터 선술집에 모여앉아 술판을 벌인다는 건 군기가 엄
하기로 유명한 발톱 기사단에서는 있을 수 없는 일이다. 만약
다른 전대에서 이런 모습을 보였다면 당장 선배 기사들이 출
동해 잡아갈 것이 분명했다. 그리고 흐트러진 모습을 보인 대

가로 하루 종일 판금갑옷을 입고 연병장을 돌아야 할 것이다.

그러나 까마귀 전대원들에게만큼은 이러한 방종이 허락되었다. 우선 까마귀 전대에는 군기를 잡을 만한 선배 기사가 없었다. 부전대장까지 함께 껴서 술을 마시고 있을 정도였으니 그 누가 말릴 수 있단 말인가?

사실 초창기만 해도 까마귀 전대의 기강이 이렇게까지 흐트러지지는 않았다. 그러나 위험한 임무를 거듭 맡으며 초창기 멤버들은 대부분 죽어버렸고 보충되는 인원은 그야말로 삼류 중의 삼류였다. 더 이상 미래가 없다고 판단되거나 평소 불평불만이 많은 자들이 이리로 보충되었다. 그중에는 귀족 가문에서 버림받은 기사도 끼어 있었다.

게다가 임무에 한 번 투입될 때마다 태반의 대원이 죽어나가니 당연히 기강이 흐트러질 수밖에 없었다. 지금 이 선술집에서 술잔을 기울이는 대원들은 그래도 나름대로 정예들이었다. 몇 번의 임무를 수행하고도 살아남은 생존의 베테랑들인 것이다.

"자, 마시지고. 죽은 동료들의 기억을 한 잔의 술로 흘려보내기를."

"이 지긋지긋한 삶이 언제까지 지속될지 모르지만, 일단 건배."

살짝 잔을 부딪친 까마귀 전대원들이 술을 단숨에 목구멍으로 털어 넣었다. 그리 질이 좋지 않았기에 술맛은 매우 썼다.

얼굴을 찡그린 윌슨이 술잔을 거칠게 바닥에 내려놓았다.

"크. 그래도 이번 전대장 녀석은 뭔가를 하려 하지 않으니 좋군요."

"가만히 내버려두는 것을 보니 애초부터 포기한 모양입니다. 우리로선 좋은 일이죠."

그 말을 들은 레인이 씁쓸히 미소 지었다. 사실 지금까지 온 전대장들은 각자의 방법으로 분위기를 쇄신하려는 시도를 해보긴 해보았다. 주머니의 돈을 탈탈 털어 대원들에게 술을 사준다거나 아니면 서슬 퍼런 엄포로 조원들을 휘어잡아보려고 했다. 하지만 그 모든 시도는 실패로 돌아갔다.

왜냐하면 현 까마귀 전대원들은 미래에 대한 희망을 전혀 가지고 있지 않았기 때문이었다. 이대로 술이나 퍼마시다 임무에 투입되어 반수 이상 죽어나가는 것이 그들에게 내정된 미래였다. 인맥도 없고 수단도 없었기 때문에 까마귀 전대에서 빠져나갈 수도 없다. 까마귀 전대를 벗어날 수 있는 유일한 방법은 오직 하나, 탈영뿐이다. 그러나 제아무리 까마귀 전대에 관대한 지휘관들도 탈영만큼은 원칙대로 다스렸다. 붙들리는 순간 군율에 따라 처형대의 이슬로 사라져야 한다.

그럼에도 불구하고 지금껏 많은 까마귀 전대원들이 탈영의 길을 선택했다. 물론 대부분은 붙잡혀 처형되었지만 그렇지 않은 자들은 평생을 범죄자로 숨어 살아야 한다. 그 사실을 인지한 듯, 한 대원이 거칠게 고성을 내질렀다.

"빌어먹을. 이래도 죽고 저래도 죽는다면 차라리 탈영이나 해버릴까?"

그때 다른 대원이 급히 그의 입을 막았다. 탈영은 입에 올리는 것만으로도 중대한 처벌을 받는 금기어였다. 레인이 혀를 끌끌 찼다.

"매케인이 취했다. 가서 재워라."

"알겠습니다."

대원 한 명이 만취한 매케인을 질질 끌고 나갔다.

리셀은 하루 종일 마나 수련을 했다. 그러나 생각했던 만큼 성취가 이뤄지지 않았다. 마나 수련을 시작하자 마나홀의 마나가 전신을 순환하기 시작했다. 한참을 수련하자 점점 더 많은 마나가 딸려 들어왔다. 그러기를 얼마간, 마침내 마나가 포화 상태에 이르렀다. 그러자 일부의 마나가 어깨로 집중되었다.

'됐어. 이대로 수련해서 통로를 뚫어야 해.'

리셀은 가일층 수련에 박차를 가했다. 그러나 마나는 순순히 리셀의 말을 들어 먹지 않았다. 한때 드래곤의 몸을 차지했던 마나라서 그런지 자존심이 이만저만이 아니었다. 리셀이 의식하자 마나는 더 이상 길을 뚫으려 하지 않고 다시 마나홀로 돌아가려는 기미를 보였다. 여기서 리셀은 하나의 사실을 깨달을 수 있었다.

‘마나를 통제하는 것은 정적인 수련만으로는 불가능해.’

마음을 정한 리셀이 몸을 일으켰다. 이미 해가 진 지 오래인 한밤중이었다. 고개를 돌려보자 파디아가 구석의 야전 침대 위에서 웅크리고 자고 있는 모습이 보였다. 살짝 안색을 굳힌 리셀이 책상에 기대 세워놓은 검을 집어 들었다.

‘다시금 몸을 한계 상황으로 몰아넣어야 해. 그래야만 마나를 통제할 수 있어.’

막사를 박차고 나간 리셀은 머뭇거림 없이 연무장으로 향했다. 밤이 깊어서인지 연무장에는 아무도 없었다. 연무장 한복판에 선 리셀이 덮어놓고 검을 휘두르기 시작했다.

‘서둘러야 해. 마나가 마나홀로 모두 들어가 버리면 말짱 헛일이야.’

얼마나 급했는지 리셀은 검집을 벗기지도 않고 검을 휘둘렀다.

부웅 부우웅.

둔탁한 검집이 바람을 가르는 소리가 매섭게 울려 퍼졌다. 리셀은 아무런 말도 하지 않고 검을 휘두르는 데 몰두했다. 리셀의 머릿속에는 한시라도 빨리 몸을 한계 상황으로 몰아넣어야겠다는 생각뿐이었다.

사실 허공에 대고 장검을 휘두르는 것도 상당히 많은 에너지를 소모한다. 장검의 무게 자체는 2, 3킬로그램 정도밖에 안 되었지만 그것을 휘두를 경우 원심력이 작용해서 몇 배나

무게가 불어난다. 보통 사람이라면 십 분 정도 검을 휘두르는 것만으로도 완전히 녹초가 되어버린다.

그러나 리셀은 보통 사람이 아니라 지금껏 10년 넘게 검을 연마해 온 기사였다. 한 시간쯤 휘두르자 숨결이 거칠어지기 시작했다. 구슬 같은 땀이 이마에서 주르르 흘러내렸다.

다행히 마나는 완전히 마나홀로 돌아가지 않고 리셀의 몸을 느릿하게 순환했다. 그런 상황에서 리셀의 체력이 소모되자 마나홀에서 더욱 많은 마나가 흘러나왔다. 그러기를 얼마간, 리셀의 눈빛이 날카롭게 빛났다.

'좋아. 마나가 어깨로 몰려들고 있어.'

드러난 현상에 고무된 리셀이 땀을 뻘뻘 흘리며 검을 휘둘렀다. 그럴수록 더욱 많은 마나가 어깨로 집중되었다. 잠시 더 검을 휘두르자 리셀의 어깨 부위에서 뭔가가 툭툭 터지는 소리가 들렸다. 물론 그것은 오로지 리셀에게만 들리는 소리로 오랫동안 사용되지 않아 막힌 통로가 마나의 압력에 못 이겨 뚫리는 소리였다. 고통이 이만저만이 아니었지만 리셀은 입술을 꼭 깨물며 참았다. 이미 이런 종류의 고통을 수도 없이 겪어본 그였다.

'과연 어디까지 통로를 뚫을 수 있을까?'

빛나는 검에 대한 갈망 때문에 리셀은 쉬지 않고 몸을 혹사시켰다. 그러나 마나는 리셀의 어깨 아래, 상박 부근까지만 통로를 뚫어놓고 다시 마나홀로 돌아가 버렸다. 마치 지쳐서 더 이상은 못하겠다는 듯 말이다. 쓴웃음을 지은 리셸이 제자리에 털썩 주저앉았다.

'여기까지가 한계인가?'

리셸이 조심스럽게 손을 뻗어 어깨를 어루만졌다. 여기까지 뚫었다면 장차 무기를 쥔 손까지 마나를 보내는 것도 전혀 불가능한 경지는 아니다. 돌연 그의 얼굴에 기대감이 떠올랐다.

'이제 어깨에까지 마나를 보낼 수 있게 되었어. 그렇다면 그 효용은 어떠할까?'

지금껏 마나는 순환할 때마다 리셸이 짐작조차 하지 못한 효능을 보여주었다. 몸통을 순환할 때에는 독과 마법에 대한 강력한 저항력을 생성했다. 마법이 발현하는 것을 원천적으로 막아주었고 몸을 파고든 독은 깡그리 빨아들여 밖으로 배출해 버렸다. 그로 인해 리셸은 위기를 벌써 여러 번 모면할 수 있었다.

그리고 머리 부분을 순환할 때 리셸은 전신의 감각이 무한히 확장되는 것을 느꼈다. 마나가 뇌에 작용하며 시력과 청력, 후각 등 모든 감각이 예민해졌다. 그렇다면 어깨는 어떨까? 리셸은 지칠 대로 지쳤다는 사실도 잊고 자리에서 벌떡 일어났다.

'어깨는 검을 휘두르는 데 가장 중심이 되는 부분이다. 검의 파괴력은 대부분 어깨에서 나오지. 마나가 어깨에 작용하는 지금이라면……'

　더 이상 참을 수 없었던 리셀이 구석에 놓인 연무대를 향해 걸어갔다. 거기에는 마상 창술을 연습하는 퀸튼(방패를 든 인간 형상의 허수아비)과 함께 검을 휘두를 수 있게 만들어 둔 말뚝이 있었다. 굵직한 사람 몸통 두께의 나무 말뚝에 밀짚으로 엮은 새끼줄을 감아둔 것으로, 기사들은 목검으로 이 말뚝을 가격하며 파괴력을 키운다. 그중 한 말뚝 앞에 선 리셀이 가만히 심호흡을 했다. 그 상태로 정신을 집중하자 마나홀의 마나가 실타래처럼 풀려나왔다.

　'어깨까지 마나를 보내려면 시간이 걸리겠군.'

　리셀은 허공에 대고 검을 휘두르기 시작했다. 어깨까지 보내기에 충분한 양의 마나를 마나홀로부터 뽑아내려면 시간이 필요했다. 얼마간을 반복했을까, 마침내 리셀의 몸이 마나로 꽉 들어찼다. 그러자 마나가 리셀이 바라던 대로 어깨로 밀려들기 시작했다. 어느 정도 통로를 뚫은 탓인지 마나가 별다른 저항 없이 어깨로 쭉 밀려들었다. 그 순간 리셀의 눈이 빛났다.

　'지금이다.'

　자세를 고친 리셀이 말뚝을 똑바로 노려보았다. 두 발을 어깨너비로 벌린 상태에서 리셀은 기합과 함께 내려치기를 했다.

　"이야압."

　검집을 벗기지 않은 상태의 장검이 새끼줄로 둘둘 감긴 말

뚝의 상단 부근에 작렬했다. 그러자 믿어지지 않는 일이 벌어
졌다.

콰아아앙.

엄청난 폭음과 함께 말뚝이 그대로 쪼개져 버렸다. 겉을 둘
둘 감아둔 새끼줄이 맥없이 터져나갔고 부서진 나무 파편이
사방으로 산산이 흩어졌다. 단 한 방에 박살이 난 말뚝을 보고
리셀이 고개를 갸웃거렸다.

'뭐야? 수련용 말뚝을 왜 이렇게 약하게 만들어 놓은 거
지?'

얼굴을 찌푸린 리셀이 옆의 말뚝으로 옮겨갔다. 그러나 그
말뚝 역시 내려치기 단 한 방에 박살나 버렸다. 다음 말뚝 역
시 마찬가지였다. 이쯤 되자 리셀은 뭔가 심상치 않음을 느꼈
다. 네 번째 말뚝 앞에 선 리셀이 조심스럽게 손을 뻗어 표면
을 어루만졌다. 새끼줄 아래 우툴두툴한 표면의 감촉이 느껴
졌다. 지금껏 수를 헤아릴 수도 없을 만큼 목검이 강타한 자국
이었다.

'이런 것이 한 방에 박살났다면 말뚝이 약했던 것이 아니라
내 힘이 비약적으로 강해졌다는 뜻인가?'

리셀의 입가에 슬며시 미소가 떠올랐다. 궁금한 것은 즉각
실행에 옮기는 것이 리셀의 성격이다. 차분하게 검을 들어 올
린 리셀이 이번에는 수평으로 허수아비를 가격했다. 동작이
그리 크지 않은, 그야말로 툭 가져다 대는 듯한 일격이었지만

드러난 결과는 놀라웠다.

콰지지직.

어른 몸통보다 굵은 허수아비의 허리가 그대로 부러져나가
며 나무 파편이 사방으로 비산했다. 지금껏 수많은 기사들의
목검 세례를 버텨온 허수아비였지만 마나를 어깨에 집중시킨
리셀의 일격에는 버티지 못했다. 박살이 난 허수아비를 내려
다보면서 리셀이 빙그레 웃었다.

'역시 마나의 효능은 놀라워. 어깨에 마나를 불어넣으니 근
력이 월등히 늘어나는군. 아무래도 파괴력 조절이 필요하겠
어.'

생각지도 않은 능력 하나를 일깨운 덕분에 리셀은 기분이
무척 좋은 편이었다.

'그나저나 이만 들어가 자야겠군. 체력이 많이 소진되었
어.'

피로가 몰려오는 것을 느낀 리셀이 막사 쪽으로 걸음을 옮
겼다. 어지간한 리셀이라도 밤새도록 검을 휘둘렀으니 맥이
빠지지 않을 도리가 없었다.

해가 막 떠오른 새벽녘. 발톱 기사단의 연무장을 관리하는
작업병들이 졸린 눈을 비비며 나왔다. 그러나 그들은 금세 눈
을 휘둥그레 떠야 했다.

"뭐야?"

기사들이 검격을 연무하는 말뚝 중 상당수가 무참히 박살난 것을 발견한 것이다. 구레나룻이 무성하게 난 중년 병사 하나가 허리가 완전히 부러져나간 말뚝을 조심스럽게 매만졌다.

"이게 어찌 된 일이지? 밤새 오우거라도 난입한 건가?"

이곳에 있는 나무 말뚝들은 하나같이 단단하기로 유명한 참나무를 가공해 만든 것이었다. 표면에 새끼줄을 촘촘히 감아 두었기 때문에 힘 좋기로 유명한 오우거가 아니면 이렇게 박살낼 수가 없다.

지금껏 수많은 기사들이 이 나무 말뚝에 대고 목검을 휘둘렀지만 부러져나간 것은 몇 개 되지 않았다. 그런데 하룻밤 사이에 다섯 개의 나무 말뚝이 완전히 박살이 나버린 것이다. 목수 출신의 작업병이 혀를 찼다.

"큰일 났군. 기사님들이 연무장에 나오기 전에 새로 만들어야겠어."

아직까지 얼굴에 앳된 기색이 가시지 않은 어린 병사가 조심스럽게 입을 열었다.

"혹시 팔콘 전단의 스탤론 기사님이 밤새 연무를 하신 것이 아닐까요? 그 뭐냐, 인간 오우거라 불리는 분 말입니다."

그 말에 선임병이 깜짝 놀라 그의 입을 틀어막았다.

"이 녀석! 큰일 날 소릴 하는군. 행여나 그런 말은 입에 담지도 말아라. 팔콘 전대에 불려 가서 호되게 두들겨맞기 전에 말이다."

급히 만류하긴 했지만 작업병은 어린 병사의 말에 어느 정도 수긍하고 있었다. 발톱 기사단에게 가장 힘이 좋다고 소문이 자자한, 암암리에 인간 오우거라는 별명까지 붙은 기사 스탤론이라면 어쩌면 가능할 수도 있었다. 물론 그 말을 스탤론의 면전에서 한다면 즉각 분노의 응징을 받겠지만 말이다. 부하들이 부서진 말뚝을 뽑아내는 것을 보던 선임병이 살짝 얼굴을 찡그렸다.

"그나저나 나무 말뚝 다섯 개를 다시 설치하려면 오전 내내 작업해야겠군."

그의 지시에 따라 병사들이 구시렁거리며 공구실로 향했다. 연무용 나무 말뚝은 아무 나무나 베어 쓸 수 없다. 단단한 참나무를 골라야 하는데 참나무는 그리 쉽게 구할 수가 없다. 그렇기 때문에 그들로서는 당연히 짜증이 날 수밖에 없었다.

그러나 작업병들의 불운은 다음 날에도, 그 다음 날에도 이어졌다. 아침에 나오자마자 그들은 어김없이 박살이 난 말뚝을 목격해야 했다.

"세상에! 또 부서졌어?"

질 좋은 참나무를 골라 새끼줄로 정성스럽게 감아두었건만 단 하루 만에 더 이상 쓸 수 없을 정도로 부서져 나간 것이다. 작업병들이 피로에 찌든 얼굴로 푸념을 했다.

"미치겠군. 이러다간 말라 죽고 말 거야."

그러나 그들로서는 어찌할 도리가 없었다. 하늘같이 높은 발톱 기사단의 기사들에게 어떻게 수련을 하지 말라고 말할 수 있단 말인가? 신분이 낮은 병사들의 입장에서는 밤샘 작업이라도 해서 부서진 말뚝을 보충할 수밖에 없었다.

그러나 그들의 불운은 그리 오래가지 않았다. 사흘이 지나고부터 말뚝이 부서지는 숫자가 급격히 줄어들었다. 단 세 개의 말뚝만이 부서져 나갔고 그 다음 날에는 하나만 망가졌다. 그리고 그날 이후부터는 말뚝이 하나도 망가지지 않았다. 작업병들은 비로소 안도의 한숨을 내쉴 수 있었다.

"정말 다행이야. 스탤론 기사님이 더 이상 야밤 수련을 하지 않으시나 보군."

퍼어억.

묵직한 소리와 함께 말뚝이 부르르 진동했다. 그 앞에 선 리셀이 만족스럽게 미소를 지었다.

"이제 힘 조절도 어느 정도 가능하게 됐군."

그간 리셀은 심야 시간을 이용해 꾸준히 수련해왔다. 낮에는 많은 기사들이 연무장에 나와 검술 연마를 한다. 그들의 앞에서 말뚝을 박살낸다면 곧바로 주목을 받을 게 뻔하기 때문에 리셀은 의도적으로 낮 수련을 피했다. 그래서 이렇게 밤이슬을 맞으며 수련에 몰두하는 것이다.

어깨에 마나를 주입시키는 게 가능해진 후 리셀은 괴력을 발휘할 수 있게 되었다. 마나의 힘을 이용한다면 괴력의 몬스터 오우거에 버금가는 힘을 내는 것도 불가능한 일은 아니다. 다만 그 힘에 적응하는 것이 리셀에게 당면한 과제였다.

'기사가 돼가지고 자기 힘을 조절하지 못한다면 엄청난 수치라고 볼 수 있지.'

처음에는 힘 조절을 하지 못해 말뚝이 무참히 박살났다. 그러나 수련이 거듭될수록 말뚝이 부서지는 빈도수가 줄어들었다. 어깨에 들어가는 마나량을 가감해 힘 조절을 하는 요령을 터득한 것이다. 지금도 리셀은 가장 최적의 힘으로 말뚝을 가격하고 있었다. 기계적으로 말뚝을 후려치는 리셀의 얼굴에는 희열의 빛이 배 있었다.

'이 힘을 잘만 이용한다면 내 검술 실력을 월등히 향상시킬 수 있어.'

남부 전선에 배치된 후 리셀은 검술의 파괴력보다는 속도에 치중해왔다. 쌍검을 사용하다 보니 자연스레 그럴 수밖에 없었다. 그러나 리셀은 수련하면서도 한 가닥 불안감을 가지고 있었다. 사막 전사와 싸울 때에는 속도가 빠른 검술이 유리할 테지만 훗날 정규 기사와 싸울 때에는 어려움을 겪을 수도 있다. 게다가 리셀의 체격은 그리 우람하지 않다. 힘이 좋은 거구의 기사를 상대할 경우 곤란을 겪을 수밖에 없었다.

그런데 마나가 어깨에 주입되자 그런 걱정은 깡그리 사라져버렸다. 마나의 힘을 적절히 이용하게 되면서 제아무리 힘이 좋은 기사와도 능히 맞서 싸울 수 있게 된 것이다.

'마나의 효용은 상상을 불허해. 단 일격에 말뚝을 박살내는 위력은 근육을 아무리 키우더라도 낼 수 없어.'

그 사실에 고무된 리셀은 잠을 자는 것도 잊고 수련에 몰두했다.

제4장
신고식

　까마귀 전대원들은 리셀을 아예 없는 사람 취급했다. 전대
장으로 부임했지만 지금껏 단 한 번도 부하들과 대면하지 않
았다. 그럴 수밖에 없는 것이 리셀은 밤이 새도록 수련을 한
다. 그리고 낮에는 부족한 잠을 보충하느라 막사에서 나오지
않았다. 당연히 까마귀 전대원들의 리셀에 대한 시선이 고울
리가 없었다.

　“미친놈. 막사에만 처박혀 있을 거면 뭐 하러 까마귀 전대
에 왔대?”

　게다가 그들의 오해에 불을 끼얹은 것은 파디아의 존재였
다. 리셀의 시중을 드느라 파디아는 여러 번 막사에 들러야 했

다. 비록 제국 병사의 군복을 입고 있었지만 그녀가 여자라는
사실이 밝혀지는 데에는 그리 오랜 시간이 걸리지 않았다. 여
자와 함께 막사에서 두문불출하는 리셀에게 오해의 눈빛이 쏟
아지는 것은 필연이었다.

"전대장이라는 작자가 여자를, 그것도 레오폰 계집을 데리
고 막사에 처박혀 있다니……."

"상종하지 못할 작자로군."

그러나 리셀은 그런 오해에 대해 까맣게 몰랐다. 그리고 리
셀이 까마귀 전대장으로 부임한 지 정확히 열흘이 되던 날 사
단이 일어났다.

그날도 리셀은 밤새도록 수련을 하고 낮에 잠을 청하고 있
었다. 그런데 귓전으로 다급한 음성이 파고들었다.

"일어나 보슈. 사건이 터졌수다."

살짝 눈을 뜬 리셀의 시야에 레인의 얼굴이 들어왔다. 그답
지 않게 얼굴에 다급한 기색이 역력했다. 물론 리셀을 보는 눈
빛이 그리 곱지만은 않았다.

'해가 중천에 떴는데도 자빠져 자고 있다니.'

두 팔을 쭉 펴서 기지개를 켠 리셀이 입을 열었다.

"무슨 일인가?"

"일단 밖으로 나와보슈."

퉁명스럽게 대꾸한 레인이 몸을 돌려 막사 밖으로 나갔다.

영문을 모른 리셀이 몸을 일으켰다.

그런데 밖으로 나온 리셀의 눈이 휘둥그레졌다. 일단의 기사들이 막사 밖 연무장에서 서로 대치하고 있었다. 그들에게서 뿜어져 나온 살기가 대기를 가득 메웠다.

"이게 무슨 일이지?"

고개를 갸웃거린 리셀이 그쪽으로 걸음을 옮겼다. 두 무리 중 한쪽은 푸른색 제복에 사슬갑옷을 걸친 열서너 명 정도 되는 기사들이었다. 그리고 반대쪽에는 까마귀 전대 특유의 검은 제복을 걸친 대원들이 한데 모여 눈을 부라리고 있었다. 서른 명 정도 되는 것을 봐서 까마귀 전대원 전원이 모인 것 같았다.

그런데 완전무장을 한 기사들 가운데 까마귀 전대의 제복을 입은 자들이 둘 있었다. 하나같이 흠씬 얻어맞아 피투성이가 되어 있었는데 사슬갑옷의 기사 서너 명이 그들을 찍어 누르고 있었다.

"어떻게 된 건가?"

눈을 가늘게 뜨고 있는데 레인이 급히 다가와 상황 설명을 했다.

"놈들은 팔콘 전대원들이오. 어젯밤 시내의 선술집에서 시비가 일어났는데 팔콘 전대원들이 대거 출동해서 우리 대원 둘을 붙잡아 갔다오. 저 꼴을 보니 밤새도록 두들겨 팬 것 같소."

리셀의 미간이 좁아졌다.

"팔콘 전대원들이 우리 대원을?"

"그렇소. 그것도 모자라 저놈들은 우리 까마귀 전대에 책임을 묻기 위해 몰려온 것이오."

어디선가 낭랑한 음성이 울려 퍼졌다.

"그에 대한 설명은 본인이 하겠소."

끼어든 이는 스물 서넛 정도 되어 보이는 젊은 기사였다. 산뜻한 푸른 제복 위에 사슬갑옷을 걸친 기사가 빙그레 웃으며 리셀을 향해 다가왔다. 상당한 미남자였다.

"본인은 팔콘 전대의 대원인 도미닉이오. 우린 귀 전대 책임자의 사과를 받고자 이곳에 왔소."

"사과?"

도미닉이라 이름을 밝힌 기사가 손가락을 뻗어 피투성이가 된 두 명의 대원을 가리켰다.

"어젯밤 저 두 명의 까마귀 전대원이 우리 팔콘 전대 전체를 모욕했소. 우리더러 드래곤 전대의 엉덩이를 핥는 족속들이라고 하더구려. 우리 팔콘 전대원으로서는 결코 용납할 수 없는 모욕이오. 해서 우리는!"

도미닉이 가슴을 활짝 펴고 리셀을 쳐다보았다.

"까마귀 전대의 공식적인 사과를 받고자 하오. 그대가 이번에 까마귀 전대의 전대장으로 임명되었으니 마땅히 책임지고 사과를 하도록 하시오."

그때 피투성이가 된 대원 한 명이 버럭 고함을 질렀다. 그토록 혹독하게 두들겨 맞았으면서도 전혀 기가 죽지 않았다.

"너희가 먼저 우릴 모욕하지 않았느냐? 우리에게 먼저 발톱 기사단의 명예를 더럽히는 쓰레기라고 했다. 우린 그 말을 똑똑히 들었다!"

그 말에 도미닉의 눈매가 급격히 휘말려 올라갔다.

"저것들이 아직도 매가 모자랐나 보군. 좋다. 우리 대원이 그런 말을 한 것은 사실이다. 하지만 그 말이 전혀 엉터리는 아니지 않느냐? 틈만 나면 술을 먹고 패싸움을 벌이는 너희들은 한마디로 발톱 기사단의 수치이다."

그의 모욕적인 말을 들은 까마귀 전대원의 눈에서 불똥이 튀었다. 동료를 붙잡아가서 초주검을 만든 것도 참을 수 없는데 적반하장격으로 불씨에 불을 지피는 것이다.

"이런 개자식들!"

"그래. 이번에 끝장을 보자."

그들이 주먹을 움켜쥐고 나서려는 순간 리셸의 착 가라앉은 음성이 들려왔다.

"그만."

리셸의 시선이 도미닉의 얼굴에 가서 꽂혔다.

"정황을 들어보니 그쪽에서 먼저 우리 까마귀 전대를 모욕했군. 그렇지 않나?"

그러나 도미닉은 한 치도 물러서지 않았다.

"까마귀 전대는 충분히 그런 말을 들을 자격이 있소. 도대체 까마귀 전대가 하는 일이 뭐요? 틈만 나면 술에 취해 패싸움을 벌이는 것이 일 아니오? 하지만 우리 팔콘 전대는 그런 모욕을 감내해야 할 이유가 없소."

리셀의 마음은 차분히 가라앉아 있었다. 저들의 의도가 어느 정도 간파되었기 때문이었다.

'작정하고 온 놈들이로군. 평소 까마귀 전대에 쌓인 감정이 많았다가 내가 부임한 것을 알고는 자극해보려는 심산이야. 한마디로 신임 전대장 길들이기 정도라고 생각하면 되겠군.'

리셀의 입가에 빙그레 미소가 그려졌다. 안 그래도 수련의 성과를 확인하고 흡족해하던 참이었다. 그런데 팔콘 전대에서 어떻게 딱 맞춰 시비를 걸어온단 말인가?

도미닉 뒤에 도열한 기사들을 훑어보던 리셀의 시선이 한 기사에게 가서 멎었다. 키가 족히 2미터는 넘어 보이는 장대한 체구의 기사로 전신에서 서릿발 같은 기세가 스며 나오고 있었다. 리셀의 입가에 서린 미소가 짙어졌다.

'확실하게 실력 행사를 하고자 실력자를 대동한 것인가? 좋아. 시비를 걸어온다면 당당히 받아주지.'

고개를 끄덕인 리셀이 도미닉을 쳐다보았다.

"좋아. 도미닉, 사과를 받고 싶다고 했나?"

돌변한 리셀의 말투에 움찔했지만 도미닉은 자신만만하게 가슴을 쭉 폈다.

“그렇소. 사과를 받지 않고서는 물러설 수 없소.”

“내가 보기에는 사과를 해야 할 쪽은 그쪽 같은데?”

도미닉의 눈이 살짝 커졌다. 귓전으로 리셀의 잔잔한 음성이 파고들었다.

“내 부하의 말에 따르면 먼저 모욕한 건 팔콘 전대 쪽이야. 우리 까마귀 전대가 발톱 기사단의 명예를 더럽히는 쓰레기라고 했던가? 그렇다면 나는 쓰레기 두목이 되겠군.”

“……”

리셀의 눈가에 서린 빛이 서서히 짙어졌다.

“좋아. 그것까지는 감내할 수 있어. 세상의 평판 따위에는 그다지 신경 쓰지 않으니 말이야. 하지만 한 가지는 용서할 수 없군. 우리 대원들을 무단으로 감금하고 폭행한 사실! 나는 다른 사람도 아닌 내 부하를 무단으로 잡아가서 두들겨 팬 데 대한 사과를 받아야겠어.”

도미닉이 황당하다는 눈빛으로 리셀을 쳐다보았다. 아무리 봐도 스물이 채 되어 보이지 않는 애송이였다. 장거리 정찰대에서 어느 정도 공을 세웠다는 말은 들었지만 저토록 당당하게 나설 처지가 아니다. 게다가 아직까지 정식으로 서임받지도 않은 견습기사가 아니던가? 도미닉이 살짝 입술을 깨물었다.

‘베텔 왕국 출신의 시골뜨기 애송이가 하늘 높은 줄 모르는군.’

그들이 몰려온 이유는 리셀의 추측과 그리 다르지 않았다. 팔콘 전대는 평소 까마귀 전대를 곱지 않게 보고 있었다. 그러다가 신임 전대장이 부임했다는 소식을 듣고 행동에 나선 것이다. 공개적으로 까마귀 전대를 모욕하려는 것이 팔콘 전대의 의도였다. 바로 그 때문에 팔콘 전대의 부전대장이자 최고의 강자인 나이트 스텔론을 대동한 것이 아니었던가?

도미닉의 시선이 슬며시 뒤로 돌아갔다. 팔짱을 낀 장대한 체구의 기사 스텔론과 눈이 마주친 순간 무언의 대화가 오갔다.

'어떻게 할까요?'

'계획대로 진행해라.'

'알겠습니다.'

고개를 끄덕인 도미닉이 고개를 돌렸다.

"까마귀 전대의 신임 전대장과는 도무지 말이 통하지 않는구려."

그 말에 리셀이 쿡쿡 웃었다.

"애초에 무슨 말이 필요할까. 팔콘 전대는 칼이 아닌 주둥이를 가지고 시시비비를 가리나 보지?"

"말이 심하오!"

도미닉의 얼굴이 시뻘겋게 달아올랐다. 그는 더 이상 생각할 것도 없다는 듯 손에 끼고 있던 장갑을 벗어 던졌다. 자수가 놓인 장갑이 리셀의 가슴팍에 부딪혀 바닥으로 떨어졌다.

"정식으로 결투를 신청하오. 까마귀 전대에서 사과를 하지 못하겠다니 우리로선 이럴 수밖에 없소."

리셀이 기다렸다는 듯 대답을 했다.

"진작 그럴 것이지. 결투를 받아들인다."

"좋소. 우리 측 공증인은 데리고 왔으니 더 이상 시간 끌지 맙시다."

"그래? 그럼 우리 공증은 누가 서주지?"

현재 까마귀 전대에는 정식으로 서임받은 기사가 한 명도 없었다. 전대장인 리셀조차도 견습기사 신분이니 공증을 설 만한 사람이 없다고 볼 수 있었다. 도미닉이 안 됐다는 표정으로 리셀을 쳐다보았다.

"당장 공증인을 데리고 올 수 없다면 우리 대원 중 한 명이 공증을 서도록 하겠소."

"뭐, 그래도 상관없겠지. 결투의 승패에 공증인 따윈 아무 역할을 못할 테니 말이야."

도미닉은 화가 나서 머리에서 김이 모락모락 치밀어오를 지경이었다. 나이도 새파랗게 어린데다 아직까지 견습기사 신분인 리셀이 꼬박꼬박 반말을 지껄이니 그럴 수밖에 없었다.

비록 평대원이긴 하지만 도미닉은 정식으로 서임받은 정규 기사였다. 그러나 계급이 깡패라고 견습기사이긴 하나 까마귀 전대의 전대장인 리셀에게 그 문제를 걸고 넘어설 수는 없었다.

"파웰님께서 까마귀 전대 측 공중을 서주십시오."

도미닉의 말에 나이가 지긋한 기사 한 명이 걸어 나왔다.

"알겠다. 내가 까마귀 전대 측 결투 상대자의 공중인을 맡겠다."

그렇게 해서 까마귀 전대의 막사 앞 연무장은 느닷없이 팔콘 전대와의 결투장이 되어버렸다.

도미닉이 기세등등한 표정으로 까마귀 전대원들을 둘러보았다.

"우리 측에선 스탤론 부전대장님께서 나서실 것이오. 까마귀 전대에서는 누가 나올 것이오?"

"나밖에 누가 더 있겠나?"

"흠, 좋소. 그럼 결투를 시작하도록 합시다."

도미닉이 분기에 찬 표정으로 몸을 돌렸다. 스탤론을 스쳐 지나가면서 그가 나지막한 음성을 흘렸다.

"확실하게 박살을 내주십시오. 팔다리 하나쯤 잘려나가도 괜찮습니다. 불구로 만들어버려야 제 속이 풀릴 것 같습니다."

"걱정하지 마라."

당당한 덩치의 나이트 스탤론이 걸어 나오자 까마귀 전대원들이 술렁이기 시작했다. 물론 그들은 스탤론이 팔콘 전대의 최고수이자 발톱 기사단에서 가장 괴력을 자랑하는 기사라는 사실을 잘 알고 있었다. 그런 스탤론과 나이도 어린데다 체구도 왜소한 신임 전대장이 결투를 벌이게 되었으니 걱정이 되지 않을 수 없다. 레인이 조심스럽게 다가가 말을 걸었다.

"괘, 괜찮으시겠습니까?"

그래도 까마귀 전대를 대표해서 결투를 벌일 리셀이기 때문에 말투가 눈에 띄게 공손해져 있었다. 리셀이 싱긋 웃으며 손을 흔들었다.

"걱정하지 말도록. 그대는 대원들이나 잘 챙겨라."

"아, 알겠습니다."

리셀은 가벼운 사슬갑옷을 걸친 다음 검 두 자루를 허리에 차고 연무장으로 걸어나갔다. 그 모습을 본 스탤론의 눈빛이 살짝 빛났다.

"쌍검인가? 사막 전사의 검술에 영향을 받았나 보군. 하지만 편법은 결코 정통을 당해내지 못하는 법이야."

"걱정도 태산이시구려. 당신 걱정이나 하시오."

삐딱한 리셀의 말투에 스탤론의 눈매가 급격히 휘어 올라갔다.

'하늘 무서운 줄 모르는 애송이로군. 확실하게 혼쩌검을 내줘야겠어.'

고조된 음성이 입술을 비집고 흘러나왔다.

"좋다. 그럼 발버둥을 쳐보도록 하라."

스탤론은 먼저 공격하라는 듯 손짓을 했다. 그 모습에 리셀이 비릿한 미소를 머금었다.

“명색이 기사면서 어찌 결투의 예의를 알지 못하는 것이오? 상급자가 하급자의 선공을 받아주는 것이 예의라는 사실을 지금껏 배우지 못했소?”

순간 스탤론은 머릿속에서 뭔가가 툭 끊어지는 듯한 느낌을 받았다. 리셀의 말대로 그런 예의가 있긴 했다. 하지만 스탤론은 결코 리셀의 하급자라 볼 수 없었다. 물론 겉으로 보기에 리셀이 전대장이고 스탤론이 부전대장이라는 사실은 틀림이 없었다. 그러나 객관적인 면에서는 스탤론의 신분이 월등히 높다고 할 수 있었다. 정식으로 서임받은 정규 기사에다 까마귀 전대보다 높게 평가받는 팔콘 전대의 부전대장이기 때문이었다. 거친 음성이 토해지듯 흘러나왔다.

“이런 건방진 녀석. 좋다. 내 선공을 받아보아라.”

스탤론이 등에 찬 대검을 뽑아들었다. 놀랍게도 그는 두 손으로 겨우 쓸 수 있을 법한 거대한 양손검을 한 손으로 들고 있었다. 그리고 왼손에 든 것은 합금으로 된 묵직한 타워실드였다. 과연 인간 오우거라 불리기에 부족함이 없는 위용이었다. 그 모습을 보며 리셀이 한가롭게 검을 뽑아들었다.

스르릉.

하나는 조금 긴 롱소드이고 나머지 하나는 병사들이나 사용하는 쇼트소드였다. 그 모습을 본 스탤론이 격양된 음성을 내뱉으며 달려들었다.

“어디 한번 받아봐라, 애송아!”

말과 동시에 대검이 바람을 가르며 맹렬히 휘둘러졌다.

푸캉.

날카로운 소리와 함께 리셀의 몸이 휘청했다. 마스터로부터 전수받은 대로 상당량의 힘을 흘려보내긴 했지만 그 여파가 만만치 않았다. 이어지는 검격에 리셀의 몸이 주르르 뒤로 밀렸다. 두 번의 공격에도 자세가 무너지지 않자 스탤론이 코웃음을 쳤다.

"흥. 어느 정도 큰소리칠 만하구나. 하지만 이제부터 시작이다."

이어진 것은 숨 쉴 틈도 없이 몰아치는 맹공이었다. 육중한 양손검이 쉬지 않고 리셀의 전신 구석구석을 파고들었다. 보통 사람이라면 몸의 회전력을 이용해야 겨우 휘두를 수 있는 검이었지만 스탤론은 가볍게 한 손으로 휘두르고 있었다.

촹 촤촤촹.

허공에 불똥이 잇달아 튀었다. 리셀은 최대한 힘을 흘려가며 공세를 막아내고 있었다. 그러나 검에 실린 힘이 워낙 막강해 뒤로 죽죽 밀리는 것은 피할 수 없었다. 겉으로 보기에는 스탤론의 월등한 우위였다. 그 모습에 까마귀 전대원들의 얼굴이 어두워졌다.

'그토록 큰소리를 치더니만……'

'혹시나 했는데 역시였어.'

반면 팔콘 전대원들은 리셀에게 야유를 퍼붓고 있었다.

"뭐하는 거야? 실력이 입담을 따라가지 못하잖아?"

그러던 사이 상황에 변화가 일어났다. 튼튼하게 방어에만 치중하던 리셀의 눈빛이 반짝 빛났다. 거듭되는 충격으로 인해 마침내 마나가 어깨로 밀려들어 간 것이다.

아직까지 리셀은 마나를 자유자재로 통제하지 못했다. 어깨에 마나를 밀어 넣으려면 한참 동안 검을 휘둘러야 한다. 그런데 리셀은 잠을 자다가 막 나온 상태라 몸이 풀리지 않았다. 그래서 방어에 치중하면서 때를 기다렸는데 생각보다 빨리 기회가 찾아온 것이다.

'혼자서 검을 휘두르는 것보다 상대와 맞서 싸우는 게 마나를 빨리 활성화시킬 수 있군.'

어깨에 마나가 쭉 빨려 들어가는 것을 느낀 리셀이 빙글빙글 웃으며 스탤론을 쳐다보았다.

"실력이 생각했던 것보다 기대 이하로군요."

스탤론의 얼굴이 시뻘겋게 달아올랐다. 얼핏 보더라도 극도로 화가 난 모습이었다.

"충분히 실력을 보았으니 이제 공격해도 되겠소?"

"마음대로! 얼마든지 공격하라."

버럭 고함을 지른 스탤론이 벼락같은 기세로 검을 내려찍었다. 리셀은 더 이상 검을 받아 흘리지 않았다. 이미 그의 어깨는 마나로 충만해진 상황. 사선으로 그어 올린 검이 스탤론의 검과 정면으로 맞부딪혔다.

콰아앙.

도저히 검과 검이 맞부딪힌 것으로 생각할 수 없는 굉음이 터져 나왔다. 동시에 스탤론의 거구가 휘청했다.

"크윽. 이, 이놈이……."

일순간 균형을 잃어버린 스탤론이 눈을 부릅떴다. 그 순간 리셀의 검격이 수평으로 날아왔다. 스탤론이 반사적으로 방패를 들어 막았다.

콰아아앙.

폭음과 함께 방패가 푹 패여 들어갔다. 충격을 이기지 못한 스탤론이 비틀거리며 뒤로 물러났다. 그의 눈동자는 경악으로 가득 차 있었다.

"미, 믿을 수 없어."

몇 년 전, 남부전선으로 오기 전에 스탤론은 휘하 기사들과 함께 오우거 사냥에 나선 적이 있다. 당시 그는 가장 선두에 서서 방패로 오우거의 공격을 막아 냈었는데 지금 받아낸 일격은 당시의 기억을 떠올리게 하기에 모자람이 없었다.

"이익."

스탤론이 악에 받친 듯 검을 휘둘렀다. 그러나 리셀은 추호도 물러서지 않고 마주 공격을 가했다.

콰쾅.

폭음이 울리고 스탤론은 또다시 휘청거리며 뒤로 물러났다. 충격을 이기지 못하고 비틀거리는 스탤론을 향해 리셀이 폭포

처럼 공격을 퍼부었다. 검이 대기를 가르는 소리가 날카롭게
울려 퍼졌다.

쐐액. 쐐애액.

감히 검으로 맞받을 엄두를 내지 못한 스탤론이 방패를 들
어 전신을 방어했다. 리셀은 기다렸다는 듯 방패를 후려갈기
기 시작했다. 양손에 든 검이 보이지도 않을 정도의 속도로 퍼
부어졌다.

쾅 콰콰쾅.

방패의 표면이 보기 흉하게 패여 들어갔다. 방패를 든 스탤
론의 몸이 마치 번개라도 맞은 듯 쉴 새 없이 들썩였다. 공격
은 막아냈지만 충격까지 흘려보내진 못한 것이다. 팔에서 점
점 감각이 사라져갔다.

오직 힘만 중시하는 검술을 익힌 탓에 스탤론은 지금껏 상
대의 공격을 흘려버리는 방법을 터득하지 못했다. 굳이 배울
필요가 없었기 때문이었다. 하지만 더 강력한 힘과 맞서는 상
황에 직면하자 어려움을 겪을 수밖에 없었다.

리셀은 마치 분노한 광전사처럼 끊임없이 공격을 퍼부었다.
결국 스탤론의 입에서 비명이 터져 나왔다.

"크아악."

스탤론이 비틀거리며 뒤로 물러나더니 한쪽 무릎을 꿇었다.
텅 하는 소리와 함께 완전히 찌그러져 형체를 알아볼 수 없게
된 방패가 바닥에 떨어졌다. 그런데 방패를 차고 있던 왼팔의

상태가 이상했다. 기괴하게 뒤틀린 모습으로 보아 과도한 충격을 이기지 못하고 부러진 것이 틀림없었다.

"세, 세상에……."

관전하던 기사들이 입을 딱 벌렸다. 스탤론이 누구인가? 발톱 기사단에서 힘 하면 누구에게도 지지 않는 괴력의 기사 아니던가? 그런 스탤론이 왜소한 애송이 기사 한 명에게 정신없이 밀리는 모습은 그 누구도 상상하지 못한 일이었다. 그것도 우직한 힘 대결에서 말이다.

부러진 왼팔을 매만지던 스탤론의 눈에 불똥이 튀었다. 저 애송이에게 이토록 비참하게 밀릴 줄은 꿈에도 짐작하지 못했다. 분노에 잠식당한 스탤론이 버럭 고함을 지르며 검을 휘둘렀다.

"용서할 수 없다!"

그러나 리셀은 지금까지와 마찬가지로 한 치도 물러서지 않고 이에 맞서 공격을 감행했다. 두 자루의 검이 마주치는 순간 강렬한 충격파가 터져 나왔다.

콰아아앙.

스탤론의 양손검이 맥없이 구부러지며 허공으로 튕겨 나갔다. 담금질을 거쳤기 때문에 마땅히 부러져야 할 검이 휘어져 버린 것이다. 워낙 충격이 강했기 때문에 벌어진 일이었다.

"거, 검을 놓치다니."

스탤론이 어처구니없다는 듯 손바닥을 들여다보았다. 엄지

와 검지 사이가 찢어져 피가 줄줄 흘러나오고 있었다. 그 순간, 스탤론은 목에 와 닿는 차가운 감촉을 느꼈다. 어느새 리셀이 다가와 그의 목에 검끝을 들이대고 있있다.

"더 하시겠소?"

스탤론의 표정이 침통해졌다. 분노가 가라앉고 나자 착잡함이 전신을 뒤덮었다. 한마디로 완패였다. 변명할 여지가 없을 만큼 완벽하게 밀려버렸다. 거기에다 검까지 놓치는 수모를 겪었으니 무슨 말을 할 수 있단 말인가? 눈을 질끈 감은 스탤론이 고개를 숙였다.

"졌다."

패배 선언을 들은 리셀이 검을 거뒀다. 그리고 파리한 안색으로 쳐다보는 도미닉을 물끄러미 응시했다.

"이로써 결과가 나온 것 같군. 승복하나?"

마치 넋을 잃은 듯 리셀의 얼굴을 하염없이 쳐다보던 도미닉이 고개를 푹 수그렸다. 그토록 믿었던 스탤론이 입이 열 개라도 할 말이 없을 정도의 완패를 당했다.

처음에는 기대했던 대로의 모습을 보여주었던 스탤론이었다. 그러나 전세는 일순간에 역전되었다. 까마귀 전대의 신임 전대장은 도저히 믿어지지 않는 괴력을 발휘해 스탤론을 압도적으로 밀어붙인 끝에 승리를 거뒀다. 저 애송이 전대장이 이 정도의 실력자일 줄은 꿈에도 상상하지 못했다. 겨우 고개를 든 도미닉이 고개를 끄덕였다.

"스, 승복합니다. 저희가 결투에서 패배했습니다."

"좋아. 그렇다면 약속했던 대로 사과를 해야겠지?"

주춤거리던 도미닉이 다시 고개를 숙였다.

"정해진 결투의 결과에 따라 사과드립니다. 저희는 까마귀 전대원 두 명을 무단 감금하고……."

그때 리셀이 검지를 들어 흔들었다.

"대상이 틀렸어. 사과는 내가 아니라 너희들이 붙잡아가서 폭행한 내 부하에게 해야 하는 거겠지?"

그 말에 도미닉이 주뼛거렸다. 리셀의 눈매가 급격히 휘말려 올라갔다.

"왜? 하기 싫다는 건가?"

"아, 아닙니다."

어깨를 축 늘어뜨린 도미닉이 힘없이 까마귀 전대원들에게로 걸어갔다. 그들을 찍어 누르던 팔콘 전대원들이 난감한 기색으로 그들을 풀어주었다. 도미닉이 그들에게 고개를 숙였다.

"미, 미안하다. 사과한다."

뜻하지 않게 풀려난 전대원들이 눈을 휘둥그레 떴다. 그러나 그것도 잠시, 팔콘 전대 본부로 끌려가 밤새도록 두들겨 맞은 데 대한 분노가 치밀어 올랐다. 전대원 한 명이 분기를 참지 못하고 욕지거리를 뱉으려 했다.

"말로만 사과하면 단 줄 아나? 이런 개……!"

바로 그때 리셀의 묵직한 음성이 울려 퍼졌다.

“기사의 사과는 결코 가볍게 볼 수 없는 것이다. 받아들이도록 하라.”

그 말에 대원이 움찔했다. 어쨌거나 신임 전대장이 아니었다면 저 콧대 높은 팔콘 전대에서 사과를 할 리가 없었다. 평소 엄청나게 멸시하고 얕잡아보던 까마귀 전대가 아니던가? 분기를 가라앉힌 대원이 고개를 끄덕였다.

“사과를 받아들이겠소.”

지그시 입술을 깨문 도미닉이 동료들을 둘러보았다.

“이만 가자. 스탤론 님을 잘 모셔라.”

이미 팔콘 전대원들이 스탤론에게 달려들어 응급 처치를 끝마친 상태였다. 부러진 팔을 잘 맞춰 부목을 대고 들것을 구해와 그를 안정시켰다. 어깨를 축 늘어뜨린 채 돌아가는 팔콘 전대원들의 모습은 패잔병이나 진배없었다.

팔콘 전대원들이 사라지자 연무장은 정적에 휩싸였다. 까마귀 전대원들은 충격을 받은 눈빛으로 리셀을 힐끔힐끔 쳐다보았다. 겉으로 보기에는 그저 곱상하게 생긴 호리호리한 체구의 애송이였다. 그런 애송이가 발톱 기사단에서도 소문이 자자한 나이트 스탤론을, 그것도 변명조차 하지 못할 정도로 무참하게 힘으로 눌러버렸다.

‘엄청난 실력이로군.’

‘역대 까마귀 전대장들 중에서 실력이 가장 뛰어날 것 같아.’

긴장한 그들의 귓전으로 나지막한 발걸음 소리가 들렸다.

스르릉.

검을 검집에 꽂아 넣은 리셀이 느릿하게 걸음을 옮겼다. 그가 걸어가는 방향에는 팔콘 전대에 붙잡혀갔다가 풀려난 두 명의 대원이 있었다.

"몸은 좀 괜찮나?"

그 말에 대원들이 힘겹게 고개를 끄덕였다.

"괘, 괜찮습니다."

"흠씬 두들겨 맞긴 했지만 뼈나 근육은 상하지 않았습니다."

"멍청하게 맞고 다니기는……. 패싸움을 그렇게 많이 한다면서 싸우는 요령도 터득하지 못했나?"

"놈들이 열 명 넘게 덤벼들었기 때문에……."

그들에게서 시선을 거둔 리셀이 레인을 쳐다보았다.

"우연치 않게 대원들과 면담을 하게 되었군. 자네가 지금까지 까마귀 전대를 맡고 있었다고 했나?"

원래대로라면 리셀에 대한 대원들의 태도가 극히 불손했을 것이다. 그러나 확실하게 무력시위를 하고 난 다음이라 그런지 대원들은 비교적 고분고분했다.

"그렇습니다."

"좋아. 그럼 그대가 공식적으로 부전대장 자리를 맡도록."

까마귀 전대원들의 나이는 대부분 이십대 이상이었다. 그런 대원들에게 리셀은 전혀 망설임 없이 하대를 했다. 그것은 바로 마스터인 아너프리의 가르침 때문이었다.

　　—한 단체를 이끌기 위해서는 패기 있게 행동해야 한다. 카리스마를 보여야 한다는 뜻이지. 그래야만 조직을 순탄하게 이끌어나갈 수 있어.

아너프리는 리셀에게 붉은 사자 기사단을 이끌며 경험했던 지식들을 아낌없이 전해주었다. 리셀은 바로 그 가르침에 따라 행동하고 있었다. 팔콘 전대에게 도발적으로 말한 것도 바로 그 때문이었다. 레인이 살짝 고개를 숙였다.

"알겠습니다."

"좋아. 그럼 전대장으로서 첫 명령을 내리도록 하겠다. 지금 즉시 모든 전대원들에게 연습용 갑옷과 무기를 착용한 후 연무장으로 집결하라고 전하라."

"지, 지금 말입니까?"

"그렇다. 팔콘 전대로부터 쓰레기들이란 말을 들으니 참을 수가 없군. 그래서 전대원들의 실력을 한 번 살펴보려고 한다. 즉각 실행하라."

리셀의 눈빛이 묘하게 빛나고 있었다. 아직까지 그는 스탤론과 싸웠던 흥분이 가라앉지 않은 상태였다. 무엇보다도 혼자서 수련하는 것보다 상대와 검을 섞을 경우 마나의 활성화가 빨라진다는 사실을 깨닫지 않았는가? 부하들의 실력을 살펴본다는 명목으로 검을 섞을 경우 수련에 상당한 도움이 될 수 있었다. 물론 까마귀 전대원들에게도 마찬가지로 이득이 될 것이다.

"대련이 상당히 혹독할 수도 있다. 그러니 내키지 않는 대원들은 나오지 않아도 된다. 명령 불복종 같은 군율 따위는 적용하지 않을 테니 말이다."

"아, 알겠습니다."

잠시 후, 연무장에 모인 대원은 고작 열두 명이 전부였다. 예상치 못했던 신임 전대장의 무위에 놀라긴 했지만 나머지 대원들은 좀처럼 말을 들어 먹지 않았다.

"실력이 기대 이상이긴 하지만 우리와는 상관없지. 기껏해야 무력시위로 우릴 휘어잡으려고나 하지 않겠어?"

"귀찮아. 그냥 술이나 먹으러 갈 거야."

만약 리셀이 불참자는 엄격히 군율로 다스린다고 선언했어도 분명 이탈자가 발생했을 텐데 원하는 사람만 나오라고 했으니 많이 모일 리가 없다. 그 사실을 익히 짐작했는지 레인은 별다른 동요 없이 인원 보고를 했다.

"총원 서른한 명 중에서 열두 명이 연무장에 집결했습니다."

생각보다 숫자가 적었지만 리셀은 별로 신경 쓰지 않았다.

지금 그의 입장에서 가장 중요한 것은 스탤론과의 결투로 격발된 마니를 계속 활성화시키는 것이다.

"좋다. 그럼 연무장에 나온 순서대로 나와 대련을 실시하도록 한다. 한 번에 한 명씩 상대할 것이다."

레인이 그럼 그렇지, 하는 표정을 지었다. 지금껏 까마귀 전대를 거쳐 간 전대장들이라면 한 번씩 시도해본 과정이었다. 실력을 보여주어 대원들을 복종하게 하려는 의도를 그가 왜 모르겠는가?

'기껏해야 며칠 하다가 제풀에 지쳐 그만둘 테지.'

머리를 흔든 레인이 마지못해 대원들에게 지시를 내렸다.

제5장
신생 까마귀 전대

처음 리셀과 마주 선 대원은 서른 정도 되어 보이는 체격이 좋은 대원이었다. 스텔론과 마찬가지로 방패와 한손검을 들고 있었다. 그가 약간 긴장된 눈빛으로 검례를 취했다.

"까마귀 전대원 윌슨입니다."

그러나 리셀은 소개하는 시간조차 아깝다는 듯 손을 흔들었다.

"소개는 생략하도록 하지. 이제부터 너는 나를 레오폰 왕국의 사막 전사라 생각하고 전력으로 공격하도록 해라. 행여나 형식적으로 할 생각은 접어두도록……."

"아, 알겠습니다."

월슨의 공격은 지극히 평범했다. 특색 없는 공격을 받아넘기던 리셀이 눈매를 좁혔다.

'생각보다 실력이 뛰어나진 않군. 그나마 기본기는 탄탄해 보이긴 하지만.'

게다가 그토록 당부를 했지만 월슨은 수동적으로 공격하고 있었다. 아무래도 스탤론과의 대결을 관전한 것이 화근인 것 같았다. 리셀의 검술 실력을 목격하고 나니 제풀에 움츠러들어 공격다운 공격을 하지 못했다. 리셀이 슬며시 까마귀 전대원들의 성질을 긁기 시작했다.

"역시 팔콘 전대로부터 쓰레기란 소리를 들을 만하군. 고작 이런 실력으로 기사가 된 것인가?"

그 말에 까마귀 전대원들의 얼굴이 붉게 상기됐다. 거듭된 혈투에서 살아남은 그들에게 남은 것은 성질머리와 자존심밖에 없었다.

"이익."

월슨이 눈을 희번덕거리며 거칠게 공격해왔다. 여유 있게 받아넘기던 리셀이 마침내 공격을 가하기 시작했다. 마나가 한껏 어깨에 응축된 상태였지만 리셀은 의도적으로 힘 조절을 했다. 만약 힘을 모조리 개방한다면 월슨은 스탤론보다 더한 꼴을 겪게 될 것이다.

쾅 콰콰쾅.

폭음과 함께 월슨이 연거푸 뒤로 물러났다. 가볍게 검과 방패를 쳐낸 리셀이 윌슨의 몸을 연달아 격타했다.

"크어억."

어깨와 허리, 그리고 허벅지에 한칼씩 먹은 윌슨이 신음을 흘리며 그 자리에 주저앉았다. 날이 없는 연습용 철검이라 살이 베이지는 않았지만 시퍼렇게 피멍이 들어버렸다. 아마 한동안 고생할 것이 틀림없었다. 윌슨으로부터 시선을 거둔 리셀이 옹기종기 모여 있는 대원들을 쳐다보았다.

"다음 나와라."

쓰레기란 말을 들은 탓인지 다음으로 나선 대원은 초장부터 제법 거칠게 공격을 해왔다. 나름대로 변칙적인 검격을 펼쳤지만 애석하게도 리셀에게는 통하지 않았다. 그가 누구인가? 한때 붉은 사자 기사단의 단장이었던 아너프리로부터 집중적인 조련을 받은 리셀이 아니던가. 그 대원은 채 5분도 싸우지 못하고 윌슨과 같은 꼴이 되어 나가떨어졌다.

"다음."

대련을 지켜보고 있던 레인의 눈에 살짝 놀라움이 스쳐 지나갔다. 놀랍게도 리셀은 열두 명의 대원 전원과 한 차례씩 대련을 치렀다. 한 명과 5분에서 10분 정도 검을 섞었으니 무려 한 시간이 넘게 싸운 것이다.

보통 사람이라면 이 정도 싸울 경우 지칠 대로 지쳐 숨결이 거칠어지기 마련이다. 그러나 리셀은 평소와 다름없이 평온한 호흡을 유지하고 있었다.

"아까의 순서대로 다시 대련을 실시한다. 윌슨, 앞으로 나서라."

시간이 지날수록 레인의 눈에는 경악의 빛이 번져가고 있었다. 놀랍게도 리셀은 대원 한 명당 세 번씩, 모두 서른여섯 번의 대련을 치러냈다. 넘치는 체력 하나는 충분히 찬탄받을 만했다.

'기록이로군. 지금껏 이렇게 오랫동안 대원들과 대련한 전 대장은 없었는데.'

그런데 특이하게도 리셀은 레인과는 대련을 하지 않았다. 처음에 한 번 검을 섞은 뒤 리셀은 레인을 제자리에 돌려보냈다. 그리고 다음 순서가 되어 연무장으로 나갔을 때 리셀이 손을 흔들었다.

"그만. 부전대장은 열외로 하겠다. 들어가 쉬어라."

두들겨 맞지 않게 되어 다행이라고 생각하면서도 왠지 모르게 기분이 나빠진 레인이었다.

하루 종일 이어진 대련으로 인해 까마귀 전대원들은 패잔병 몰골로 나뒹굴고 있었다. 하나같이 전신에 멍이 시퍼렇게 든 채 끙끙 앓아야 했다. 그런 대원들을 리셀이 착 가라앉은 눈빛으로 쳐다보았다.

'오랫동안 술에 절은 탓인지 본래의 실력을 발휘하지 못하는군. 훈련이 더 필요하겠어.'

고개를 끄덕인 리셀이 가장 먼저 대련했던 윌슨에게 손짓을 했다. 윌슨이 오만상을 찌푸리며 손사래를 쳤다.

"크으윽. 그만하면 안 되겠습니까? 온몸이 부서질 것 같습니다."

"이번에는 대련을 벌이려는 것이 아니다. 너와 대련하면서 느낀 문제점을 지적해 주려는 것이다."

그 말에 윌슨이 눈을 부릅떴다. 신임 전대장 정도의 강자가 문제점을 지도해 준다는데 망설일 이유 따윈 없었다. 급히 앞으로 나서는 윌슨을 보던 리셀이 허리를 굽혔다. 그의 옆에는 파디아를 시켜 구해온 붉은 염료가 담긴 통이 놓여 있었다. 리셀이 연습용 철검을 염료에 푹 담갔다.

"우선 네 검술에 대해 느낀 점을 말해주겠다. 생각보다 기본기가 충실한 점은 칭찬할 만하다. 하지만 검로가 너무 정직해. 게다가 후려치기에만 너무 치중해서 허점이 많이 드러난다. 앞으로는 찌르기에도 신경을 써야 할 것이다."

윌슨이 긴장된 눈빛으로 리셀의 검을 쳐다보았다. 검에 흠뻑 묻은 붉은 염료가 한 방울씩 바닥으로 떨어지고 있었다.

"덤벼보아라. 이번에는 아프게 치지 않을 테니 겁먹지 말고."

"알겠습니다."

윌슨이 지친 몸을 이끌고 공격을 감행했다. 아까와는 달리 리셀은 윌슨의 공격을 맞받아치지 않았다. 그저 슬쩍슬쩍 피하며 윌슨의 몸에 검을 가져다 댈 뿐이었다. 불과 1분도 되지 않는 짧은 시간에 윌슨의 몸은 완전히 붉은 점투성이가 되어버렸다.

"그만."

리셀의 말에 윌슨이 숨을 헐떡이며 바닥에 주저앉았다. 그런 윌슨을 리셀이 잔잔한 눈빛으로 쳐다보았다.

"네 몸에 찍힌 붉은 점이 몇 개인지 세어보아라."

"스, 스물세 개입니다."

"그 붉은 점이 네 몸에서 드러난 허점이다. 1분 동안 너는 스물세 번 죽었어. 그러니 그 허점을 보완할 방법을 골똘히 생각해 두도록 해라."

"어, 어떻게 말입니까?"

리셀이 싱긋 웃으며 머리를 툭툭 쳤다.

"생각하라. 머리는 단순히 투구를 쓰기 위해 존재하는 것이 아니다. 내가 내리는 과제라고 생각하고 허점을 보완할 방법을 궁리해보도록."

말을 마친 리셀이 전대원들을 쳐다보았다.

"너희들과 대련하며 나는 한 가지를 느꼈다. 대부분 기본기는 충실한 편이지만 고급 검술은 배우지 못했더구나."

그 말에 대원들이 자신도 모르게 고개를 끄덕였다. 그들 대부분은 귀족 가문이나 마스터로부터 따돌림당하거나 배척되던 자들이다. 그런 만큼 고급 검술을 배울 기회가 없었던 것이 사실이다. 리셀의 음성이 그들의 귓전으로 파고들었다.

"고급 검술이라고 해서 별건 없다. 기본 검술에서 다양하게 검로가 파생되거나 변형을 준 것이 고급 검술의 실체이지. 그럼 고급 검술을 누가 만들었는가? 바로 너희들과 같은 기사다. 너희 선배 기사들이 무수한 실전과 수련을 통해 만들어낸 것이다. 여기에서 나는 조금 전."

리셀이 손가락을 뻗어 윌슨을 가리켰다.

"윌슨의 문제점을 지적해 주었다. 만약 윌슨이 자신의 허점을 극복해 낼 방법을 찾는다면 윌슨의 검술은 그때부터 고급 검술의 반열에 올라서는 것이다."

대원들의 얼굴은 붉게 상기되어 있었다.

"그, 그게 사실입니까?"

"그렇다. 윌슨 자신이 직접 만들어낸 고급 검술인 셈이지."

잠시 말을 끊은 리셀이 대원들의 얼굴을 하나둘씩 둘러보았다.

"모두들 알고 있겠지만 나는 베텔 왕국 출신으로 죄를 지어 충군형을 살게 된 견습기사이다. 솔직히 말해 무슨 이유로 나를 까마귀 전대장으로 보냈는지 알지 못한다. 하지만 일단 까마귀 전대장이 된 이상 최선을 다해볼 생각이다."

리셀의 말은 대원 열두 명의 가슴 속에 잔잔한 파문을 불러 일으켰다.

"까마귀 전대의 문제점은 나도 들어 알고 있다. 맡은 임무가 워낙 위험하기 때문에 그동안 많은 대원들이 죽어나갔고, 그로 인해 희망을 잃었다는 사실을 잘 알고 있다. 하지만 그 도피처로 술을 택하는 것은 실로 어리석은 행동이야. 임무가 위험하다면 실력을 키워라. 앞에 장벽이 가로막고 있다면 당당히 실력을 키워 부숴 버려야지 술로 현실을 잊어버리려는 것은 기사답지 않은 행동이다. 그렇지 않나?”

대원들은 꿀 먹은 벙어리처럼 아무 말도 하지 못했다.

“내가 너희들에게 해줄 수 있는 것은 오직 한 가지뿐이다. 실력을 키울 수 있도록 도움을 주는 것!”

“……”

“앞을 가로막은 장벽을 깨뜨리는 것은 너희들 자신의 몫이야. 그리고 나는 누구에게도 강요를 하지 않겠다. 스스로 실력을 키우고 싶다면 아침 일찍 연무장으로 나와라. 싫은 자는 나오지 않아도 된다.”

말을 마친 리셀이 대원들에게 손짓을 했다.

“오늘은 나답지 않게 말이 좀 많았군. 그럼, 다음 순서가 누구지?”

윌슨 다음 순서의 대원이 조심스럽게 몸을 일으켰다. 리셀을 쳐다보는 그의 눈동자에는 이전까지는 없었던 기대의 빛이 미미하게 감돌고 있었다.

그날 밤 까마귀 전대의 막사는 앓는 소리로 가득했다. 리셀과의 대련에서 온몸이 멍투성이가 된 대원들이 흘리는 신음 소리였다.

그동안 까마귀 전대원들은 선술집에서 술로 밤을 지새우기 일쑤였다. 그러나 오늘 리셀과 대련한 열두 명의 대원들은 누구도 선술집에 가지 않았다. 대련으로 체력이 소진된데다 전신을 파고드는 고통으로 인해 아예 술 생각조차 나지 않았던 것이다. 무엇보다도 그들을 고민하게 만든 것은 리셀이 지적해준 허점이었다.

간헐적으로 이어지는 신음 소리 사이에 한숨 소리가 섞여 있었다. 어떻게 해야 허점을 없앨 수 있을까 하는 생각에 잠을 못 이루는 전대원이 흘리는 한숨 소리였다. 결국 몇몇 전대원들은 한잠도 자지 못하고 밤을 하얗게 지새워야 했다.

다음 날 아침, 까마귀 전대원들은 연무용 갑옷과 장비를 지참하고 연무장에 모였다. 그런데 그 수가 다소 늘어 있었다. 첫날 참가하지 않은 대원들 중 다섯 명이 동료의 말을 듣고 연무장에 나온 것이다.

어제와는 달리 대원들의 차림새가 약간 달라졌다. 어제는 연습용으로 속에 솜을 덧댄 가죽갑옷을 입고 나왔지만 오늘은 그 위에 사슬갑옷을 걸치고 있었다. 리셀의 일격, 일격이 뼛속 깊이 파고들었기 때문에 나름대로 머리를 쓴 것이다. 막사를 나온 리셀이 빙그레 미소를 지었다.

“오늘은 인원이 늘었군. 좋아, 그럼 대련 전에 준비 운동부터 시작해야겠군. 지금부터 연병장을 다섯 바퀴 돌기로 한다.”

그 말에 대원들이 깜짝 놀랐다. 곧바로 대련에 들어갈 줄 알고 무거운 사슬갑옷을 껴입고 왔는데 연무장을 돌라니 황당할 수밖에 없었다. 불만 어린 대원들의 기색을 눈치챈 리셀이 단호하게 말했다.

“불평은 용납하지 않는다. 내 방침이 마음에 들지 않으면 돌아가라. 말리지 않을 테니 말이다. 그리고 입고 있는 사슬갑옷을 벗지 말고 뛰어라.”

대원들이 혀를 내둘렀다. 사슬갑옷을 입고 연무장 다섯 바퀴를 달리는 것은 실로 엄청난 중노동이었다. 그러나 빠지는 대원은 없었다. 어제의 대련으로 약간이나마 희망의 빛을 보았기 때문이었다. 게다가 리셀이 구보에 동참했기 때문에 대원들은 더 이상 불평을 늘어놓지 못했다. 묵직한 사슬갑옷을 상체에 걸친 리셀이 솔선수범해서 연무장을 달리기 시작했다.

“지금 너희들의 몸은 술과 게으름에 찌들어 있다. 그것을 빼내는 데는 땀을 흘리는 것이 가장 좋은 방법이지.”

결국 대원들은 하나둘씩 리셀을 따라 연무장을 달리기 시작했다.

사슬갑옷을 입고 연무장을 달리는 것은 결코 만만치 않다. 얼마 지나지 않아 대원들이 가쁜 숨을 몰아쉬며 헐떡거리기

시작했다. 평소 술을 많이 마시던 대원일수록 그 정도가 심각
했다.

"헉, 헉."

다리가 연신 비틀거렸고 숨이 턱에 닿을 정도로 치밀어 올
랐다. 그러나 대원들은 달리는 것을 쉽사리 포기하지 않았다.
선두에 선 리셀이 흔들림 없이 대열을 인도해 나갔기 때문이
었다. 게다가 리셀은 한 바퀴를 돈 뒤 한 벌의 사슬갑옷을 위
에 더 걸쳐 입었다. 두 벌의 사슬갑옷이라면 입고 서 있는 것
만 해도 다리가 후들거릴 정도의 무게이다. 전대장이 솔선수
범해서 그런 모습으로 연무장을 달리니 그 누가 불평을 늘어
놓을 수 있겠는가? 결국 대원들 전원이 리셀을 따라 연무장
다섯 바퀴를 소화해 냈다.

"미치겠어."

"손가락 하나도 까딱할 수 없을 것 같아."

지쳐 늘어진 대원들에 비해 리셀은 달리기 전과 전혀 다름
없이 평온한 모습이었다.

"오늘은 대련에 앞서 어제 짚어준 허점의 보완책을 점검해
보도록 하겠다. 윌슨 앞으로."

윌슨이 상기된 표정으로 앞으로 나섰다. 그는 밤새도록 잠
을 이루지 못한 전대원 중 한 명이었다. 그를 보며 리셀이 다
시 염료통에 연습용 검을 집어넣었다.

"그럼 시작하도록 하지."

　그 말이 끝남과 동시에 윌슨이 달려들었다. 리셀이 흔들림
없는 눈빛으로 그를 쳐다보고 있었다.

　1분이라는 시간은 금세 지나갔다.
　"점이 몇 개 찍혔지?"
　"여, 열다섯 개입니다."
　"하루 만에 허점 여덟 개를 줄였군. 칭찬해줄 만한 성취야.
하지만……."
　윌슨이 침을 꿀꺽 삼켰다.
　"허점을 없애려는 데 몰두해 너무 피하려고만 했어. 때로는
마주 공격하는 것도 훌륭한 방어 수단이 될 수 있다. 또한 네
검술에는 과도하게 힘이 들어가 있다. 지금은 힘보다 오히려
정확성을 키워야 할 때다."
　윌슨은 넋을 잃은 듯 멍하니 서 있었다. 이런 친절한 조언은
그를 견습기사로 삼아준 마스터에게서도 듣지 못한 것이었다.
리셀은 지금 마스터인 아너프리로부터 받은 가르침 그대로 대
원들을 가르치고 있었다. 멍하니 생각에 잠긴 윌슨을 내버려
둔 리셀이 연무장 구석으로 걸음을 옮겼다. 지금 이 시간은 윌
슨에게 더없이 소중한 시간이었다.
　"다음 대원 나와라. 윌슨은 당분간 그대로 내버려둔다."
　그날 대원 열두 명은 빠짐없이 리셀의 조언을 들었다. 그리
고 새로 나온 다섯 명은 예외 없이 전신에 빨간 점을 뒤집어써

야 했다. 예외는 단 한 명, 레인이었다. 리셀은 오늘도 레인과 검을 섞으려 하지 않았다.

　수련을 마친 뒤 이어진 것은 실전 대련이었다. 리셀은 대원 한 명당 세 번씩, 5분에 걸쳐 검을 섞었다. 중간 중간 물 마시는 시간을 제외하곤 전혀 쉬지 않았다. 그 모습에 대원들이 연신 혀를 내둘렀다.

　'마치 골렘 같은 분이로군.'

　'도대체 체력의 한계가 어디일까?'

　물론 그들은 알지 못했다. 마나가 리셀의 몸속을 끊임없이 순환하며 쉬지 않고 활력을 불어넣어 준다는 사실을 말이다.

　그날 수련은 오후 늦게야 끝났다. 기존 대원들은 물론이고 새로 나온 대원들 역시 파김치가 되어 비틀거리며 숙소로 돌아갔다. 아마 그들 중 어느 누구도 선술집에 갈 엄두를 내지 못할 것이다. 녹초가 된 몸도 몸이었지만 리셀이 짚어준 허점을 보완하려는 생각에 잠을 이루지 못할 자들이 태반이었다.

　해가 지고 난 뒤 리셀은 레인의 방문을 받았다.

　"부전대장입니다. 잠시 뵙고 싶습니다."

　"들어오라."

　막사의 문이 열리고 레인이 약간 굳은 표정으로 들어왔다. 아무래도 리셀이 상대해 주지 않은 것 때문에 조금 섭섭한 모양이었다. 리셀이 웃는 낯으로 의자를 권했다.

"앉게."

망설이던 레인이 자리에 앉았다.

"무슨 일로 날 찾아온 것이지?"

"한 가지 여쭤보고 싶은 것이 있습니다."

"말하라."

침을 꿀꺽 삼킨 레인이 리셀을 정면으로 쳐다보았다.

"도대체 무슨 생각으로 대원들에게 가르침을 주시는 것입니까?"

"……."

"지금 전대장님께서 가르치시는 것은 우릴 견습기사로 만들어주신 마스터에게서도 받지 못하던 것입니다. 후한 수업료를 지불하거나 아니면 후계자로 낙점한 견습기사가 아니라면 그 어떤 마스터도 이토록 열심히 가르치지 않습니다."

그 말에 리셀이 놀란 눈빛으로 레인을 쳐다보았다.

"그게 사실인가?"

"그렇습니다. 마스터들은 견습기사 중 극히 일부에게만 고급 검술을 가르칩니다. 그리고 오늘처럼 개개인의 특성에 맞춰 교습을 해주는 경우는 거의 없습니다."

리셀은 침묵을 지켰다. 솔직히 말해 리셀은 다른 마스터들이 어떻게 견습기사를 대하는지 전혀 알지 못했다. 그저 마스터인 아너프리로부터 받은 가르침을 그대로 베풀었을 뿐이었다. 그런데 대원들은 뜻밖의 상황에 무척 놀라워하고 있었다.

"무슨 의도이신지 속 시원히 밝혀 주십시오. 대원들도 상당히 긴장하고 있습니다."

물론 리셀이 이유를 속 시원히 설명해 줄 수 있을 리가 없었다. 자신의 수련에 도움이 될뿐더러 애초부터 아너프리에게 그렇게 가르침을 받았기 때문이라는 게 이유의 전부였다.

그러나 리셀이 간과하고 있는 부분이 하나 있었다. 마스터인 아너프리는 절박한 상황에서 리셀에게 자신과 가문의 운명을 걸었다. 그리고 자신이 알고 있는 모든 것을 아낌없이 전수해 주었다. 쉽게 말해 통상적인 마스터와 견습기사의 관계라고는 볼 수 없는 것이다.

'마스터와 견습기사의 관계라는 게 생각했던 것과는 조금 다르군. 그렇다면 마스터께선 나에게 실로 엄청난 은혜를 베푸셨던 거야'

귓전으로 레인의 긴장된 음성이 파고들었다.

"대원들 대부분은 돈이 없어 마스터로부터 고급 검술을 전수받지 못했습니다. 심지어 중급 검술은커녕 오로지 기초 검술만 배우고 내쳐진 경우도 있습니다. 그런 우리들에게 이렇게 신경을 써주신다는 사실이 솔직히 이해가 가지 않습니다. 저희로서는 마땅히 그 저의를 의심할 수밖에 없습니다."

리셀은 아무런 말없이 묵묵히 듣고 있었다. 고민하던 레인이 마침내 속내를 털어놓았다.

"혹시 우리가 지극히 위험한 임무에 투입되는 것입니까? 생환할 가능성이 전혀 없는 곳이라든지……. 그래서 저희들에게 이런 가르침을 주시는 것입니까?"

리셀이 조용히 고개를 들어 레인을 쳐다보았다.

"그렇게 생각할 줄은 몰랐군. 하지만 그 걱정은 버려도 될 것 같다. 따로 명령받은 임무 따윈 전혀 없어."

"……"

"기사의 명예를 걸고 다짐하건대 나는 아무런 사심 없이 너희들을 가르쳤다. 왜냐하면 나 역시 마스터에게 그렇게 배웠기 때문이다."

레인의 눈이 커졌다.

"미, 믿기 힘들군요."

"사실이다. 네 말을 듣고 보니 내가 얼마나 훌륭한 마스터를 모셨는지 알겠구나."

고개를 끄덕인 리셀이 말을 이어나갔다.

"내가 너희들에게 바라는 것은 어제 연무장에서 말한 것이 전부이다. 까마귀 전대를 이용해 공을 세우거나 명성을 떨치고 싶은 마음은 전혀 없다. 가급적 한 명도 죽지 않고 원활히 임무를 수행하고자 시작한 일이야."

"믿어도 되겠습니까?"

"그렇다. 사실을 알게 되었지만 교습은 계속 이어질 것이다. 너희들은 내가 처음으로 거둔 부하들이다. 한 번 인연을 맺은 이상 최선을 다해야겠지?"

"……."

"나 역시 부하들이 죽어가는 모습을 보고 싶지 않다. 그러려면 마땅히 실력을 키워줘야겠지. 그리고……."

리셀이 싱긋 웃으며 레인을 쳐다보았다.

"너만을 열외한 데 대해 의구심이 있을 줄 안다. 물론 거기에는 합당한 이유가 있어."

레인의 눈매가 파르르 떨렸다. 솔직히 말해 거기에 대해 섭섭하지 않았다면 거짓말이었다.

"무슨 이유인지 알 수 있겠습니까?"

"네 검술은 애초부터 잘못되어 있다. 기본기도 엉망인데다 검술 자체에 크나큰 결함이 있어. 한 가지만 물어보자."

"말씀하십시오."

"트리스탄 검술을 도대체 어디에서 배웠지?"

레인이 경악했다. 그것은 레인에게 있어 가장 큰 비밀이었다. 그런데 리셀이 대번에 그것을 짚어낸 것이다.

"처음에는 나도 무척 의아해했다. 분명 뼈대는 트리스탄 검술이거늘 워낙 심하게 변형된데다 군데군데 이빨이 빠져 있었기 때문이다. 하지만 기본 골격 자체는 트리스탄 검술이 틀림없더군. 나는 네가 트리스탄 검술을 배운 배경을 알고 싶다."

트리스탄 검술. 아스트리아 제국에서 높이 평가받는 고급 검술 중 하나이다. 대부분의 고급 검술이 귀족 가문 자체의 비전으로, 암암리에 가문 직계에게만 전수되고 있지만 이 검술은 사정이 조금 달랐다. 검로 자체가 널리 공개되어 돈만 있다면 누구라도 배울 수 있는 몇몇 고급 검술 중 하나가 트리스탄 검술이었다. 지금껏 특유의 비전 검술이 없는 귀족 가문에서는 많은 수업료를 지불하고 트리스탄 검술을 배워오기도 했다.

그러나 트리스탄 검술을 배우는 데에는 천문학적인 돈이 필요하다. 이 검술을 배운 기사들은 자신이 지불한 대가만큼 수업료를 내지 않으면 전수를 꺼렸다.

리셀은 마스터인 아너프리로부터 이 트리스탄 검술을 배웠다. 아너프리 역시 엄청난 수업료를 지불하고 이 검술을 배운 바 있다. 그러나 리셀에게는 동전 한 닢 받지 않고 전수해 주었다.

—트리스탄 검술은 우리 루카스 가문의 비전 검술에 손색이 없을 정도로 훌륭한 검술이다. 나도 가문의 검술에 보탬이 되지 않을까 해서 이 트리스탄 검술을 배웠다. 물론 수업료로 엄청난 돈을 지불해야 했지.

바로 그런 내력을 지닌 트리스탄 검술의 흔적이 레인에게서 발견된 것이다. 레인은 한동안 입을 열지 못했다.

"사정을 말해주기 싫다면 더 묻지 않겠다."

레인이 입술을 깨물었다. 억눌린 음성이 입술을 비집고 흘러나왔다.

"구, 굳이 제 사정을 듣고자 하는 이유가 무엇입니까?"

"네 검술을 봐주려면 네가 누구에게서, 어떤 방법으로 검술을 배웠는지를 알아야 한다. 그렇게 하지 않고서는 도저히 손을 댈 수가 없어."

레인은 고민했다. 사정을 설명하자면 오랫동안 감춰왔던 치부를 드러내야 했기 때문이었다. 그러나 고민은 길지 않았다. 결정을 내린 듯 레인의 얼굴이 딱딱해졌다.

"돈을 주고 배웠습니다."

"적지 않은 돈이 필요했을 텐데."

"견습기사 신분을 감추고 비밀리에 용병 일을 했습니다. 그러나 배운 것은 극히 일부입니다."

그 말에 리셀은 놀라움을 금치 못했다.

"놀랍군. 견습기사가 신분을 속이고 용병 일을 했다니 말이야. 굳이 왜 그런 짓을 했지? 그것은 너를 견습기사로 삼아준 마스터를 능멸하는 일이야."

"사실은……."

극도로 일그러진 얼굴의 레인이 조용히 자신의 과거사를 털어놓기 시작했다.

레인은 아스트리아 중서부에서 살던 한 소작농의 자식으로 태어났다. 그리고 어릴 때 영주인 레너드 자작을 섬기는 기사의 눈에 띄어 견습기사로 거두어지는 행운을 맞이했다. 당시 마을 청년들은 레인을 무척이나 부러워했다. 평민이 견습기사가 되는 것은 실로 엄청난 행운이었다. 검술에 대한 레인의 자질은 그 정도로 뛰어났다.

그러나 애석하게도 그를 거둬들인 기사 파쿼드는 극도로 편협하고 시기심이 많은 인물이었다. 자질 하나만 보고 견습기사로 받아들였지만 그는 오래지 않아 레인의 재능을 질시하기 시작했다. 견습기사의 자질이 자신보다 뛰어나다는 사실을 도저히 받아들이지 못한 것이다.

이후 레인은 견습기사라기보다는 잡일꾼으로 전락해버렸다. 파쿼드는 레인에게 기초 검술을 가르친 이후 일절 검술을 전수해주지 않았다. 그렇게 몇 년이 지나자 레인도 뭔가 이상하다는 사실을 깨달았다.

"저보다 늦게 견습기사가 된 후배들이 중급 검술을 배우더군요. 하지만 제게 맡겨진 것은 오로지 전마 관리나 갑옷 손질 따위의 잡무뿐이었습니다."

처음에는 마스터를 믿고 시키는 대로 충직하게 일했던 레인이었다. 자신을 견습기사로 삼아준 마스터의 은혜에 보답하기 위해 게으름을 부리지 않았다. 하지만 시간이 지날수록 상황은 악화되어갔다.

그는 우연한 기회에 마스터가 자신에게 검술을 가르쳐 주지 않는 이유를 알게 되었다. 술에 취한 파쿼드가 레인을 불러놓고 술주정을 했던 것이다.

"네놈은 더 이상 나에게서 검술을 배울 생각을 하지 마라. 네놈이 내 경지를 추월하는 것을 결코 보아 넘길 생각이 없으니까."

사실을 알게 된 레인은 실의에 빠졌다. 평소 파쿼드의 편협한 성격을 익히 알고 있었지만 견습기사의 재능까지 질시하는 인물일 줄은 몰랐다. 이후 레인은 모든 의욕을 잃고 하루하루를 무의미하게 보냈다.

어느 날 그런 레인에게 누군가가 접근해왔다. 레너드 자작가의 빈객으로 머물던 자유기사 레이커였다. 수행을 명목으로 세상을 유랑하다 몇 달 전부터 레너드 자작가에서 생활하던 레이커가 뜬금없이 레인을 찾아온 것이다.

"무슨 일로 절 찾으셨습니까?"

"혹시 트리스탄 검술에 대해 들어보았나?"

명색이 견습기사인 그가 트리스탄 검술에 대해 모를 리가 없었다. 세상에 공개된 몇 안 되는 고급 검술 중 하나가 바로 트리스탄 검술이다. 그러나 그것을 배우려면 천문학적인 수업료가 필요하다고 들었다. 평민 출신 견습기사인 레인으로선 감히 꿈도 꾸지 못하는 일이다. 자유기사 레이커가 은근한 어조로 레인을 꾀었다.

"공교롭게도 내가 그 트리스탄 검술을 전수받았어. 어떤가? 돈을 구해온다면 내가 그것을 가르쳐 주지. 아주 저렴한 가격으로 말이야."

“하, 하지만 저에게는 돈이 없습니다.”

“고지식하기는. 돈이야 벌면 되는 것이지. 비밀리에 용병 생활을 한다면 생각보다 많은 돈을 벌 수 있어.”

처음에는 고민했지만 레인은 차츰 유혹에 빠져 들어갔다. 자유기사 레이커의 말이 사실이라면 어쩌면 배움에 대한 갈망을 충족시킬 수 있을지도 모른다. 결국 레인은 레이커의 말에 넘어가고야 말았다.

비록 기초 검술만 배웠지만 레인의 재능은 타의 추종을 불허했다. 본능적으로 싸우는 법을 타고났다는 뜻이다. 레인은 오래지 않아 실력 있는 용병으로 인정받을 수 있었다. 물론 레인이 용병으로 일해서 번 돈은 모조리 레이커의 주머니로 들어갔다. 레이커는 레인에게 트리스탄 검술의 극히 일부만 가르쳤다.

“트리스탄 검술은 엄청나게 비싼 검술이야. 그 돈으로 이 정도나 가르쳐 주는 것을 감지덕지해야 할 것이야.”

사실 레이커의 교습은 체계적이지 못했다. 부분, 부분 잘라 가르쳤기 때문에 레인은 좀처럼 검술의 요체를 깨달을 수 없었다.

‘역시 소문난 고급 검술답군. 도무지 검로를 파악할 수 없으니 말이야.’

자유기사 레이커는 검술을 알려주는 대가로 점점 더 많은 돈을 요구했다. 그 돈을 벌기 위해 레인은 그야말로 목숨을 걸고 용병 생활을 해야 했다. 목숨이 오락가락하는 위험한 임무도 서슴없이 맡았다. 그러나 꼬리가 길면 밟히는 법이다.

계속 자리를 비우는 레인을 수상하게 여긴 파쿼드가 뒷조사를 했다. 그리하여 레인이 비밀리에 용병으로 일하고 있다는 사실이 적나라하게 드러났다. 사실을 알게 되자 파쿼드는 분노를 금치 못했다.

"감히 나의 견습기사로 들어와서 비천한 용병 일을 하다니……."

파쿼드는 머뭇거림 없이 그 사실을 주군인 레너드 자작에게 고했다. 물론 레너드 자작 역시 불같이 진노했다.

"저런 고얀! 내 명예를 더럽힌 견습기사 레인을 당장 잡아들여라."

레인은 즉각 체포되어 수감되었다. 그러나 눈치 빠른 레이커는 병사들이 몰려들기 전에 감쪽같이 저택을 빠져나가 버렸다. 영지 전체에 수배령을 내렸지만 잡히지 않았다. 레이커가 달아나자 결국 모든 죄는 레인이 뒤집어써야 했다.

통상적으로 이런 경우에는 손목이나 발목을 끊어내는 중한 형벌이 언도되기 마련이다. 그러나 평소 그를 곱지 않게 보던 파쿼드는 레인에 대해 없던 잘못까지 만들어내어 중상모략을 했다. 결국 레너드 자작은 레인에게 사형을 언도했다. 판결이 내려진 레인은 감옥에 갇혀 죽을 날만 기다려야 했다.

공교롭게도 바로 그때, 파쿼드가 소속된 귀족 가문에 황제의 징집령이 내려졌다.

　—남부 전선의 상황이 심각하다. 제국에 소속된 모든 귀족 가문은 병력을 파병하라. 반드시 일정수 이상의 기사와 견습 기사가 포함되어야 한다.

　바로 그 징집령 때문에 레인은 간신히 목숨을 건질 수 있었다. 비교적 유능한 견습기사인 레인을 처형하는 것보다는 전쟁터로 보내버리는 것이 자작가에 이득이었기 때문이었다.

　레인은 잘못을 사해주는 조건으로 남부 전장에 보내지게 되었다. 끈 떨어진 신세인 레인이었기에 까마귀 전대에 배속되는 것은 어찌 보면 필연이었다. 레인이 쓸쓸한 표정으로 이야기의 끝을 맺었다.

　"이것이 제 사연입니다."

　"기구하군."

　리셀의 얼굴은 숙연해져 있었다. 물론 마스터를 속이고 용병 일을 한 것은 전적으로 레인의 잘못이다. 하지만 견습기사의 재능을 질시해 검술을 전수해 주지 않은 레인의 마스터 역시 정상이라 볼 수 없었다. 리셀의 눈에는 마스터인 아너프리의 얼굴이 아른거리고 있었다. 그는 자신의 생명력까지 불태워가며 리셀을 가르쳤다.

　'나는 정말로 훌륭한 마스터를 모셨던 것이었군.'

레인에 비하면 자신이 얼마나 행운아였는지를 새삼 깨달은 리셀이 착잡한 눈빛으로 레인을 쳐다보았다. 재능 있는 인재가 마스터를 잘못 만나 이렇게 망가졌다고 생각하니 씁쓸해졌다.

"한 가지는 확실하다."

"뭐가 말입니까?"

"너에게 검술을 가르쳐 준 자유 기사는 제대로 된 트리스탄 검술을 익히지 못했어."

레인의 눈이 커졌다.

"그게 사실입니까?"

"그렇다. 어디서 맛보기만 살짝 본 뒤 사기를 치고 다니는 작자 같구나. 그렇지 않고서야 그토록 엉터리로 가르쳐줄 순 없는 노릇이지."

지그시 입술을 깨문 레인이 고개를 숙였다. 물론 그런 의심은 레인도 가지고 있었다. 하지만 믿을 구석이 오로지 그것밖에 없었기 때문에 억지로 의구심을 억눌러왔다. 그 사실을 인정하면 자신이 너무 비참해진다.

"네 검술은 도저히 손을 볼 수 없을 정도로 어그러져 있다. 일반 병사와 싸우는 데에는 그럭저럭 효과를 보이겠지만 정통 검술과 맞부딪히면 곧바로 깨어져 나갈 수밖에 없다."

"바로 잡을 방법이 전혀 없겠습니까?"

리셀이 묵묵히 고개를 끄덕였다.

“이제 와서 바로 잡는 것은 불가능하다. 몸에 각인된 검술을 모조리 잊어버리고 새로 배우는 수밖에 없다.”

그 말을 들은 레인이 한탄을 터뜨렸다. 갖은 고생을 해서 번 돈으로 배운 검술이 엉터리였다는 말에 기가 찰 수밖에 없었다. 게다가 서른이 넘은 나이에 어떻게 새로운 검술을 배운단 말인가? 레너드 자작가에서 내쳐진 그가 새로운 검술을 배울 방법은 어디에도 없었다.

“그랬군요. 조언 감사드립니다.”

쓸쓸히 고개를 숙이는 레인을 보던 리셀이 입을 열었다.

“한 가지 조건을 들어줄 수 있겠느냐?”

레인이 고개를 들었다.

“조건이라니요?”

“앞으로 내가 전대장으로 있는 동안 충직하게 내 부관 노릇을 수행하겠느냐?”

레인이 영문을 모르겠다는 듯 고개를 끔뻑거렸다.

“그거야…….”

“그것이 내 조건의 전부다. 만약 그렇게 해준다면 너에게 검술을 전수해 주겠다. 자유 기사가 가르친 엉터리 검술이 아닌 정통 트리스탄 검술을 말이다.”

레인의 눈이 경악으로 물들었다. 도저히 믿기 힘든 말이었다. 잠시 후 정신을 차린 그가 떠듬떠듬 말을 이어나갔다.

“하, 하지만 저에겐 돈이.”

"돈은 필요 없다. 내 조건만 충실히 수행한다면 트리스탄 검술을 가르쳐 주겠다. 자유 기사 레이커가 가르친 엉터리가 아니라 정통 트리스탄 검술의 완전한 검식을 말이다."

리셀의 표정은 확고했다. 레인에게 트리스탄 검술을 전수해 주기로 마음을 굳힌 것이다. 리셀은 루카스 가문 비전의 검술은 누구에게도 전수하지 않겠다고 마스터에게 다짐한 적이 있다. 하지만 가문의 비전이 아닌 트리스탄 검술이라면 그 다짐에 크게 위배되지도 않는 것이다. 어차피 마스터인 아너프리도 대가를 지불하고 배운 검술 아니던가? 귓전으로 격양된 레인의 목소리가 파고들었다.

"하겠습니다. 앞으로 목숨을 걸고 전대장님을 보좌하겠습니다. 그러니 제발……."

"좋아. 마음먹은 김에 곧바로 시작하도록 하지. 연습용 갑옷과 무기를 갖추고 연무장으로 나와라."

"지, 지금 말입니까?"

깜짝 놀라 고개를 든 레인은 금세 이유를 알아차렸다. 그 비싸디비싼 트리스탄 검술을 기사들이 바글거리는 대낮에 전수할 순 없는 노릇이다.

"당장 준비하겠습니다!"

급히 달려나가는 레인을 리셀이 빙그레 미소를 지으며 쳐다보고 있었다.

'마스터께서는 나에게 형언할 수 없을 정도의 은혜를 베푸셨다. 그에 비하면 너에게 트리스탄 검술을 전수해 주는 것은 일도 아니지. 내 첫 부하이니 이 정도는 해줘도 무방할 것 같다.'

연습용 철검을 집어든 리셀이 막사 밖으로 걸어나갔다.

연무장에 선 리셀이 엄숙한 표정을 지었다.

"지금껏 익힌 검술은 모조리 잊어라. 기본기부터 새로 시작해야 한다. 오늘부터 매일 한 시간씩 너에게 검식을 알려주겠다. 그러니 몸에 배도록 철저히 수련해야 한다."

레인은 대답하지 않았다. 아니 대답할 필요가 없다는 것이 정확한 말이었다. 지금껏 검술에 대한 극심한 갈증에 시달려온 그에게 리셀이 부여해 준 기회는 마른하늘에 단비나 마찬가지였다.

달조차 떠오르지 않아 연무장에는 어둠이 짙게 깔려 있었다. 그러나 병사들이 드문드문 켜놓은 횃불 덕분에 수련하지 못할 정도는 아니었다.

"잘 보아라."

연습용 철검을 움켜쥔 리셀이 검로를 시연하기 시작했다. 그 모습을 레인이 눈에 불을 켜고 지켜보았다. 10분 남짓 트리스탄 검술의 기본 검로를 시연한 리셀이 검을 거뒀다.

"따라 해보아라. 자세를 잡아주겠다."

"네. 전대장님."

레인은 즉각 시연을 시작했다. 확실히 레인의 재능은 보통 수준을 넘어서는 것 같았다. 10분이나 지속된 리셀의 시범을 거의 틀리는 부분이 없이 따라 하고 있으니 말이다. 리셀은 중간 중간 미묘하게 틀린 자세를 교정해 주었다.

"검의 높이가 낮다. 더 힘차게 내뻗어야 한다."

"모습은 비슷하지만 내용이 전혀 달라. 검을 비틀면서 사선으로 쳐올려야 한다."

그렇게 한 시간가량 집중적인 교습을 받고 나자 레인의 전신은 온통 땀투성이가 되어버렸다. 그야말로 혼신의 힘을 다해 검을 휘둘렀던 것이다. 지쳤을 게 분명한데도 그의 눈빛은 기대로 이글거리고 있었다.

"오늘은 여기까지만 한다. 해가 뜨면 집중적으로 연무를 해서 자세를 몸에 익히도록 하라."

"그, 그럴 수 없지 않습니까? 지켜보는 눈이 많은데 어찌."

"검로를 중간마다 잘라서 연습을 하면 된다. 토막 난 검술로는 전체적인 검형을 추측할 수 없으니 말이다."

"알겠습니다."

"난 이만 들어가 보겠다."

몸을 돌려 막사로 걸어가는 리셀에게 레인이 더할 나위 없이 공손한 태도로 검례를 취했다.

"그럼, 쉬십시오! 전대장님."

그야말로 진심에서 우러나오는 검례였다. 그때 걸어가던 리셀이 뒤를 돌아보았다.

"혹시라도 밤을 새워 연습을 할 생각은 하지 말도록. 올바른 자세는 좋은 몸 상태에서 나오는 법, 충분히 휴식을 취해야 성취가 빠르다. 한 번에 너무 무리를 할 경우 금세 지쳐버린다."

그 말에 레인이 뜨끔했다. 리셀의 말대로 그는 밤을 새워 조금 전 배운 검로를 몸에 익히겠다고 마음먹은 상태였기 때문이었다.

"알겠습니다. 전대장님."

"좋아. 그럼 내일 보자. 레인."

레인은 그 자리에 멍하니 서서 리셀이 막사에 들어가는 모습을 지켜보았다. 잠시 후 막사로 돌아가는 레인의 발걸음에는 왠지 모르게 힘이 들어가 있었다.

다음 날, 연무장으로 나간 리셀이 눈을 크게 떴다. 서른 명의 대원들이 모두 연무장에 모여 리셀을 기다리고 있었기 때문이었다.

'흠. 레인이 대원들을 잘 설득했나 보군.'

고개를 끄덕인 리셀을 향해 레인이 다가왔다.

"인원 보고 드립니다. 총원 서른한 명 전원이 연무를 위해 집결했습니다."

리셀을 쳐다보는 대원들의 눈동자는 기대에 차 있었다. 사실 이틀 동안 집중적인 교습을 받으면서도 대원들은 못내 불안해했다. 검술을 전수해 준 다음 생환이 불가능한 위험한 임무에 투입하는 건 아닐까 우려했던 것이다. 하지만 막사로 돌아온 레인이 그들의 그런 의구심을 모조리 지워주었다.

"그게 사실입니까?"

"그렇다. 전대장님께서 기사로서의 명예를 걸고 다짐하셨다."

"미, 믿을 수가 없군요."

"많은 것을 말할 순 없다. 하지만 한 가지는 확실하다."

대원들을 쳐다보는 레인의 눈동자에는 확고한 빛이 서려 있었다.

"이번 전대장님은 한 번 정도는 충분히 믿어볼 가치가 있는 분이다."

그 한마디가 결정타였다. 지금껏 연무에 참가하지 않았던 대원들도 눈에 기대감을 떠올렸다.

"좋습니다. 그럼 저희들도 내일 나가도록 하겠습니다. 받아주실지 모르겠지만 말입니다."

"걱정하지 마라. 전대장님을 영 믿지 못하겠다면 그분을 믿는 날 믿어라."

그렇게 해서 연무장에는 까마귀 전대원 전원이 연습용 장비를 착용하고 집결하게 된 것이다. 그들의 상기된 얼굴을 보며 리셀이 빙그레 웃었다.

"인원이 많아서 좋군. 그럼, 아침 수련 역시 구보로 시작해 볼까?"

병기대로 다가간 리셀이 묵직한 사슬갑옷 한 벌을 집어 몸에 걸쳤다. 그 모습을 보던 레인이 대원 몇 명을 지목했다. 하나같이 사슬갑옷을 입지 않은 자들이었다.

"너희들도 갑옷을 걸치도록. 까마귀 전대의 아침 구보는 사슬갑옷을 입고 연무장을 다섯 바퀴 도는 것이 철칙이다."

대원들은 별 반발 없이 다가와 사슬갑옷을 집어 들었다. 잠시 후 리셀을 포함해 서른두 명의 까마귀 전대원들이 묵직한 사슬갑옷을 입고 연무장을 달리기 시작했다. 부츠가 땅을 박찰 때마다 흙먼지가 자욱하게 피어올랐다.

쿵쿵쿵쿵.

사슬갑옷 틈새로 땀방울이 후두둑 떨어졌다. 그간 술을 마시며 허송세월했던 나태를 질펀하게 흘리는 땀을 통해 흘려보내는 것이다.

연무의 과정은 지난 이틀과 대동소이했다. 허점을 지적받았던 대원들은 리셀과의 대련을 통해 다시 평가받았다. 대원들은 밤새 고민하며 허점을 지울 방법을 고민했다. 리셀은 지극히 객관적인 시선으로 대원들의 노력을 평가해주었다.

물론 허점을 극복하는 것은 결코 쉽지 않았다. 실력 자체가 그리 뛰어나지 않은 대원들이 밤새도록 궁리해봐야 생각할 수 있는 범위에는 한계가 있었다.

"아직까지 허점이 드러난다. 더 보완할 필요가 있어."

"허점 하나를 없애느라 더 많은 허점이 생겼다. 다시 시도하도록."

그럼에도 불구하고 대원들의 얼굴은 밝았다. 리셀이 정확히 평가해주고 고칠 수 있는 방향을 제시해 주었기 때문이었다. 그리고 몇몇 대원들은 훌륭히 허점을 극복해 내어 리셀의 칭찬을 받았다.

"훌륭하다. 허점이 많이 줄어들었어."

그렇게 대원들의 수련을 봐준 다음에는 대련이 이어졌다. 이제는 더 이상 한 명당 세 번씩 대련해 줄 수 없었다. 서른한 명의 까마귀 전대원 전원이 나와 있었기 때문이었다. 대원 한 명당 두 번씩 대련을 마치고 나자 해가 서쪽으로 뉘엿뉘엿 넘어갈 무렵이 되었다.

"오늘은 여기까지만 하지. 계속 수련할 용의가 있는 대원들은 내일 같은 시각에 연무장으로 나오도록."

검을 검집에 꽂아 넣은 리셀이 몸을 돌려 막사 쪽으로 걸어갔다.

털썩털썩.

리셀이 사라지고 나자 대원들이 맥없이 바닥에 주저앉았다. 이틀간 수련에 참가했던 대원들은 조금 덜했지만 오늘 처음으로 나온 대원들의 눈은 경악으로 물들어 있었다.

"세상에 저게 대관절 사람이야, 골렘이야?"

"고직 두 번 대련한 우리도 힘들어 죽을 지경인데 세상
에……."

리셀은 아침나절에 나와서 하루 종일 대원들과 검을 섞었
다. 그럼에도 불구하고 아무런 일 없었던 것처럼 태연히 막사
로 돌아갔다. 옷이 땀으로 흠뻑 젖은 대원 하나가 혀를 내둘렀
다.

"분명 막사로 들어가서 푹 쓰러지고 말 거야. 그렇지 않으
면 인간이 아니지."

"어쨌거나. 나에겐 많은 도움이 되었어. 비록 며칠이나 갈
지 모르지만 말이야."

그때 한 대원이 일어나서 고함을 질렀다.

"레인 부전대장님. 이만하고 좀 쉬십시오!"

이례적으로 레인은 대련에 참가하지 않았다. 대신 그는 연
무장 구석에서 묵직한 철검을 들고 홀로 수련을 했다. 기본기
부터 새로 몸에 익히는 것이다.

처음에는 대원들도 호기심을 가지고 쳐다보았다. 도대체 무
슨 검술을 수련하나 궁금했던 것이다. 하지만 레인은 검술의
극히 일부만을 조각내어 반복해 연습하고 있었다. 대원들이
알아볼 수 있는 것은 철저한 기본 동작뿐이었다.

리셀과 대원들이 하루 종일 검을 섞는 동안 레인 역시 쉬지
않고 검을 휘둘렀다. 그것을 입증하듯 레인의 전신은 온통 땀

으로 흠뻑 젖어 있었다. 걱정스러운 표정으로 레인을 쳐다보던 대원이 돌연 눈을 휘둥그레 떴다.

"세, 세상에!"

꿋꿋하게 검을 휘두르던 레인이 돌연 그 자리에 풀썩 쓰러진 것이다. 대원들 몇이 달려가서 레인을 부축했다.

"그러게, 적당히 하실 것이지."

얼마나 지쳤는지 부축을 받아 걸어가는 레인의 다리가 후들후들 떨리고 있었다. 잠시 후 정신을 차린 레인이 손을 내저으며 말했다.

"나, 난 괜찮다."

"어쨌거나 레인 부전대장님이 이토록 열심히 수련하시는 모습은 처음 보는군요."

그 말에 피식 미소를 지은 레인이 대원들을 둘러보았다.

"그래, 어땠느냐? 오늘 나온 보람이 있었느냐?"

"나름대로 얻은 것이 많습니다. 비록 며칠이나 갈지 미지수이긴 하지만 말입니다."

"지금껏 이렇게 세심하게 지도받아본 기억은 없습니다."

대원들의 표정은 비교적 밝은 편이었다. 하나같이 지칠 대로 지쳐 입에서 단내를 풀풀 풍기고 있었지만 말이다. 레인이 쓴웃음을 지으며 검을 검집에 꽂아 넣었다.

"오늘은 나도 이만 해야겠군. 막사에 들어가면 그대로 곯아떨어지겠어."

윌슨이 쓴웃음을 지으며 짐짓 너스레를 떨었다.

"서도 마찬가지입니다. 얼마나 혹독하게 굴렀는지 술 생각도 나지 않습니다. 아마 오늘 수련한 녀석들 중 선술집으로 기어들어갈 녀석은 아무도 없을 것 같군요. 그렇지 않나?"

대원들은 진저리를 치며 고개를 좌우로 저었다.

"술이고 뭐고 다 귀찮아. 자고 싶을 뿐이야."

"나 자는데 건드리는 녀석은 죽을 줄 알아."

대원들이 하나둘씩 동료들을 부축한 채 막사로 향했다. 윌슨의 호언장담대로 그날 밤, 까마귀 전대원 중 그 누구도 막사에서 나오지 않았다. 흘러나오는 것이라곤 오로지 코 고는 소리뿐이었다.

까마귀 전대원들은 신임 전대장의 행보가 며칠 가지 않을 것이라 생각했다. 아침에 일어나 서른 명의 대원들과 대련을 하면 하루해가 져 버린다. 그야말로 하루 종일 대원들의 검술을 봐주는 것이다. 현실적으로 이렇게 대원들에게 신경 써주는 전대장이란 어디에도 존재하지 않았다.

"일주일이나 가면 다행이게?"

"난 사흘을 넘기지 못할 것 같은데."

그러나 그들의 예상은 송두리째 빗나가버렸다. 리셀은 하루하루 변함없이 대원들과 함께 수련을 했다. 오전에는 검술을 봐주고 점심을 먹고 나서는 무한 대련을 했다. 그 과정은 단

하루도 빠짐없이 지속되었다. 2주가 넘어가고 3주째가 되자 대원들도 하나둘 놀라기 시작했다.

"세상에. 저건 사람의 체력이 아니야."

"어떻게 저럴 수가 있지?"

3주째가 되자 이탈자가 발생했다. 대련 과정이 그 정도로 힘들었기 때문이었다. 처음에는 며칠이나 갈지 몰라 지친 몸을 이끌고 참석을 했다. 하지만 3주가 넘어가자 슬슬 꾀를 부리는 대원들이 생겨났다. 까마귀 전대에 출동 명령이 떨어진 것은 바로 그때였다.

제6장
비상의 날갯짓

“명령이 내려졌다.”

기사단 본부에 갔다 온 리셀의 말에 대원들의 얼굴은 흙빛으로 변해버렸다.

“무, 무슨 임무입니까?”

“그리폰 전대와 함께 투입되는 임무이다. 내용은 전과 동일하게 적의 도주로 차단이다.”

리셀이 나지막한 어조로 임무 내용을 설명했다.

아스트리아 군은 장거리 정찰대와 더불어 방대한 첩보 조직을 운용하고 있다. 주로 변절한 레오폰 밀정을 통해 적의 내부 정보를 빼내는 데 주력했는데 거기에 거물이 걸려들었다.

"레오폰 왕국의 주축 부족인 메자이 부족의 부족장 파하드가 전선 시찰을 위해 최전방 전초 기지를 방문한다는 첩보가 입수되었다. 해서 지휘부에서는 그리폰 전대와 우리 까마귀 전대를 투입해 파하드를 척살하거나 사로잡을 계획을 세웠다. 임무 투입은 내일 새벽으로 정해졌다."

"너무 빠르군요."

레인이 얼굴을 일그러뜨렸다. 지난 보름 동안 그는 밤마다 한 시간씩 리셀로부터 트리스탄 검술을 전수받았다. 시간이 시간인 만큼 아직까지 기초 단계에 머물러 있기는 했지만 매일매일 혹독한 수련을 통해 조금씩 자신의 것으로 만들어가는 중이었다. 그런데 느닷없이 출동이라니.

까마귀 전대원들이 가장 기피하던 그 순간이 다가오고 말았다. 한 번 임무를 수행하고 나면 막사의 야전 침상 가운데 절반이 주인을 잃어버린다. 절반에 가까운 전대원들이 작전 과정에서 죽어나간다는 뜻이다. 대원들의 절박한 심정이 어느 정도 이해가 가는 리셀이었다.

게다가 지금 대원들은 리셀의 교습으로 인해 조금이나마 미래에 대한 희망을 품은 상태였다. 그런데 제대로 실력을 키울 기회를 갖기도 전에 임무에 투입되게 생겼으니…… 지극히 어두운 대원들의 표정을 보던 리셀이 조용히 입을 열었다.

"내 힘이 닿는 한 돌봐줄 테니 너무 걱정하지 마라. 가능하다면 희생자가 나오지 않도록 노력할 것이다."

그러나 대원들 중에서 리셀의 말을 믿는 자는 극히 일부분
에 불과했다. 그리고 그 일부분 속에는 레인이 끼어 있었다.

명령이 떨어졌음에도 불구하고 리셀은 수련을 강행했다. 대
원들뿐만 아니라 자신의 수련에도 크나큰 도움이 되기 때문이
었다. 그러나 그날의 수련에 참가한 대원들은 그리 많지 않았
다. 대부분의 대원들이 연무장에 나오지 않고 선술집에 틀어
박혔다.
"내일 죽을지도 모르는데 오늘 술이나 실컷 퍼마셔야지."
"시시각각 다가오는 죽음의 공포를 술이 아니면 어떻게 잊
을 수 있겠어."
그러나 리셀에게서 희망을 본 몇몇 대원들은 그날도 어김없
이 수련에 참가했다. 레인 역시 연무장 구석에서 팔이 부서져
라 검을 휘둘렀다.

그토록 두려워하던 새벽이 밝았다. 밤새 술을 퍼마셨음에도
불구하고 대원들은 연병장에 집결했다. 제국군의 군율은 상당
히 엄격하다. 무슨 이유에서건 작전 시간에 늦으면 탈영으로
간주하고 즉각 체포령을 내린다. 때문에 밤새도록 선술집에서
술통에 빠졌던 대원들도 술 냄새를 풀풀 풍기며 서둘러 연병
장으로 향할 수밖에 없었던 것이다.
함께 작전에 투입될 그리폰 전대 대원들 역시 연병장에 집

결해 있었다. 같은 발톱 기사단 소속이지만 두 전대의 분위기는 판이하게 달랐다. 그리폰 전대의 기사들은 하나같이 깔끔하게 갑옷을 걸치고 질서정연하게 도열해 있었다. 오와 열을 철저히 맞춘 모습에서 칼날 같은 기상이 풍기고 있었다. 반면 까마귀 전대원들은 다소 무질서하게 서 있었다. 급히 나오느라 제복이 구겨지고 착용한 장비도 허술한 편이었다. 까마귀 전대를 보는 그리폰 전대원들의 시선은 싸늘했다.

"기사 같지도 않은 놈들. 술 냄새를 풀풀 풍기며 작전에 나설 생각을 하다니 어처구니가 없군."

"내버려 둬. 작전이 끝나면 절반 이상이 전사할 녀석들이니 말이야."

잠시 후 병사들이 탈것을 끌고 왔다. 그런데 작전 지역까지 이동할 탈것에서부터 차이가 났다. 그리폰 전대원들의 탈것은 스무 마리의 데저트 렙터였다. 산뜻하게 경갑주를 씌워놓은 모습이 더없이 위압적이었다.

반면 까마귀 전대원들에게는 일반적인 군마가 배정되었다. 데저트 렙터와 달리 마갑을 하나도 씌우지 않은 상태였다. 레인이 낮은 목소리로 그에 대한 설명을 해 주었다.

"사막은 말이 좀처럼 이동하기 힘든 장소입니다. 발굽이 발목까지 모래에 파묻히기 때문에 마갑을 입힐 경우 금세 지쳐버립니다."

리셀은 말을 보고 상당히 놀라고 있었다. 베텔 왕국에서 수련했던 시절 타보았던 말보다 덩치가 족히 두 배는 컸기 때문이었다.

마스터인 아너프리는 리셀에게 마상 전투술도 가르쳤다. 그러나 거기에는 한계가 있을 수밖에 없었다. 국토 대부분이 평원인 아스트리아와는 달리 리셀의 고국인 베텔 왕국은 험악한 산악 지대에 자리 잡고 있다. 따라서 리셀이 탈 수 있는 말은 베텔 왕국 특산인 조랑말뿐이었다. 끈기가 있고 인내력이 강하지만 덩치가 아스트리아산 군마의 절반 정도밖에 되지 않는다. 당시 아너프리는 리셀의 마상술 연습을 위해 힘들게 인근에서 빌려 온 말을 보고 한탄을 한 적이 있다.

"이게 무슨 말이라고. 마갑을 씌워놓으면 움직이지도 못할 것 같군."

따라서 리셀이 타본 말은 조그마한 조랑말이 전부였다. 그런 리셀의 앞에 곱절이나 큰 아스트리아산 군마가 당당히 서 있었으니⋯⋯. 리셀의 입이 딱 벌어졌다.

"말이 정말 크군."

안장 높이가 워낙 높아서 어떻게 올라가야 할지 엄두가 나지 않았다. 레인이 걱정스러운 눈빛을 보냈다.

"혹시 말을 타보신 적이 없습니까?"

"타보긴 했지. 이렇게 큰 말을 타본 적은 없지만 말이야."

"요령은 다 똑같습니다. 베텔 왕국의 조랑말이나 아스트리아산 군마나 말인 건 매한가지니까 말입니다."

"그렇긴 하지만."

리셀이 조심스럽게 팔에 힘을 주어 말 위에 올라갔다. 다소 서투른 듯한 기수의 반응에 말이 푸래질을 하며 불안해했다.

"워, 워."

갈기를 쓰다듬으며 말을 달래던 리셀이 쓴웃음을 지었다.

'이게 웬 망신이야.'

상당히 숙련된 몸놀림으로 말 등에 올라타는 다른 대원들의 모습이 리셀의 시야에 들어왔다. 그리폰 전대원들은 벌써 데저트 렙터에 탑승한 채 이동하고 있었다. 리셀을 대신해서 레인이 군기를 들어 올렸다.

"출동한다! 모두 이동."

두두두두.

그리폰 전대원들을 태운 데저트 렙터가 흙먼지를 마구 흩날리며 사막을 질주했다. 물론 그 흙먼지는 뒤에서 따라가던 까마귀 전대원들이 고스란히 들이마셔야 했다. 리셀이 오만상을 찌푸리며 준비해 온 바람막이 천으로 얼굴을 가렸다. 말들도 모래 먼지가 귀찮았는지 연신 푸래질을 했다.

히히히힝.

사막에서 데저트 렙터는 확실히 빨랐다. 넓적한 발바닥을 이용해 모래를 박차자 육중한 동체가 쑥쑥 앞으로 나아갔다. 반면 군마들은 그리 속도를 내지 못했다. 모래에 발목까지 파

묻히기 때문에 달리는 것은 무리였고 기껏해야 빠른 걸음이
전부였다. 두 전대 사이의 거리는 금세 벌어졌다.

"기다려줄 수 없다. 먼저 가서 휴식을 취하도록 할 테니 A-
4 지역에서 합류하기로 한다."

그 한 마디를 남겨둔 채 그리폰 전대는 모래 언덕 너머로 사
라져버렸다. 지금껏 여러 번 겪어본 일이었는지 까마귀 전대
원들은 아무런 말없이 말을 달리는 데 열중했다.

리셀은 오래지 않아 군마에 적응할 수 있었다. 다소 흔들림
이 심하고 안장의 높이가 높아 아찔한 면이 있었지만 기본적
인 승마 요령은 조랑말을 탈 때와 크게 다르지 않았다. 빠른
걸음으로 이동하는 말의 등에 앉아 리셀은 고민했다.

'어떻게 하면 부하들을 희생시키지 않을 수 있을까?'

그러나 리셀이 아무리 생각을 쥐어짜내도 뾰쪽한 방법이 없
었다. 자고로 맹수가 가장 사나워지는 건 상처입고 도주할 때
였다. 사냥에 능숙한 탓에 리셀은 그 사실을 너무도 잘 알고
있었다. 그런데 까마귀 전대는 바로 그 상처입고 도주하는 맹
수 우두머리의 도주로를 차단하는 임무를 맡았다. 아무리 생
각해봐도 위험하기 그지없는 임무였다.

'그리폰 전대가 급습할 경우 레오폰 녀석들은 틀림없이 목
표물인 파하드 족장을 대피시킬 것이다. 분명 파하드 족장의
옆에는 실력이 뛰어난 다수의 전사들이 배치되겠지.'

그런데 리셀은 발톱 기사단에서 가장 실력이 떨어지는 까마

귀 전대원들을 데리고 그들의 도주로를 차단해야 한다. 아무리 생각해보아도 사상자가 발생하지 않을 수가 없었다.

'미치겠군. 그렇다고 내가 전체를 다 상대할 순 없는 노릇이니 말이야.'

사막을 질주하는 군마의 위에서 리셀의 시름이 서서히 깊어져 가고 있었다.

A-4 지역에 도착한 것은 그로부터 한 시간 후였다. 그리폰 전대는 벌써 한참 전에 도착해서 휴식을 취하고 있었다. 헐레벌떡 달려온 까마귀 전대를 그리폰 전대원들이 빙글빙글 웃으며 쳐다봤다.

"생각보다 늦었군."

그리폰 전대장이 리셀에게 지도 하나를 내밀었다.

"이게 그대들이 차단해야 할 도주로이다. 틀림없이 목표물인 파하드를 처리해야 해. 가급적 생포해야 하지만 죽여도 무방하다. 어떤 일이 있어도 놓쳐서는 안 돼."

"파하드만 붙잡으면 된다는 말씀이십니까?"

그 말에 그리폰 전대장이 묵묵히 고개를 끄덕였다.

"호위가 많이 붙을 경우 까마귀 전대의 힘으로는 벅찰 수도 있겠군. 어쨌거나 어떤 희생을 치르더라도 반드시 파하드만은 처리해야 하네. 대원들이 전멸하는 한이 있어도 말이야."

"알겠습니다."

“좋아. 무운을 비네.”

나중에 도착했지만 까마귀 전대원들은 제대로 쉬지도 못하고 다시 이동해야 했다. 예상 도주로에 가서 매복을 해야 했기 때문이었다. 까마귀 전대는 말들을 모두 집결지에 묶어두고 도보로 이동했다. 말의 기척 때문에 적들이 매복 사실을 눈치 챌 우려가 있었다.

“자! 서두르자. 갈 길이 멀다.”

리셀은 전대원들을 이끌고 지도에 기재된 도주로를 향해 이동했다. 묵직한 사슬갑옷을 입고 발목까지 모래에 파묻히는 사막을 이동하는 일은 생각보다 힘들었다.

30분가량 행군한 끝에 까마귀 전대는 적의 예상 도주로에 도착할 수 있었다. 리셀보다 경험이 많은 레인이 나서서 매복할 장소를 선정했다. 그가 선택한 곳은 야트막한 모래 언덕이었다.

“저곳에 매복하도록 한다. 모두 석궁을 준비하고 휴식을 취하도록.”

“알겠습니다.”

대원들이 일제히 등에 메고 온 석궁을 풀어 장전하기 시작했다. 그 모습을 리셀이 놀란 눈빛으로 쳐다보았다.

“저 무거운 석궁을 이곳까지 메고 온 것인가?”

“그렇습니다. 적이 다가올 경우 석궁으로 일제 사격을 가한

다음 검을 들고 돌격하는 것이 전형적인 매복 전술입니다.”

“대원들이 석궁에 그리 능숙하지 못할 텐데?”

“그렇죠. 용병들과는 달리 기사들은 석궁을 쓰는 일이 드무니까요.”

나름대로 경험해 본 일이기 때문에 대원들은 모래에 몸을 반쯤 묻고 언덕 아래를 살피기 시작했다. 여기저기서 소곤거리는 소리가 들렸다. 마나의 순환으로 인해 감각이 활성화된 상태라 리셸은 대화 내용을 고스란히 들을 수 있었다.

“놈들이 다른 도주로를 선택했으면 좋겠는데 말이야.”

“그럴 가능성은 희박해. 이곳은 적의 전초 기지에서 빠져나갈 수 있는 유일한 퇴로야.”

“과연 몇 명이나 살아남을 수 있을까? 저번 임무에서는 무려 스무 명이나 죽었는데 말이야.”

“나는 이번이 첫 임무 투입이야. 일전에 듣기로 첫 번째 임무에 투입된 신참의 생존율이 30퍼센트라던데……. 아무래도 오늘을 넘기지 못할 것 같아.”

“힘을 내라고. 어디에도 예외란 게 있으니 말이야. 살아나면 봉급을 깡그리 털어서 술 한 잔 거하게 사주지.”

두런거리는 대원들의 대화를 듣던 리셸의 안색이 점점 더 심각해졌다. 대원들이 느끼는 공포감이 모래 위로 스산하게 깔리고 있었다.

지휘부의 예측은 정확했다. 매복한 지 얼마 되지 않아 빠른 속도로 이곳을 향해 달려오는 일단의 발걸음 소리가 들렸다. 활성화된 감각을 통해 리셀은 일찌감치 그 사실을 알아차릴 수 있었다.

‘십여 명 정도, 발걸음 소리가 가벼운데다 보폭이 일정한 것을 보니 하나같이 뛰어난 실력의 전사들이다.’

리셀이 자신도 모르게 대원들을 쳐다보았다. 적 전사들과 맞부딪쳤을 경우의 승산을 떠올려본 것이다. 이미 리셀은 부하들의 실력을 비교적 정확히 파악하고 있었다. 지금껏 수도 없이 대련을 해보았으니 모르는 게 더 이상하리라.

‘만약 적 전사들의 실력이 장거리 정찰대 시절 싸워보았던 하킴이라는 전사 수준이라면?’

골똘히 생각하던 리셀이 가볍게 몸을 떨었다. 실로 참혹한 결과가 나왔기 때문이었다. 열 명 전부 하킴 정도의 실력이라고 가정해본다면 이번 전투에서 까마귀 전대원들은 최소 스무 명 이상이 전사할 것이다. 그러나 현실은 더욱 암울했다. 보고서에 따르면 저기에는 레오폰의 주요 부족인 메자이 부족의 부족장이 있다고 했다. 부족의 부족장이라면 그 무위가 상상을 초월할 터, 그뿐 아니라 부족 제일의 전사들이 그를 보좌할 것이다.

‘어쩔 수 없다.’

뭔가를 결심했는지 리셀의 안색이 경직되었다. 그가 나지막한 어조로 레인을 불렀다.

"레인. 듣고 있나?"

"쉿. 소리 내지 마십시오. 사막 전사들은 귀가 밝습니다."

"적들이 사정거리 안에 들어오면 석궁을 발사할 계획이겠지?"

"그렇습니다만."

"석궁을 쏘지 말도록 부하들에게 전해라. 내가 신호하면 제자리에서 일어나 적을 겨누는 시늉만 하라고 말이다."

"그, 그게 무슨 말씀이십니까?"

"내 말대로 해라. 잘하면 부하들을 한 명도 희생시키지 않을 수도 있다. 그러니 날 믿어라."

잠시 고민하던 레인이 리셀의 말에 복명했다.

"알겠습니다. 그렇게 전하도록 하겠습니다."

대화를 나누던 사이 발걸음 소리가 빠르게 접근해왔다. 그리고 모래 위로 십여 명의 그림자가 모습을 드러냈다. 그것을 본 리셀이 머뭇거림 없이 매복한 자리에서 몸을 일으켰다. 리셀을 발견한 그림자들이 경고성을 내질렀다.

"적이다!"

"제국 놈들의 매복이다! 모두 조심해."

다가오던 그림자들이 그 자리에 멈춰 섰다. 그것을 보던 리셀이 레인에게 신호를 했다.

"레인. 내가 말한 대로 해."

이미 언질을 받았던지 서른 명의 대원들이 모두 석궁을 겨 눈 채 몸을 일으켰다. 그러나 긴장감으로 인해 석궁 손잡이를 잡고 있는 손이 덜덜 떨리는 것만은 어떻게 할 수 없었다.

부족 전사들을 이끌고 탈출하던 부족장 파하드가 눈매를 가 늘게 좁혔다. 제국군의 움직임이 예상 밖이었기 때문이었다. 만약 놈들이 모습을 드러내지 않고 먼저 석궁 사격을 가했다 면 부족 전사들도 어느 정도 타격을 입었을 것이다. 부족 전사 들의 실력이 워낙 뛰어났기 때문에 그리 큰 피해를 입지는 않 았을 테지만 말이다.

'족히 서너 명은 화살에 맞았을 테지. 어쨌거나 모습을 드 러낸 것은 우리에게 잘 된 일이라 볼 수 있어'

그가 전사들에게 명령을 내렸다.

"그리 정예는 아니다. 정면으로 뚫고 나가도록 한다."

명령을 받은 전사들이 시미터를 고쳐 잡을 때 어디선가 고 함 소리가 울려 퍼졌다. 파하드를 비롯한 사막 전사들이 충분 히 알아들을 수 있는 레오폰 말이었다.

"잠깐 기다리시오!"

사막 전사들은 흠칫 놀라고 말았다. 한눈에 보기에도 제국 기사라는 사실을 알 수 있는 웬 애송이의 입에서 레오폰 말이 흘러나왔기 때문이었다. 상당히 어눌하긴 했지만 발음이 그나 마 정확한 편이라서 충분히 알아듣는 데 불편함은 없었다. 잠시 머뭇거렸지만 곧 파하드가 기세 좋게 응대했다.

"세국의 돼지 입에서 고귀한 레오폰어를 듣는다는 사실이 무척이나 서글프군. 그래 무슨 일이지?"

리셀의 시선이 파하드에게 가서 꽂혔다.

"그대가 메자이 부족의 족장인 파하드요?"

"그렇다. 설마 내 얼굴을 보고 싶어서 부른 것은 아니겠지?"

"본인은 아스트리아 제국의 발톱 기사단 까마귀 전대의 전대장 리셀이오. 그대에게 한 가지 제안을 하고자 매복을 풀었소."

그 말에 파하드가 비릿한 미소를 머금었다.

"제안? 제국의 돼지들이 하는 제안 따윈 들어줄 생각이 없다."

"우릴 뚫고 나가려면 피해가 만만치 않을 것이오. 피차 쓸데없는 희생을 막고자 하는 제안이니 일단 들어나 보시오."

리셀이 손바닥을 펴서 흉갑을 탕탕 두드렸다.

"파하드. 그대가 메자이 부족에서 가장 강한 전사라고 들었소. 해서 그대의 실력을 한 번 겪어보고자 하오. 만약 날 꺾는다면 부하들이 길을 열어줄 것이오. 나만 꺾는다면 그대들은 아무런 피해 없이 이곳을 빠져나갈 수 있소."

전대원들은 영문을 모르겠다는 듯 리셀을 힐끔힐끔 쳐다보았다. 리셀의 입에서 흘러나오는 말은 그들이 알아들을 수 없는 레오폰의 언어였다. 그들로서는 상황이 어떻게 돌아가는지 도무지 알 길이 없었다. 파하드가 어처구니없다는 듯 혀를 찼다.

"널 꺾으면 길을 열어주겠다는 말인가?"

"그렇소. 기사의 명예를 걸고 약속하오."

"말로만 듣던 제국의 일기투로군. 공명심에 눈이 멀었나 본데 그 결정이 네 명을 재촉할 것이다. 좋다! 네 제안을 받아들이지."

파하드가 일말의 망설임도 없이 고개를 끄덕였다. 그는 메자이 부족에서도 이름 높은 전사였다. 아직 사십대 초반으로 전사로서 가장 노련하다고 볼 수 있는 나이였다. 그런 그가 새파란 제국 애송이 기사의 도전을 거부할 리가 없었다. 무엇보다도 부하들의 희생 없이 매복지를 뚫고 나갈 수 있다는 점이 가장 매력적이었다.

"제국의 기사들이 다른 건 몰라도 거짓말은 하지 않는다고 들었다. 널 꺾을 경우 확실히 길을 열어주겠지?"

"물론이오."

"좋다."

그 말을 들은 리셀이 레인을 불렀다. 그 역시 돌아가는 상황을 몰라 눈알만 이리저리 굴리고 있었다.

"부, 부르셨습니까?"

"지금부터 나는 적의 부족장과 일기투를 할 것이다. 만약 내가 패할 경우 석궁을 거두고 길을 열어주도록 하라.”

“그, 그게 무슨 말씀이십니까? 만약 적을 놓치기라도 하면…….”

레인의 걱정은 지당했다. 이것은 기사의 명예가 걸린 결투가 아니라 군 작전에 따른 전투였다. 만약 리셀이 패해 약속대로 사막 전사들에게 길을 열어줄 경우 나중에 혹독한 책임 추궁을 당할 게 뻔했다. 리셀이 걱정하지 말라는 듯 미소를 지었다.

“걱정하지 마라. 결코 지지 않을 테니 말이다. 내 실력을 벌써 잊었는가?”

“그래도!”

걱정스러운 눈빛을 지우지 못하는 레인에게서 시선을 거둔 리셀이 검을 뽑아들었다. 파하드는 이미 날이 시퍼런 시미터를 쥐고 있었다.

“쌍검이라. 어쭙잖게 호레이살 부족의 흉내를 내는군. 용기를 가상히 사서 내가 친히 네 목을 베어주도록 하겠다.”

부족장의 자존심 때문인지 파하드는 자신이 졌을 경우에 대해서는 일절 언급하지 않았다. 성큼성큼 다가오는 파하드를 보며 리셀이 검 손잡이를 불끈 움켜쥐었다. 어느새 그의 전신에는 마나가 폭발적으로 순환하고 있었다. 2주일 동안 대원들과 함께 수련하며 마나를 한결 능숙하게 순환시킬 수 있게 된 리셀이었다.

눈부신 섬광이 대기를 갈랐다. 파하드는 앞뒤 재지 않고 정면으로 칼을 쪼개왔다.

콰쾅.

폭음과 함께 공격을 막아낸 리셸의 몸이 휘청거렸다. 이어 폭포수가 떨어져 내리는 듯한 섬광이 리셸의 전신을 연신 덮쳐왔다. 리셸은 정신없이 검을 휘둘러 공격을 막아내야 했다.

'크윽! 역시 부족장답군.'

메자이 부족의 검술은 호레이살 부족과는 많이 달랐다. 호레이살 부족의 검술이 속도에 주안점을 두었다면 메자이 부족은 힘에 치중하는 경향이 짙었다. 리셸을 향해 퍼부어지는 공격에는 결코 무시하지 못할 힘이 깃들어 있었다. 방어에 열중하는 리셸을 노려보던 파하드의 입가에 조소가 서렸다.

"호기 있게 나서더니 이것밖에 하지 못하나?"

바로 그때, 리셸의 어깨로 마나가 쭉 밀려들어갔다. 마침내 리셸이 반격할 순간이 도래한 것이다.

스탤론과 싸웠을 당시 리셸은 근 삼십 합을 나누고 나서야 어깨에 마나를 주입할 수 있게 되었다. 마나를 어깨로 보내기 위해서는 그 정도로 몸을 혹사시켜야 만이 가능했다. 하지만 리셸은 그날 이후 뼈를 깎는 수련을 했다. 서른 명에 달하는 조원들과 검을 섞으며 소화해내는 훈련량은 실로 상상을 초월했다. 이제 리셸은 몇 합 나누지 않고도 어깨로 마나를 보낼 수 있게 되었다.

때가 되자 리셀은 지체 없이 반격에 나섰다. 마나의 힘이 폭발하며 장검이 채 식별하기 힘든 속도로 대기를 가로질렀다.

푸캉.

반사적으로 공격을 틀어막은 파하드의 몸이 움찔했다.

'우욱. 애송이 놈의 힘이 장난이 아니로군.'

그러나 그것은 시발점에 불과했다. 마침내 마나의 힘을 일깨운 리셀의 공격이 마치 폭풍처럼 휘몰아치기 시작했다. 부릅뜬 리셀의 눈동자에는 결의의 빛이 서려 있었다. 처음으로 얻은 부하들을 희생시키지 않기 위해 그는 모든 힘을 다하고 있었다.

쾅 콰콰콰쾅.

폭음이 연거푸 터져나가며 모래 먼지가 자욱하게 일어났다. 파하드와 리셀 두 사람은 마치 신들린 듯 검격을 교환해 나갔다. 불똥이 사방으로 튀었고 뿜어져 나온 충격파에 대기가 갈가리 찢겨졌다.

"저, 저럴 수가?"

메자이 부족의 전사들이 입을 딱 벌렸다. 채 스물도 안 되어 보이는 애송이 제국 기사가 그들의 족장인 파하드와 막상막하의 치열한 격전을 벌이고 있었다. 파하드가 누구인가? 메자이 부족의 족장으로서 레오폰 왕국에서도 이름난 전사 중 하나가 아니던가? 그는 어떤 일이 있어도 이처럼 밀려서는 안 되는 사람이었다.

그나마 두 사람이 싸우는 모습을 식별이라도 할 수 있는 자는 극소수였다. 두 사람의 움직임이 워낙 빨랐기 때문에 까마귀 전대원들을 비롯한 하급 전사들은 제대로 칼을 보지도 못했다. 그들이 볼 수 있는 것이라곤 허공에서 연거푸 튀어 오르는 불똥뿐이었다.

파하드의 시미터는 푸르스름하게 물들어 있었다. 한계까지 검술을 수련했을 경우 발현되는 현상으로 마나가 밀집되어 검이 몰라보게 단단해진다. 리셀의 마스터인 아너프리 역시 이 경지에 올라 있었다. 그것을 간파한 리셀은 검이 부러지지 않도록 최대한 신경을 썼다.

'최대한 힘을 흘려야 해. 장검은 시미터에 비해 강도가 약하니까 말이야.'

레오폰 왕국의 금속 제련술은 아스트리아 제국보다 다소 발전되어 있다. 거의 모든 병장기를 접쇠 방식으로 두들겨 만들기 때문에 그 예리함은 타의 추종을 불허한다. 반면 제국 기사들의 검은 대부분 주조 방삭으로 만들어진다. 그나마 최근 들어 접쇠 방식의 검이 유행처럼 번져나가는 수준이다.

리셀의 검은 전쟁을 위해 대량 생산된 주조 방식의 검이다. 그러나 희귀한 마법 금속이 섞여 있었고 마법적 처리도 되어 있기 때문에 영 못쓸 정도는 아니었다. 그러나 정면으로 시미터와 맞부딪힐 경우, 맥없이 부서져 나가리란 건 자명한 일이었다. 그 사실을 파악했기 때문에 리셀은 최대한 상대의 시미터에 실린 힘을 흘리며 접전을 이어나갔다.

'이, 이놈! 보통 녀석이 아니야.'

파하드의 눈은 경악으로 물들어 있었다. 아스트리아 제국과의 전쟁이 시작된 후 파하드는 수많은 제국 기사와 싸워 보았다. 그의 손에 죽은 제국 기사만 해도 열 손가락을 넘어섰다. 그런데 눈앞의 애송이 견습기사의 실력은 그중에서 최고라고 볼 수 있었다. 파하드는 조금씩 조바심이 치밀어 오르는 것을 느꼈다.

'서둘러야 해. 빨리 이놈을 처치하지 못하면 뒤쫓아온 제국의 추격대에 발목이 잡힐 수 있어. 체력 하나는 좋지만 나이가 어려서 아무래도 경험 면에서 뒤떨어질 테니……'

재빨리 머리를 굴린 파하드가 승부수를 던졌다. 치열하게 싸우던 와중에 살짝 가슴을 열어 허점을 보인 것이다. 허점을 파고들어 오는 리셀에게 역으로 결정타를 먹이려는 것이 파하드의 꿍꿍이였다. 하지만 그는 예상하지 못했다. 리셀이 마스터로부터 어떤 조련을 받았는지 말이다.

처음에는 리셀도 허점을 발견하고 반사적으로 공격해 들어가려고 했다. 순간 마스터의 조언이 벼락처럼 머리를 스쳐 지나갔다.

—갑자기 허점이 드러날 경우 십중팔구 상대가 일부러 드러냈을 가능성이 농후하다. 너는 그것을 역이용하는 방

마스터의 조언을 떠올린 리셀이 상대의 가슴을 찔러 들어가는 척하다가 다시 뒤로 빠져나왔다. 그 덕분에 간발의 차이로 파하드의 수작을 볼 수 있었다. 파하드가 등 뒤에 날카로운 비수를 숨기고 있다가 느닷없이 리셀의 옆구리를 찔러 들어온 것이다. 그러나 리셀이 재빨리 뒤로 물러난 탓에 비수는 그만 허공을 찌르고 말았다. 리셀의 입가에 회심의 빛이 스쳐 지나갔다.

'기회다!'

리셀이 머뭇거림 없이 검을 휘둘러 비수를 후려갈겼다.

챙강.

날카로운 소리와 함께 비수가 아래쪽으로 튕겨 나갔다. 사막 전사들은 제국 기사들과는 달리 검 손잡이를 놓치는 것을 그리 수치스러워하지 않는다. 감당하기 힘든 공격이 가해지자 파하드는 미련 없이 비수의 손잡이를 놓아버렸다. 그런데 공교롭게도 그 비수가 튕기며 파하드의 발등에 꽂혀 버렸다. 신경이 밀집되어 통증이 매우 심한 부위였다.

"크윽."

신음 소리와 함께 그의 몸이 일순 균형을 잃었다. 그 순간을 리셀이 놓칠 리가 없었다. 자세가 무너진 파하드를 향해 리셀이 맹공을 퍼부었다. 두 자루의 검이 유기적으로 움직이며 파하드를 마구 밀어붙였다. 상황이 상황인 만큼 상대가 숨 돌릴 틈을 전혀 주지 않았다.

'마, 말도 안 돼.'

파하드가 당황한 얼굴로 정신없이 방어에 몰두했다. 그러나 한 번 자세가 무너진 것이 패착이었다. 게다가 비수가 박힌 발등에서 전해지는 통증이 계속해서 정신을 어지럽혔다.

콰아앙.

폭음과 함께 파하드의 시미터가 조각조각 부서져 나갔다. 리셀이 장검으로 시미터의 검면 부분을 강타해 버린 것이다. 검날로 받아야 부서지지 않았을 테지만 파하드에겐 그럴 만한 정신이 없었다.

파하드가 급히 부서진 칼자루를 리셀에게 던져버리고 여분의 시미터를 뽑아들려 했다. 그러나 리셀이 암습까지 가한 적에게 기회를 줄 리가 만무했다.

촤아악.

소름 끼치는 소리와 함께 허공에 핏줄기가 솟구쳤다. 시미터의 손잡이를 움켜쥔 손 하나가 모래 위로 툭 떨어졌다. 파하드는 피가 솟구치는 손목을 움켜쥐고 신음을 흘렸다. 그러나 그는 신음을 끝맺지 못했다. 어느새 싸늘한 한광을 뿌려내는 장검이 목젖에 와 닿았기 때문이었다.

"이번 싸움은 내가 이긴 것 같소."

담담한 리셀의 음성이 파고들자 파하드가 얼굴을 일그러뜨렸다. 손목까지 날아간 그에게 더 이상 싸울 여력은 없었다.

"대단한 실력이로군. 패배를 인정하지."

"좋소."

파하드의 목에 검을 겨눈 채로 리셀은 넋이 나간 듯 멍하니 서 있는 사막 전사들에게로 고개를 돌렸다.

"지금 즉시 부하들을 무장 해제시키시오."

수장을 인질로 잡은 다음 부하들을 붙잡으려는 것이 리셀이 생각해 둔 계획이었다. 그러나 파하드는 호락호락 넘어가지 않았다.

"내 부하들이 순순히 응할 것이라 생각하나?"

"당신이 명령을 내리시오."

"멍청하기는……."

파하드의 얼굴에 비릿한 미소가 걸렸다. 그가 착 가라앉은 눈빛으로 부족 전사들을 쳐다보았다. 그중 하나와 시선이 마주친 순간 그의 눈빛이 살짝 흔들렸다. 왜냐하면 시선의 주인은 자신의 아들이자 장차 메자이 부족을 이끌어나갈 차기 부족장 카세르였기 때문이었다.

'아, 아버지!'

망연자실하게 자신을 쳐다보는 큰아들 카세르의 얼굴을 보며 파하드가 안색을 굳혔다. 비록 이곳에서 죽더라도 아들만큼은 부족의 품으로 돌려보내야 한다. 어차피 오른손이 날아간 이상 전사로서의 삶은 끝났다고 봐야 한다. 그렇다면 부족의 미래를 위해 미련 없이 자신을 희생해야 할 때였다.

"부족장으로서 마지막 명령을 내린다! 이곳을 뚫고 나가서 부족으로 돌아가라. 거치적거리는 것은 모조리 치워버려라!"

당황한 리셀의 음성이 파고들었다.

"죽고 싶소? 당신 목에 내 검이 닿아 있다는 사실을 잊지 마시오."

그 말에 파하드가 담담한 눈빛으로 리셀을 쳐다보았다.

"제국 기사들은 자신의 목숨을 건지기 위해 동료를 적의 손에 넘겨주는가 보군. 미안하지만 사막 전사들은 그렇지 않아."

만약 리셀이 영지전에서 이런 방법을 썼다면 큰 무리 없이 임무를 완수할 수 있었을 것이다. 영주가 붙잡혀 있는데 어느 기사가 반항할 수 있단 말인가? 다시 말해 우두머리만 붙잡는다면 무리 없이 적의 항복을 받아낼 수 있다. 그러나 사막 부족의 사고방식은 사뭇 달랐다.

'어떻게 하지?'

리셀이 당황한 표정으로 부하들을 힐끔 쳐다보았다. 순간 파하드의 눈빛이 빛났다. 걱정스러운 눈빛으로 부하들을 쳐다보는 리셀의 속마음을 눈치챈 것이다.

"그렇군. 굳이 일기투를 제안한 이유가 부하들의 희생을 걱정해서였군. 훌륭한 마음가짐이다. 좋아. 그렇다면 나도 한 가지 제안을 하겠다."

“말씀해 보시오.”

“길을 열어 내 부하들을 모두 통과시켜라. 대신 내가 포로로 붙잡혀 주겠다.”

리셀의 눈동자가 흔들렸다. 도무지 어찌해야 할지 갈피가 잡히지 않았다. 적을 놓칠 경우, 상부에서 어떤 질책이 내려질지 모른다. 일단 목표인 파하드를 붙잡는 데에는 성공했지만 길을 열어 사막 전사들을 통과시켰다는 사실을 상부에서 알게 된다면 자신은 물론이거니와 전대원 모두 중벌을 면치 못할 것이다. 파하드가 간곡한 어조로 리셀을 구슬렸다.

“너희들이 이곳에 매복한 것은 아마도 날 붙잡기 위해서겠지? 그렇다면 이미 목적을 달성하지 않았나? 내가 보기에 자네 부하들의 실력은 그리 뛰어나지 않군. 부족 전사들을 상대하다 보면 아마 절반 이상이 죽어나갈 것이야.”

늙은 생강이 맵다고 파하드는 리셀의 속마음을 정확히 꿰뚫어 보았다. 그 말이 결정타였다. 고민하던 리셀이 결정을 내렸다.

“좋소. 길을 열어주겠소.”

“탁월한 결정이야.”

빙그레 미소를 지은 파하드가 부족 전사들을 쳐다보았다.

“내가 나눈 대화를 똑똑히 들었겠지? 모두 이곳을 빠져나가 부족으로 귀환한다. 그리고 돌아가서 새로운 부족장을 뽑도록 하라. 이것이 내가 부족장으로서 마지막으로 내리는 명령이다.”

　이미 부족 회의를 통해 카세르가 차기 부족장으로 낙점된 상태였다. 그러나 파하드는 제국군을 속이기 위해 거짓말을 늘어놓았다.

　"부족장님!"

　사막 전사들이 침통한 표정을 지었다. 특히 카세르는 넋을 잃었다. 어찌 아버지를 적진에 두고 갈 수 있단 말인가? 고민하던 그들에게 파하드의 서슬 시퍼런 시선이 쏟아졌다.

　"내 마지막 명령을 듣지 않을 셈인가? 서둘러라!"

　그 말에 카세르가 퍼뜩 정신을 차렸다. 부족 전사들을 둘러본 그가 흙빛이 된 얼굴로 명령을 내렸다.

　"모두 이동한다. 부족장님의 희생을 영원히 잊지 말도록……."

　그는 아버지 파하드에게 더 이상 눈길을 주지 않았다. 행여나 제국 기사들이 자신의 신분을 눈치챌 여지를 주어서는 안 된다. 아버지도 바로 그것 때문에 자신의 신분을 노출시키지 않은 것 아닌가?

　"길을 열어주어라. 파하드를 붙잡았으니 우리 임무는 끝났다."

　리셀의 명령에 까마귀 전대원들이 길을 열었다. 그 사이를 사막 전사들이 빠른 속도로 통과해 지나갔다. 눈 깜짝할 사이에 포위망을 빠져나간 카세르가 고개를 돌려 아버지의 마지막 모습을 쳐다보았다. 그 시선을 받은 파하드의 눈꼬리가 파르르 떨렸다.

'잘 가거라. 카세르. 부디 부족을 부탁한다.'

처연한 시선으로 아버지의 마지막 모습을 눈에 담은 카세르가 몸을 돌렸다. 그들의 모습은 금세 사막의 모래 먼지 속으로 사라져버렸다. 부하들이 빠져나간 것을 확인하자 파하드가 리셀을 쳐다보았다.

"젊은 나이에 실력이 대단하군. 날 제압하다니 말이야."

"적에게 듣는 칭찬이지만 기분이 나쁘지는 않군요."

리셀은 부하들에게 눈짓을 해서 파하드를 묶을 포승을 가져오게 했다. 그때 파하드의 음성이 귓전으로 파고들었다.

"그런데 미안하군. 사막 전사들은 비록 죽는 것은 두려워하지 않지만 적의 포로로 되는 것은 지극히 두려워한다네."

그 말을 들은 리셀이 깜짝 놀라 파하드의 목을 겨누고 있던 검을 거두려 했다. 그러나 파하드가 목을 앞으로 들이미는 게 조금 더 빨랐다.

푸우우욱.

소름 끼치는 소리와 함께 핏줄기가 쭉 뿜어졌다. 성대가 잘려나가며 입으로도 피가 솟구쳤다. 그럼에도 불구하고 파하드의 얼굴에는 미소가 감돌고 있었다.

"전사로서 부끄럽지 않은 최후를 맞게 되어 다행……."

살짝 입을 달싹이던 파하드의 목이 더 이상 버티지 못하고 아래로 꺾였다.

"이런!"

너무도 어이없게 포로의 자결을 방관해야 했던 리셀이 당황한 표정을 지었다.

작전은 완료되었다. 그리폰 전대는 목표로 했던 적의 전초 기지를 말끔히 쓸어버렸다. 그리고 까마귀 전대는 단 한 명의 희생도 없이 목표했던 메자이 부족의 부족장 파하드를 처치할 수 있었다.

그러나 전대장인 리셀은 지금 발톱 기사단의 단장 그레고리 자작으로부터 엄청난 질책을 받고 있었다.

"자네 지금 제정신인가? 길을 열어 적을 보내주다니 도대체 이해할 수가 없군. 거기에 중요한 요인이 섞여 있었단 말이다!"

서슬 퍼런 음성에 리셀이 고개를 숙였다.

"죄송합니다. 그러나 그리폰 전대장께서 오로지 파하드 하나만 붙잡으면 된다고 하셨습니다. 그를 붙잡았기에……."

"그래도 그렇지. 어찌 적을 눈앞에 두고 놓아줄 수 있단 말인가?"

그레고리 자작의 분노는 실로 컸다. 왜냐하면 사로잡은 포로의 심문을 통해, 빠져나간 자들 중에 메자이 부족의 차기 부족장이 있다는 첩보를 입수했기 때문이었다. 목적했던 파하드는 죽였지만 정작 그 후계자는 놓쳐버렸다. 이제 메자이 부족은 차기 부족장을 중심으로 똘똘 뭉쳐 제국군에게 복수의 칼날을 들이밀 것이다.

리셀은 더 이상 변명을 하지 못하고 그레고리 자작의 질책을 고스란히 받고 있었다. 그렇게 한참을 듣고 있자 그레고리 자작의 분노가 한풀 꺾여 들어갔다.

"그래. 보고서에 따르면 적에게 일기투를 제안했다고 들었다. 그것 자체가 상식 밖의 일이야. 만약 자네가 패했다면 어쩔 뻔했나? 파하드를 비롯한 적들을 순순히 놓아 보내려고 했었나?"

리셀은 아무런 말없이 묵묵히 듣고만 있었다.

"입이 있다면 한마디 변명이라도 해 보게."

리셀이 무겁게 입을 열었다.

"부하들의 희생을 줄이고 싶었습니다. 이유는 그게 전부입니다."

뜻밖에도 그 말에 그레고리 자작의 안색이 약간 누그러졌다. 뼛속까지 기사인 그가 부하들을 살리기 위해 그랬다는 리셀의 말에 어찌 반박할 수 있었겠는가.

'이놈 보게?'

하도 어이가 없어서 입가에 실소가 맺혔다. 그러나 고개를 숙이고 있던 리셀은 그 미소를 보지 못했다. 그레고리 자작이 한결 풀린 표정으로 책상 위에 보고서를 올려놓았다.

"어쨌거나 파하드를 죽인 것은 크나큰 공이라 할 수 있어.

일기투로 죽였건, 매복 공격으로 죽였건 매한가지이니 말이야. 하지만 앞으로 두 번 다시는 그런 방식을 용납할 수 없네. 알겠나?"

"알겠습니다."

"앞으로는 무슨 일이 있어도 적에게 일기투를 제안하지 말도록, 그리고 적을 앞에 두고 놓아 보낸 것은 크나큰 과오야. 그러나 파하드를 처치했기에 잘못을 더 이상 추궁하지 않겠네. 공과 과를 상쇄하겠다는 말일세."

그 말에 리셀이 살짝 고개를 들었다.

"절 처벌하지 않으시겠다는 말씀입니까?"

"그렇다네. 물론 처벌이 없는 대신 포상도 없어. 그러니 막사로 돌아가서 근신하도록 하게."

"알겠습니다. 배려에 감사드립니다."

몸을 일으킨 리셀이 군례를 취한 뒤 몸을 돌렸다. 그레고리 자작이 얼굴을 찡그린 채 막사를 나서는 리셀의 등을 한참 동안 쳐다보았다.

"참으로 고지식한 녀석이로군. 요즘 기사 녀석들은 너무 약삭빠르고 제 잇속만 챙겨서 마음에 들지 않는데 말이야. 독단으로 사태를 처리한 건 괘씸하지만 성품은 괜찮군."

책상 위의 서류 뭉치로 고개를 돌리는 그레고리 자작의 입가에 빙그레 미소가 피어나고 있었다.

까마귀 전대원들은 모두 막사에 모여 리셀을 기다리고 있었다. 리셀이 기사단장에게 불려 간 이후 그들은 외출도 하지 않고 리셀이 돌아오기만을 기다렸다. 그들의 얼굴에는 흥분과 걱정이 가득했다.

지금껏 까마귀 전대는 한 번 임무에 투입될 때마다 반 이상의 대원을 잃었다. 어떨 때는 서너 명만 남기고 전멸해버린 경우도 있었다. 때문에 대원들은 임무를 수행하러 갈 때마다 예외 없이 유서를 남겨야 했다. 그런데 이번에는 단 한 명의 대원도 전사하지 않았다. 이런 기적이 전적으로 신임 전대장인 리셀 덕분이란 사실을 그들이 모를 리가 없었다.

그리고 지금 리셀이 발톱 기사단장에게 불려 가 질책받는 이유를 까마귀 전대원들은 잘 알고 있었다. 대원들의 희생을 없애기 위해 적을 놓아 보냈고 그로 인해 야단맞고 있다는 사실을 들었으니 얼굴에 걱정이 가득할 수밖에 없었다. 막사 안을 감돌던 적막을 깨고 대원 하나가 감탄을 터트렸다.

"기록이로군. 야전 침상들 중 하나도 주인을 잃지 않다니 말이야."

다른 대원이 작전에 돌입하기 전 작성해 둔 유서를 꺼내어 천천히 찢었다.

"그러게 말이야. 단 한 명도 죽지 않고 모두 함께 돌아오게 될 줄 누가 알았겠어?"

그들의 귓전으로 진중한 레인의 음성이 울려 퍼졌다.

"그게 모두 다 리셀 전대장님의 노고 때문이란 사실을 모르는 사람은 없겠지?"

대원들이 서슴없이 고개를 끄덕였다.

"물론이지요."

그들의 눈에는 하나같이 감격의 빛이 일렁이고 있었다. 세상 그 어떤 전대장이 대원들의 목숨을 건지기 위해 이토록 노심초사한단 말인가?

"앞으로 리셀 전대장님에게 불손하게 구는 녀석은 내가 용서하지 않겠다. 그러니 알아서 하도록……."

대원들은 아무런 대답도 하지 않았다. 그러나 그것이 부정의 의미는 아니었다. 제아무리 철면피라도 생명의 은인에게만큼은 함부로 할 수 없는 법이다. 초조한 마음으로 리셀을 기다리고 있는데 누군가가 막사 안으로 쑥 들어왔다.

"다녀왔다. 다들 모여 있었구나."

들어온 사람은 리셀이었다. 대원들을 둘러본 리셀이 아무런 일 없었다는 듯 빙그레 웃었다. 급히 자리에서 일어난 레인이 입을 열었다.

"저, 전대장님. 어떻게 되었습니까?"

리셀이 살짝 웃으며 고개를 흔들었다.

"그레고리 단장님께서 처벌을 내리지 않겠다고 하셨다. 어쨌거나 파하드를 죽여 공을 세웠으니 그것으로 과오를 상쇄하겠다고 하셨다."

　그 말에 레인의 얼굴이 일그러졌다. 사실 파하드를 죽인 것은 실로 엄청난 전과였다. 풍성한 포상은 물론이고 그 명성을 남부군 전체에 드날릴 수도 있는 기회였다. 하지만 신임 전대장 리셀은 부하를 살리기 위해 적을 놓아 보냈고 그 때문에 공을 세우고도 아무것도 건지지 못하게 되어 버렸다.

　"죄, 죄송합니다. 저희들 때문에……."

　"신경 쓸 것 없다. 어차피 충군형으로 복무하는 견습기사에게 내릴 포상이야 뻔하지. 그보다도 나는 부하들 중 아무도 죽지 않은 것이 더 기쁘다."

　대원들의 눈두덩이 파르르 떨렸다. 그런 말을 듣고서도 감동하지 않으면 인간이 아니다. 레인이 입술을 질끈 깨물었다.

　"전대장님……."

　"어쨌거나 다음부터는 이번처럼 대응할 수 없게 되었다. 그레고리 단장께서 두 번 다시 적에게 일기투를 걸지 말라고 하셨거든."

　"……."

　"해서 결심했다. 다행히 다음 임무에 투입될 때까지 시간이 좀 있으니 너희들을 좀 더 혹독하게 훈련시키기로 말이다. 적에게 죽지 않을 정도로 실력을 쌓으려면 죽도록 훈련해야 할 거야. 그래서 말인데."

　리셀이 제법 단호한 눈빛으로 대원들을 쳐다보았다.

　"이제부터는 열외를 인정하지 않기로 했다. 까마귀 전대원은 단 한 명도 빠짐없이 훈련에 참가한다. 거기에 대해서 어떻게 생각하나?"

레인이 굳은 표정으로 대답했다.

"걱정하지 마십시오. 혹시라도 게으름을 부리는 녀석이 생기면 저희들이 알아서 처리하겠습니다."

대원들이 이구동성으로 한 마디씩 덧붙였다.

"설사 몸이 부서지는 한이 있어도 연무장에 나가겠습니다."

"죽을 목숨을 건졌는데 고작 훈련 따위가 대수겠습니까?"

굳은 결의로 빛나는 대원들의 눈을 보며 리셀이 살짝 고개를 끄덕였다. 다음 작전에 투입될 때까지 부하들을 단련시키려면 눈코 뜰 새 없이 바쁘게 움직여야 한다. 그러나 그것이 단지 힘든 일만은 아니다. 리셀에게도 더할 나위 없는 성취를 가져다줄 것이다. 그간 대원들과 대련하며 거둔 수련의 성과를 파하드와 싸우며 톡톡히 느끼지 않았던가?

다른 대원들과 마찬가지로 혹독한 훈련에 대한 결의를 다지며 자기도 모르게 주먹을 꽉 쥐는 리셀이었다.

제7장
3인 1조

다음 날 새벽, 서른한 명의 까마귀 전대원들은 한 명의 예외도 없이 연무장에 집결했다. 그런데 연무장으로 나온 리셀이 이례적으로 훈련 내용을 변경했다.

"오늘부터 너희들은 나와 일 대 다의 전투를 벌인다. 각자 마음에 맞는 대원을 골라 세 명씩 한 조를 짜라."

"무, 무슨 말씀이십니까?"

리셀이 나지막한 어조로 이유를 설명했다.

"현재 너희들의 실력은 사막 전사들에 비해 현저히 떨어진다. 제아무리 지옥 훈련을 하더라도 단시일 내에 극복하기 힘들어. 그래서 내린 결정이다. 숫자로 적을 제압하자는 방법을 터득하자는 게 내 말의 요지이지.”

까마귀 전대원은 서른 명이 넘는다. 반면 임무에서 그들이 맞닥뜨리는 사막 전사의 숫자는 통상적으로 다섯 명에서 열 명 사이이다. 혈로를 뚫고 탈출하려면 다수보다는 소수의 정예가 유리하다는 생각에서 비롯된 숫자였다. 즉, 특별한 경우가 아니고선 까마귀 전대가 한 번의 전투에서 상대해야 할 적의 수는 그리 많지 않았다.

“세 명이 힘을 합쳐서 톱니바퀴처럼 정교하게 맞물려 돌아가며 수비하고 공격한다면, 사막 전사 하나를 붙잡고 시간을 끄는 것쯤은 가능하리라는 게 내 판단이다. 훈련 방식을 바꾼 것은 바로 그 때문이다.”

리셀의 설명이 이어졌음에도 불구하고 대원들은 쉽사리 받아들이지 못했다. 기사도 정신 자체가 숫자로 적을 밀어붙이는 것을 수치로 간주하기도 하거니와 그들은 지금껏 철저히 일 대 일로 적을 상대하는 검술만을 배워왔다. 그것을 송두리째 뒤집으려니 여파가 만만치 않았다.

“지금 우리가 직면한 상황을 볼 때, 어쩔 수 없다. 기사도에 위배되기는 하지만 지금 우리는 언제 죽을지 모르는 전쟁터에 있다. 충실히 훈련하더라도 죽어버리면 모든 것이 말짱 헛수고다. 연무장에서 흘린 피와 땀이 허무하게 물거품이 되어 버리게 둘 수는 없지. 그래서 내린 결정이다.”

리셀이 눈빛을 빛내며 대원들의 얼굴을 하나하나 둘러보았다.

"나는 어떠한 경우에도 주인 잃은 빈 야전 침상을 막사에서 치우고 싶지 않다. 너희들은 내가 처음으로 거둔 부하야. 하나도 잃지 않을 방법이 있다면 나는 무슨 짓이라도 할 수 있다."

그 말에 대원들이 숙연해졌다. 지난 전투에서 리셀이 부하들의 목숨을 구하기 위해 얼마나 애썼는지를 가장 잘 알고 있는 것이 바로 그들이다. 윌슨이 자리를 박차고 일어났다.

"하겠습니다! 살아남을 수 있다는데 협공 정도야 못할 게 뭡니까."

동의하는 대원들이 하나둘씩 나왔다.

"맞습니다. 정정당당하게 싸운다고 사막 전사 놈들이 알아줄 리도 없으니 말입니다."

"그게 전대장님의 수고를 덜 수 있는 방법이라면 못할 이유가 없지요."

동의하는 대원들이 늘어나자 리셀도 한결 편한 표정을 지었다.

"내 마음을 알아주니 고맙군. 검술에서 최고로 효과적인 수비는 바로 공격이다. 여러 자루의 검이 동시에 찔러 들어가면 제아무리 실력이 뛰어난 상대라도 공격할 엄두를 내지 못하고 정신없이 수비해야 한다. 내가 너희들에게 바라는 게 바로 그것이다. 동료들이 적에게 밀리고 있을 때 역공을 가해서 적이 공격을 포기하고 방어하게끔 만드는 것. 힘을 합친다면 무시무시한 사막 전사의 공격이라도 충분히 막아낼 수 있다. 그러

기 위해서는 동료에 대한 철저한 믿음이 필수이다. 까마귀 전
대는 지금 이 시간부로 한 몸이 되어야 한다. 알겠나?”

“알겠습니다!”

대원들이 우렁차게 복명했다.

일장 연설이 끝난 뒤 대원들이 서둘러 조를 짰다. 평소 친한
사이거나 마음이 맞는 자들끼리 세 명씩 뭉치자 까마귀 전대
에는 모두 열 개의 조가 만들어졌다. 오직 리셀과 부전대장인
레인만이 열외였다.

레인은 협공 훈련에 일절 참가하지 않았다. 오늘도 연무장
구석에서 리셀에게서 배운 검술을 반복해 연습할 뿐이었다.
연습용 철검을 든 리셀이 심호흡을 했다.

“1조. 앞으로.”

세 명의 대원이 걸어 나와 리셀을 포위했다. 긴장된 눈빛으
로 리셀을 응시하던 그들이 곧 공격을 감행했다.

“시작하겠습니다. 조심하십시오.”

일 대 삼의 대련이었지만 리셀과는 실력의 격차가 워낙 컸
기 때문에 그리 버거운 상대가 아니었다.

세 사람이 힘을 합쳤으니 산술적으로 세 배의 힘을 발휘해
야 한다. 하지만 실제로 그렇게 되지는 않았다. 지금껏 힘을
합쳐 싸운 경험이 없었기 때문에 대원들은 효과적인 공방을
펼치지 못했다. 오히려 서로의 몸이 방해가 되어 마음껏 공격

을 펴부을 수도 없었고 때론 동료와 몸이 부딪혀 넘어지기도
했다.

그러나 리셀의 수련에는 다소 도움이 되었다. 일 대 일로 싸
울 때보다 월등히 신경을 많이 써야 했고 그만큼 체력 소모도
많았다. 열 개의 조와 한바탕 싸우고 난 리셀의 얼굴에는 땀이
흥건했다. 마나를 운용할 수 있게 되고서부터 거의 땀을 흘리
지 않았던 리셀이니만큼 이번 대련을 통해 얼마나 심신을 혹
사시켰는지 익히 알만했다.

"지금은 처음이라 서툴 것이다. 그러나 계속 연습하면 몸에
밸 것이다. 그리고……"

리셀이 말을 하다 말고 대원들을 쳐다보았다.

"아까 보니 등 뒤를 공격하는 것을 주저하는 대원이 있더구
나. 그래선 안 된다. 전투가 벌어지면 사막 전사들이 너희들의
등 뒤를 찌르지 않을 것 같나? 지금 우리에겐 기사도보다 생
존이 우선이다."

땀투성이가 된 대원들이 묵묵히 고개를 끄덕였다. 그때 따
로 떨어져 훈련하던 레인이 다가왔다.

"죄송하지만 한 말씀 드려도 되겠습니까?"

"말하라."

"말하기 뭐하지만 용병들 사이에서는 협공하는 기술이 다양
하게 발달되어 있습니다. 다수가 소수를 효과적으로 공격하는
방법이 체계적으로 정리되어 있지요."

그 말에 리셀의 눈이 커졌다.

"그게 정말인가?"

"그렇습니다. 직업의 특성상 용병들은 일 대 일 대결을 거의 하지 않는 편입니다. 특히 여럿이서 하나를 공격하는 경우가 많습니다. 그때 쓰는 용병식 협공술을 몇 가지 알고 있습니다."

그것은 레인이 비밀리에 용병 생활을 하면서 배운 기술이었다.

"많은 용병들이 실전을 통해 보완해 왔기 때문에 나름대로 체계적이고 효과적입니다. 물론 용병들의 숙련도가 그리 높지 않기 때문에 큰 효과를 보지는 못하지만 말입니다."

용병이란 버는 돈은 많은 반면 생명을 잃을 확률이 높은 직업이다. 마치 얼마 전의 까마귀 전대원들처럼 말이다. 용병들이 하루 일과를 끝낸 후 수련에 몰두하는 경우는 그리 많지 않다. 번 돈으로 술과 여자를 즐기며 짧은 생애를 불사르는 것이 일반적인 용병들의 삶이다. 그런 만큼 용병들은 어느 수준 이상은 협공술을 연마하지 않는다.

그러나 레인이 알려준 용병식 협공술은 충분히 위력적이며 효과적이었다. 오랫동안 실전을 통해 보완되었기 때문에 나름대로 뛰어난 완성도를 자랑하고 있었다.

"저 역시 협공술의 전부를 알고 있는 건 아니지만 다행히 세 명이 한 명을 상대하는 협공술은 똑똑히 기억하고 있습니다. 힘이 좋은 용병 한 명을 주축으로 나머지 두 명이 유기적으로 움직이며 상대를 견제합니다. 강한 적을 만났을 때에는 서로 힘을 합쳐 공격을 막아냅니다. 이 전술의 요체는 비교적 몸집이 작고 동작이 재빠른 용병 둘이 방패 역할을 하는 힘 좋은 용병 뒤에서 적의 사각을 노려 공격을 퍼붓는 것입니다."

레인의 설명을 들은 리셀이 손뼉을 쳤다.

"좋은 협공술이로군. 그렇게 움직인다면 동료에게 방해가 되지 않고 효과적으로 적을 상대할 수 있겠어."

"하지만 이 전술을 적을 죽이기보다는 붙잡고 시간을 끄는 것을 주목적으로 합니다. 버티는 데에는 훌륭하지만 적을 빨리 제압하는 것은 어렵습니다."

"과연. 우리 까마귀 전대에 가장 적합한 방법이다. 그 시간이면 내가 충분히 적 우두머리를 쓰러뜨리고 대원들을 지원할 수 있을 테니 말이야. 그리고 버티기만 하면 적을 제압한 다른 조가 합세하여 다수의 힘으로 적을 쓰러뜨리는 그런 전술도 가능해지겠군."

"제 얄팍한 지식이 도움이 되었다니 다행입니다."

"아니야. 정말 큰 도움이 되었어."

리셀은 즉각 레인에게 명하여 용병식 협공술을 대원들에게 전수하게 했다.

"일단 조를 다시 구성해야 합니다. 주축 수비수로 활약할 힘세고 덩치 좋은 대원이 각 조마다 하나씩 있어야 하니까요.

방패가 될 수비수는 반드시 필요합니다.”

“그렇게 하도록. 조를 짜는 것을 부전대장에게 일임하겠다.”

그렇게 해서 까마귀 전대원들은 부랴부랴 다시 조를 편성해야 했다. 철저히 용병식 협공술에 맞춰서 말이다.

다행히 용병식 협공술의 원리는 비교적 간단했다. 무위가 낮은 용병들을 대상으로 가르치는 것인 만큼 그 구조가 어렵지는 않았다. 용병식 협공술의 원리 자체가 개인적인 범위를 정해놓고 그 안에서 재량껏 실력을 발휘하도록 설계되어 있었기 때문에 용병에 비해 기본기가 충실한 편인 대원들은 금세 익힐 수 있었다.

그러나 단순히 익히는 것과 몸에 배도록 숙달시키는 것은 엄연히 다른 문제다. 일례로 검술도 배우는 것보다 실전에 적용시키는 것이 몇 배 더 힘들지 않은가?

지금껏 협공술을 배운 용병들은 이런 한계에 봉착할 수밖에 없었다. 협공술을 몸에 배도록 익히려면 몇 배나 실력이 뛰어난 상대와 실전과 다름없는 대련을 벌여야 한다. 그래야만 몸에 배도록 익힐 수 있다. 그런데 용병들은 좀처럼 그런 상대를 구할 수가 없었다.

일반적으로 A급 이상으로 평가받는 상급 용병들은 하급 용병들과 함께 생활하지 않는다. 그런 그들이 협공술의 상대가

되어줄 가능성은 희박했다. 그렇다고 기사를 초빙해서 대련을
부탁할 수도 없는 노릇이다.

그러나 까마귀 전대원들의 경우에는 그 전제 조건에서부터
차이가 났다. 그들에게는 셋이 한꺼번에 덤벼도 이길 가능성
이 희박한 경지의 리셀 전대장이 있다. 그것도 매일매일 대원
들과 함께 입에 단내가 나도록 함께 연무장에서 구르는 전대
장이었다.

"좋다. 어느 정도 원리는 익혔으니 나머지는 대련을 통해
몸에 각인시키면 되겠지? 1조 앞으로……."

새로 인원을 구성한 1조가 상기된 표정으로 걸어 나왔다.
그들을 향해 리셀이 머뭇거림 없이 쌍검을 휘두르며 달려들었
다. 1조의 대원들은 레인에게서 배운 용병식 협공술의 원리에
따라 유기적으로 움직이며 리셀을 공격하기 시작했다.

용병식 협공술의 위력은 생각보다 대단했다. 배우기 전보다
리셀에 맞서 버티는 시간이 두 배 이상이나 늘어났다. 동료들
의 몸은 더 이상 장애물이 아니었고 오히려 훌륭한 방패가 되
어 주었다. 그리고 사각을 이용한 교묘한 기습은 리셀을 깜짝
놀라게 하기에 모자람이 없었다. 동료의 몸에 바짝 붙어 날아
드는 공격은 아무리 리셀이라고 할지라도 쉽게 예측하기 힘들
었다.

문제는 역시 숙련도였다. 머리로 익히긴 했지만 몸에 완전

히 배지 않았기 때문에 여기저기서 빈틈이 드러났다. 하지만 이제 시작일 뿐이었다. 대련을 마친 리셀이 만족스러운 표정을 지었다.

"훌륭하다. 충분히 숙달된다면 무리 없이 사막 전사를 상대할 수 있을 것이다."

한 개 조와 상대했음에도 불구하고 리셀의 숨결이 약간 거칠어져 있었다. 물론 금세 평온해졌지만 말이다. 1조가 그 정도로 리셀을 애먹였다는 결론이 나온다. 그럼에도 불구하고 리셀의 얼굴에는 희열의 빛이 가득했다.

'용병식 협공술에 의해 움직이는 열 개의 조와 매일 싸운다면 몇 년 내에 팔의 통로를 뚫을 수 있겠군.'

대원들에게는 죽지 않도록 실력을 키우는 수단이며 또한 리셀에게도 더없이 효과적인 수련 방법이었다. 그가 생각할 것도 없다는 듯 2조를 쳐다보았다.

"2조. 앞으로."

까마귀 전대의 연무장은 하루 종일 북적거렸다. 확 피어나는 흙먼지 사이로 대원들이 흘리는 땀방울이 어지럽게 수놓아졌다. 리셀을 협공하는 대원들의 얼굴에는 확연하게 희망의 빛이 떠올라 있었다.

단 한 사람이 전대장으로 부임하고 나서 까마귀 전대의 분위기는 판이하게 바뀌었다. 지금까지는 선술집에서 질펀하게

술을 먹고 주먹질을 하는 것이 까마귀 전대원들의 일상사였
다. 하지만 더 이상 선술집에서 까마귀 전대원들을 찾아볼 수
없게 되었다.

훈련, 훈련, 훈련. 오로지 훈련만이 까마귀 전대원들의 일상
이었다. 리셀에게서 희망의 싹을 본 대원들은 일절 게으름 부
리지 않고 훈련에 참가했다. 힘들어서 빠지려는 대원이 있으
면 레인을 주축으로 한 고참 대원들이 으름장을 놓아 강제로
훈련에 참가시켰다.

"죽고 싶어? 어디서 게으름을 피우는 거야?"

"이런 기회는 거금을 주고도 얻지 못해."

까마귀 전대원들의 하루 일과는 빈틈이 없을 정도로 꽉 차
있었다. 아침에 일어나서 밥을 먹은 뒤 가장 먼저 협공술 훈련
에 돌입한다. 세 명이 한 조씩, 도합 열 개의 조가 돌아가며
리셀과 대련을 나눔으로써 오전이 훌쩍 지나가 버린다.

점심을 먹고 난 뒤 잠시 휴식을 취한 이후에는 개인 검술대
련이 펼쳐진다. 전날 짚어준 허점을 밤새도록 고민해서 해결
책을 찾아낸 대원이 리셀과 맞대결을 펼친다. 거기에서 리셀
이 고개를 끄덕이면 대원의 얼굴이 환히 밝아진다. 반면 리셀
이 고개를 내저으면 또다시 밤을 새워 허점을 보완해야 한다.

그리고 해가 지면 대원들은 연무장에 횃불을 밝혀놓고 손도
끼 투척술을 연습해야 했다. 리셀이 이례적으로 석궁을 쓰지
않기로 결정했기 때문이었다.

"석궁은 관통력은 대단하지만 단 한 번밖에 쏠 수 없다. 게다가 석궁을 바닥에 내려놓고 검을 뽑아 돌격하는 데 드는 시간이 너무 길어."

석궁은 상당히 정교한 무기이다. 때문에 쏘고 난 뒤 아무렇게나 내동댕이친다면 금방 고장 날 수밖에 없다. 그 때문에 대원들은 석궁을 쏘고 난 뒤 충격이 가지 않도록 바닥에 살짝 내려놓은 뒤 검을 뽑는다. 이 과정에서 허비되는 시간이 만만치 않다. 물론 상황이 급하다면 마땅히 석궁을 던져버리겠지만 그렇게 하면 나중에 밤을 새워 석궁을 수리해야 하는 불상사가 생긴다.

그 때문에 리셀은 대안을 고민하다 한 가지 방법을 떠올렸다.

"내가 사는 베텔 왕국의 동쪽에는 메르키드 족이라는 야만족이 산다. 야만족이라고는 하지만 온순하고 분쟁을 그리 좋아하지 않는 부족이지."

리셀의 고국인 베텔 왕국은 이 메르키드 족과 비교적 원만하게 교역하면서 지냈다. 교류가 있으니 서로의 문물이 교환되는 것은 당연지사다. 리셀은 우연한 기회에 메르키드 족이 사용하는 무기를 본 적이 있었다. 양쪽에 날이 달린 작은 손도끼였는데 메르키드 족은 석궁 대신 이것을 사용하여 사냥을 하고 전투를 벌인다. 리셀은 메르키드 족의 손도끼를 기억해 낸 뒤 대장간에 위탁해 시제품을 만들었다.

"이것이 메르키드 족이 사용하는 양날 손도끼이다."

리셸이 꺼내놓은 것은 손바닥보다 조금 큰 크기의, 양쪽 모두 날이 달린 손도끼였다. 자루가 짧아서 족히 열 자루는 허리에 찰 수 있을 것 같았다.

"석궁 대용으로 이것을 사용하면 어떨까 생각해 보았다. 적을 겨누고 방아쇠를 당긴 뒤 바닥에 내려놓고 돌격하는 것과 허리에 찬 손도끼를 꺼내어 집어던진 다음 돌격하는 것의 차이점을 생각해보라."

리셸이 검 한 자루를 뽑아 왼쪽 손에 거꾸로 잡은 뒤 손도끼를 집어 들었다. 그런 다음 정면에 놓인 나무 말뚝을 향해 힘껏 던졌다.

휘리리릭.

묵직한 손도끼가 빙글빙글 회전하며 날아가 나무 말뚝에 콱 하고 틀어박혔다.

"단검과 달리 손도끼는 양쪽에 날이 달려 있어서 아무렇게나 던져도 적의 몸에 틀어박힌다. 만약 상대가 검으로 쳐낸다고 해도 효과를 볼 수 있다. 튕겨 나간 손도끼가 다른 적에게 상처를 입힐 수도 있으니 말이다."

손도끼의 효용은 사뭇 뛰어났다. 석궁은 한 번 쏘면 끝이지만 손도끼는 언제든지 회수해서 또다시 내던질 수 있다.

"물론 갑옷 입은 기사에겐 큰 위협이 되지 못한다. 투구에 정통으로 맞으면 눈앞에 별이 번쩍하겠지만 말이다. 그러나 우리의 적은 거의 갑옷을 입지 않는 사막 전사이다. 헐렁한 천 옷만 걸친 사막 전사들에게는 큰 효과를 볼 수 있을 것이다.”

그렇게 해서 까마귀 전대는 석궁을 버리고 손도끼를 채택했다. 특별히 주문한 가죽 허리띠에다 열 자루씩 주렁주렁 매달고 다니게 된 것이다.

손도끼를 익히는 것은 그리 어렵지 않았다. 손잡이를 잡고 집어던지면 제법 멀리까지 던질 수 있다. 그러나 목표물에 명중시키는 것은 별개였다. 때문에 전대원들은 하루에 꼬박꼬박 한두 시간씩 말뚝을 표적으로 삼아 손도끼 투척연습을 해야 했다.

사실 까마귀 전대원들에게 지급되는 보수는 꽤나 후한 편이었다. 임무 자체가 위험하기 때문에 통상적인 견습기사보다 배나 많은 보수를 받는다. 그러나 수련을 시작한 뒤 까마귀 전대원들의 주머니 사정은 오히려 선술집에서 하루 종일 술을 마실 때보다도 궁핍해졌다.

우선 엄청난 수련량 때문에 부식비가 많이 지출되었다. 워낙 많은 훈련을 하기 때문에 부대에서 배식하는 식량만으로는 어림도 없었다. 따로 육류를 풍성하고 구입해 든든하게 챙겨 먹어야만 고된 훈련을 소화해 낼 수 있다. 그리고 훈련 과정에서 부서지는 장비와 무기도 주기적으로 교체해야 했다.

그럼에도 불구하고 대원들의 낯빛은 밝았다. 새로운 전대장을 믿고 따른다면 강해질 수 있다는 희망을 품었기 때문이었다. 강해지기만 한다면 작전에 나설 때마다 유서를 써놓지 않아도 된다. 그 희망 하나로 까마귀 전대는 연일 훈련에 매진했다.

까마귀 전대에 다시 출동 명령이 떨어진 것은 첫 임무 수행으로부터 6개월 후였다.

"출동 명령이다. 이번에는 독수리 전대와 합동 작전을 펼친다. 임무는 이전과 다름없이 적의 도주로 차단이다."

출동 명령이 내려왔음에도 불구하고 전대원들의 반응은 예전처럼 그리 어둡지 않았다. 오히려 기대의 빛을 떠올리는 대원들도 있었다. 그동안 받은 혹독한 훈련의 성과를 점검할 때가 온 것이다.

"드디어 때가 왔군요."

"한 번 해보지요."

리셀이 빙그레 웃으며 대원들을 둘러보았다.

"그동안 흘린 피와 땀이 헛되지 않았다는 사실이 이번 임무에서 증명될 것이다."

그날 대원들은 일찌감치 잠자리에 들었다. 저번과는 달리 누구 하나 선술집으로 가지 않았다. 잘 싸우려면 최상의 몸 상태를 유지해야 했기 때문에 자발적으로 휴식을 취하는 것이다.

다음 날 새벽, 까마귀 전대는 독수리 전대와 함께 작전 지역으로 이동했다. 그리폰 전대와는 달리 독수리 전대는 군마를 이용했다. 데저트 랩터도 전대의 등급에 따라 지급되는 모양이었다. 그 때문에 까마귀 전대는 뒤떨어지는 일 없이 작전 지역에 도착할 수 있었다.

독수리 전대의 전대장은 흰머리가 희끗희끗한 초로의 노기사였다.

"여기 적의 예상 도주로가 기입된 지도가 있네. 힘이 닿는 한 모조리 처치해야 하네."

"알겠습니다."

독수리 전대장이 빙글빙글 웃으며 리셀을 쳐다보았다.

"이번에는 적에게 일기투를 걸지 말도록……. 기사도를 모르는 남부 야만족 따위에게 일기투를 거는 것 자체가 기사에겐 불명예일세."

"명심하겠습니다."

까마귀 전대는 저번과 마찬가지로 군마를 집결지에 매어두고 이동했다. 20분가량 이동하자 매복할 장소가 나왔다. 선정한 매복지는 야트막한 모래 언덕이었다.

각기 자리를 잡은 까마귀 전대원들은 차분히 마음을 가라앉히며 적이 오기만을 기다렸다. 몇몇 대원들은 장비를 점검하고 나머지는 살짝 몸을 풀었다. 적이 다가오는 기미를 가장 먼저 눈치챈 이는 물론 리셀이었다.

“온다. 모두 준비해.”

나지막한 리셀의 경고성에 대원들이 바짝 긴장하며 소리 죽여 검을 뽑아들었다. 검날을 아래로 해서 왼손에 쥐고 오른손으로 허리춤의 손도끼를 뽑아드는 모습이 리셀이 보여준 시범과 한 치의 어김도 없이 동일했다.

조금 시간이 지나자 허겁지겁 이쪽으로 달려오는 발걸음 소리가 어지럽게 들렸다.

‘다행이로군. 저번보다는 전사들의 수준이 낮아. 숫자는 열서너 명 정도인가? 다소 많군.’

검자루를 쥔 손에 힘이 불끈 들어갔다. 까마귀 전대는 열 개의 조로 구성되어 있다. 용병식 협공술로 상대할 수 있는 적의 최대 수는 열 명이다. 그렇다면 나머지는 모두 리셀이 맡아야 한다는 결론이 나온다. 그러나 리셀의 얼굴에는 자신감이 역력했다.

‘충분히 가능해. 6개월 동안 대원들이 강해진 만큼 나 역시 강해졌어.’

마나를 운용하는 능력은 6개월 전 파하드를 상대할 때보다 월등히 원숙해졌다. 가르치면서 배운다고, 대원들을 지도해주며 리셀이 얻는 것도 만만치 않았다. 적이 가까이 다가오자 리셀이 잡념을 접어 넣었다.

“공격.”

외마디 명령이 떨어지자 매복하고 있던 대원들이 일제히 몸

을 일으켰다. 그들은 머뭇거림 없이 오른손에 들고 있던 손도
끼를 집어던졌다.

휘리리릭.

서른 자루의 손도끼가 맹렬히 회전하며 앞으로 쏘아졌다.
공격은 한 번이 아니었다. 대원들은 허리춤에서 두 번째 손도
끼를 뽑아 또다시 집어던진 뒤 왼손에 들고 있던 검을 고쳐 잡
고 달려나갔다.

"와아아아."

까마귀 전대원들이 내지르는 함성이 마치 하늘을 찌를 듯했
다.

두 번에 걸쳐 가해진 손도끼 공격은 도주하던 사막 전사들
에게 상당한 타격을 입혔다. 물론 선두에 위치한 자들은 비교
적 강한 전사들이어서 쉽사리 당하지 않았다. 실력을 입증하
듯 그들은 재빨리 시미터를 휘둘러 손도끼를 쳐냈다. 그러나
양날 손도끼는 단검이나 석궁의 쿼렐처럼 쳐낸다고 바로 무력
화되지 않는다. 튕긴 손도끼가 불규칙적인 궤적을 그리며 옆
에 있던 사막 전사들 몸에 사정없이 틀어박혔다. 다급한 전사
들의 신음 소리와 경고성이 여기저기서 터져 나왔다.

"크윽. 막 쳐내면 안 돼!"

"바닥으로 쳐내야 해!"

당황해서 우왕좌왕하던 사막 전사들을 향해 뭔가가 밀려들

었다. 쌍검을 손에 쥔 리셀이 바람처럼 파고든 것이다. 이제 리셀은 마나를 순환시키는 즉시 어깨를 마나로 보낼 수 있는 경지에 이르러 있었다.

'최소한 셋 이상은 붙잡아둬야 해. 빨리 처리하고 대원들을 지원해야만 사상자를 줄일 수 있어.'

리셀은 가장 강해 보이는 전사를 향해 달려들었다.

리셀이 목표로 삼은 이는 콧수염을 길게 기른 장년 전사였다. 자신을 향해 달려드는 제국 기사를 본 사막 전사가 코웃음을 치며 반격을 가했다. 훤히 드러난 얼굴만 보면 리셀은 아직 어리디어린 애송이에 불과했다. 산전수전 다 겪은 노련한 전사인 그가 겁내야 할 이유는 어디에도 없었다. 그러나 리셀의 진정한 실력을 알아차리는 데는 오랜 시간이 걸리지 않았다.

쾅쾅쾅쾅.

폭음이 잇달아 터지며 사막 전사가 정신없이 뒤로 물러났다. 속도도 속도였지만 쌍검에 실린 힘이 상상을 초월하는 수준이었다.

"이, 이놈 보통이 아니야. 도와줘! 지원이 필요해."

리셀의 뒤를 이어 돌격해 온 까마귀 전대원들이 조직적으로 사막 전사들을 들이치는 상황이었다. 그의 다급한 말에 가장 실력이 높은 전사 두 명이 몸을 돌렸다. 막 까마귀 전대원들을 공격해 들어가려던 찰나였다.

촤촤촹.

리셀은 신들린 듯 쌍검을 휘둘렀다. 두 명이 가세했음에도 불구하고 사막 전사들은 공격을 막아내는 데 급급할 뿐이었다. 한 번 검이 맞부딪히면 어김없이 큰 충격을 받고 비틀거려야 했다. 그러던 사이 까마귀 전대원들은 각각 한 명씩 사막 전사들을 에워싼 채 훈련받은 용병식 협공술로 상대를 압박하기 시작했다.

제국군 세 명이 달려들었지만 사막 전사 아케르는 겁먹지 않았다. 일 대 일 대결을 명예로 여기는 제국 기사들과는 달리 사막 전사들은 힘을 합쳐 적을 협공하는 경우가 많았다. 그만큼 반대로 협공을 받아본 경험도 많다.

'가장 약해 보이는 녀석을 빨리 처리해야 부담이 줄어들지.'

과거의 경험을 되살린 아케르는 세 명의 적 중 가장 약해 보이는 제국 기사를 집중 공격해 들어갔다. 그러나 맥없이 밀리던 제국 기사가 어느 순간 덩치가 좋은 동료의 등 뒤로 숨어버렸다. 아케르는 어쩔 수 없이 목표를 바꿨다.

"흥! 숨는다고 능사인 줄 아는가?"

아케르는 시미터에 충분히 힘을 실어 덩치가 매우 좋은 제국 기사에게 맹공을 가했다.

쾅 콰쾅 쾅.

연이어 가해지는 참격에 상대가 연신 비틀거렸다. 그러나 제국 기사는 죽죽 밀리면서도 공격을 막아냈다. 큼지막한 금속제 방패와 두터운 메이스를 이용해 요령 있게 버티고 있는 것이다. 하지만 오래지 않아 한계가 찾아왔다. 애초에 아케르와 제국 기사 사이에는 극복하기 힘든 실력의 격차가 있었다.

"크으윽."

큰 충격을 받은 제국 기사가 비틀거리며 균형을 잃었다. 방패와 메이스가 튕겨 나가자 앞가슴이 훤히 드러났다. 아케르의 눈빛이 날카롭게 빛났다.

"몸통을 쪼개주마!"

아케르가 막 회심의 일격을 날리려는 순간 상대의 겨드랑이 아래에서 날카로운 예기가 뿜어졌다. 첫 목표로 잡았던 녀석이 등 뒤에 숨어 있다 느닷없이 암습을 가한 것이다.

"헉!"

전혀 예상치 못했기에 아케르가 급히 공격해 들어가던 시미터를 회수해 암습을 막아냈다. 이어 다른 녀석이 등판을 길게 찔러 들어왔다. 간신히 몸을 돌려 피하긴 했지만 아케르는 화가 머리끝까지 치밀어 오르는 것을 느꼈다.

"이런 개자식들!"

분명 일 대 일로는 상대가 안 되는 놈들이었다. 정면으로 맞붙는다면 열 합 이내에 처치해버릴 자신이 있었다. 그런 하수들이 자신을 애먹이는 것이다. 분노한 아케르가 등판을 공격해 들어온 녀석을 향해 공격을 집중했다. 그러나 상대는 몇 번 공격을 막아낸 뒤 다른 녀석의 등 뒤로 숨어버렸다. 방패와 메이스를 든 아까의 덩치 좋은 녀석이었다. 제법 큰 타격을 입혔음에도 제국 기사는 다시금 방패로 굳건하게 방어를 다지며 아케르를 밀어붙였다. 비로소 아케르는 경각심을 느꼈다.

"모두 조심해! 이놈들 수법이 보통이 넘어."

아케르가 필사적으로 덩치 좋은 제국 기사에게 맹공을 가했다. 놈을 쓰러뜨리지 못한다면 자신의 체력만 소진될 뿐이라는 사실을 비로소 깨달은 것이다. 그러나 위기의 순간마다 등 뒤에 숨은 녀석들이 튀어나와 암습을 가했기에 쉽사리 쓰러뜨릴 수 없었다.

쾅 콰쾅 쾅.

맹공을 막고 있던 토드의 얼굴에는 땀이 흥건했다. 거듭된 충격으로 말미암아 방패와 메이스를 든 팔이 참기 힘든 정도로 저려왔다. 그럼에도 불구하고 그는 흔들림 없이 적의 공격을 막아냈다. 한참을 방어에 몰두하던 그의 입가에 슬며시 미소가 맺혔다.

'이놈도 엄청나긴 하지만 리셀 전대장님만큼은 아냐.'

토드는 제4조의 주축 수비수이다. 각 조마다 힘이 세고 덩치 좋은 주축 수비수가 하나씩 있다. 열 명의 주축 수비수는 매일 한 시간씩 리셀로부터 따로 특훈을 받는다. 방패와 메이스를 이용해 리셀의 공격을 5분씩 버텨내는 것이 바로 그것이었다.

처음 그 훈련을 받았을 때 토드는 팔이 마비되는 줄 알았다. 리셀의 공격을 방패로 단 한 번 막아낸 것뿐인데도 그 정도였다. 그것은 토드뿐만이 아니었다. 가려 뽑은 주축 수비수 전원이 리셀의 공격에 예외 없이 메이스와 방패를 놓쳐야 했다.

"무, 무슨 힘이 이리 좋으십니까?"

"진정한 인간 오우거는 팔콘 전대의 기사 스탤론이 아니라 전대장님이었군요. 인간이 어찌 이런 힘을 낼 수 있단 말입니까?"

리셀이 어느 정도 마나를 통제했음에도 불구하고 그의 검에 실린 힘은 까마귀 전대원들로서는 감당할 수 없는 수준이었다. 그러나 인간이란 극한 상황에 서서히 적응하는 법이다.

훈련이 거듭 이어지자 주축 수비수들은 조금씩 요령을 깨닫기 시작했다. 방패의 경사각을 조절해 공격에 실린 힘을 일정 부분 흘리고 메이스를 이용해 공격을 막아내는 데도 점차 익숙해졌다.

메이스는 확실히 검보다 방어에 효과적이었다. 검은 잘못 막을 경우 산산이 깨어져 나간다. 반면 검보다 두꺼운 메이스는 그만큼 강도가 강했고 강렬한 충격이 가해지면 부러지지 않고 휘어져 버린다. 휘어진 상태에서도 어느 정도는 적의 공격을 막을 수 있는 것이다.

그렇게 열 명의 주축 수비수들은 리셀에게 6개월 동안 집중

적인 특훈을 받으며 단련되었다. 그 결과가 지금, 바로 여기에
서 증명되고 있었다.

　지금 토드는 제법 강해 보이는 사막 전사의 공격을 철두철
미하게 틀어막고 있다. 그것도 조원 두 명의 안위를 지키는 방
패 역할까지 하면서 말이다. 예전이었다면 상상도 하지 못했
을 일이다.

　'내가 무너지면 조원 두 명도 함께 무너진다.'

　머릿속으로 그 사실을 재차 되뇐 토드가 방패 손잡이를 불
끈 움켜쥐었다. 그러던 사이 전황의 변화가 찾아왔다.

　"크아아악."

　처절한 비명 소리와 함께 아케르가 그 자리에 꼬꾸라졌다.
그의 뒤에는 리셀이 피묻은 검을 들고 숨을 고르고 있었다.
4조 조원들이 깜짝 놀라 리셀을 쳐다보았다.

　"서, 설마 세 명을 모두 처리하신 것입니까?"

　얼굴에 피로감이 역력했지만 리셀의 표정은 밝았다.

　"그렇다. 다른 조를 지원하러 갈 테니 너희들도 대원들을
도와라."

　"알겠습니다."

　리셀이 몸을 날리는 모습을 본 4조 조원들이 일제히 허리춤
에 찬 손도끼를 뽑아들었다. 바로 옆에는 7조 조원들이 폭풍
처럼 몰아치는 사막 전사의 공격을 힘겹게 막아내고 있었다.
마음 같아서는 검을 뽑아들고 접전에 가세하고 싶었다. 그러

나 그렇게 할 경우 결과적으로 7조의 움직임을 방해하게 될 공산이 크다. 한 명을 상대로 동시에 공격을 가할 수 있는 인원에는 한계가 있을 수밖에 없다. 그래서 선택한 것이 바로 손도끼 투척이었다.

"4조가 7조를 지원한다. 정신 바짝 차려라."

버럭 고함을 지른 토드가 냅다 손도끼를 집어던졌다. 그와 함께 4조에 속한 조원 두 명도 잇달아 손도끼를 뽑아 던졌다.

7조를 밀어붙이던 사막 전사는 확실히 조금 전 리셀에게 죽은 아케르보다 실력이 뛰어났다. 파공성을 듣고 몸을 돌린 그가 시미터를 휘둘러 손도끼를 쳐냈다.

좌창.

튕겨 나온 손도끼들이 사방으로 비산했다. 그 중 몇 개는 7조 조원들에게 맞았지만 큰 타격은 없었다. 왜냐하면 7조 조원들은 하나같이 상체에 사슬갑옷을 걸치고 있었기 때문이었다. 물론 통증이 전혀 없을 수는 없었다.

"아이고, 아파라."

"나중에 두고 보자."

그러나 4조의 손도끼 투척으로 인해 형편없이 밀리던 7조 조원들은 한숨을 돌릴 수 있었다. 전열을 정비한 7조가 지체 없이 반격에 나섰다. 사막 전사는 아까처럼 7조를 압도할 수 없게 되었다. 한창 기세가 오를만하면 4조가 집어던진 손도끼가 날아왔기 때문이었다. 집어던질 손도끼는 많고도 많았다. 바닥에 어지럽게 널브러져 있는 것을 주워 던지면 그만이었다.

제아무리 실력이 뛰어나더라도 이렇게 신경이 분산되면 제대로 싸울 수 없다. 결국 사막 전사는 어깨에 손도끼를 얻어맞고 균형이 무너져버렸다.

"크으윽."

그것을 간파한 7조의 중심축 수비수가 방패로 사막 전사를 밀어 넘어뜨렸다.

"이놈!"

"죽어라."

쓰러진 사막 전사의 몸으로 검이 푹푹 박혀 들어갔다. 허공으로 뿜어지는 핏줄기와 함께 사막 전사의 몸이 파르르 경련하다 이내 축 늘어졌다.

리셀은 미친 듯 검을 휘둘렀다. 조원들과 맞서 싸우는 사막 전사의 등에도 서슴없이 검을 찔러 넣었다. 한 명이라도 더 쓰러뜨리면 쓰러뜨릴수록 조원들의 생존율도 높아진다. 그 일념 하나로 전장을 마구 휘젓고 다니는 리셀이었다. 결국 치열하던 전투도 마침내 종장으로 접어들었다.

"크아악."

가슴팍이 꿰뚫린 사막 전사의 몸이 힘없이 바닥에 무너져

내렸다. 더 이상 두 발로 대지를 디디고 있는 적은 없었다. 리셀이 가쁜 숨을 몰아쉬며 주위를 둘러보았다. 그의 몸은 적의 피로 온통 범벅이 되어 있었다.

"이제 끝인가?"

레인이 급히 다가왔다. 전투에 가세하지 않아 비교적 멀쩡한 모습이었다. 까마귀 전대에서 오직 레인만이 전투에서 제외되었다. 리셀이 엄명을 내려 후방에서 대기할 것을 지시했기 때문이었다.

"넌 아직까지 전투를 벌일 시기가 아니다. 뒤에서 전체적인 전황을 관찰하도록 해."

"그, 그럴 수는 없습니다. 동료들이 목숨을 걸고 싸우는데 어찌 그럴 수 있단 말입니까?"

"내 말대로 해. 이것은 명령이야. 나중에 더 멋지게 활약할 기회가 있을 테니 말이야."

그렇게 해서 레인은 전투에 참여하지 않고 뒤에서 대기하고 있었다. 그런 만큼 전장의 상황을 파악하는 것이 빠를 수밖에 없었다. 지칠 대로 지친 리셀이 결국 바닥에 주저앉았다. 이미 대원들 대부분은 바닥에 벌렁 드러누워 있었다.

"대원들을 점검하라. 사상자가 얼마나 나왔는지 말이다."

"알겠습니다."

레인이 급히 대원들 쪽으로 달려갔다. 호흡을 고르던 리셀의 안색이 살짝 굳어 들어갔다.

'도대체 몇 명이나 죽었을까?'

전투 와중에 대원 몇이 적의 칼에 맞아 쓰러지는 것을 보았다. 그러니 걱정이 될 수밖에 없었다. 그러나 잠시 후 달려온 레인의 보고를 들은 리셀은 깜짝 놀라 자리에서 일어나고 말았다.

"인원 보고 드립니다. 전사자는 없습니다. 중상자도 없습니다. 몸에 칼자국이 난 경상자만 다섯이 나왔습니다."

"그게 사실인가? 아까 적의 칼에 맞아 쓰러지는 대원을 몇 보았는데?"

"다행히도 사슬갑옷이 막아주었습니다. 견제가 워낙 극심해 사막 전사들이 제대로 시미터에 힘을 싣지 못한 것 같습니다."

제대로 힘이 실린 사막 전사의 시미터는 사슬갑옷 정도는 종잇장처럼 꿰뚫어 버린다. 그러나 조원들의 끊임없는 견제에 시달리느라 사막 전사들은 제대로 된 공격을 하지 못했다.

잠시 후, 기운을 차린 조원들이 리셀 앞에 질서정연하게 도열했다. 그들의 눈동자에는 형언할 수 없는 빛이 서려 있었다. 심지어 눈시울이 벌겋게 달아오른 대원도 있었다. 그들을 둘러보던 리셀이 입을 열었다.

"모두들 상황 보고를 들었겠지?"

우렁찬 대답소리가 쩌렁쩌렁 울렸다.

"그렇습니다!"

"우리는 훌륭히 임무를 완수했다. 단 한 명의 대원도 잃지 않고 말이다. 그동안 우리가 연무장에 흘린 피와 땀은 결코 헛되지 않았다. 저것을 보라."

리셀이 손가락을 뻗어 바닥에 즐비하게 깔린 사막 전사들의 시체를 가리켰다.

"우리가 거둔 전과이다. 지금껏 해오던 대로 수련하면 다음 임무 때도, 그다음 임무 때도 같은 결과를 얻을 수 있을 것이다. 앞으로도 나와 함께 연무장에서 땀을 흘리도록 하자. 그리하여 까마귀 전대가 결코 다른 전대들에게 뒤지지 않다는 사실을 보여주자!"

리셀의 말이 끝나기가 무섭게 대원들이 환호성을 터뜨렸다.

"까마귀 전대 만세!"

"리셀 전대장님 만세!"

대원들의 얼굴에는 감격의 빛이 역력했다. 훈련을 받으면서도 과연 이게 효과가 있을지 고개를 갸웃거렸던 것이 사실이다. 실력이란 그리 쉽게 키울 수 있는 것이 아니란 걸 그들도 알고 있었기 때문이다.

그런데 실로 믿기 힘든 성과를 거뒀다. 한 명도 죽지 않고 사막 전사 열세 명을 모조리 처치해버렸으니 말이다. 예전의 까마귀 전대였다면 아마도 절반 이상이 차디찬 땅에 몸을 뉘였을 것이다.

까마귀 전대원들의 환호성을 들었는지 어디선가 빠른 발걸음 소리가 들려왔다. 적의 거점을 정리하고 뒤를 쫓아온 독수리 전대의 대원들이었다. 조금 피로한 기색의 독수리 전대장이 앞으로 나섰다.

"작전 중에 왜 소란을 피우는 것인가? 임무는 어떻게 되었나? 엥?"

말을 걸던 독수리 전대장이 눈을 크게 떴다. 온통 피로 칠갑을 한 까마귀 전대원과 그들 앞에 질서정연하게 널려 있는 사막 전사들의 시체를 본 것이다. 리셀이 보고를 했다.

"이쪽으로 온 사막 전사들은 총 열세 명이었으며 한 명도 남김없이 모조리 처리했습니다. 가능하면 생포하고 싶었지만 저항이 심해 모두 죽일 수밖에 없었습니다."

몹시 놀랐는지 독수리 전대장이 떠듬떠듬 말을 이어나갔다.

"피, 피해는?"

"전사자는 발생하지 않았습니다. 대원 몇이 경상을 입었을 뿐이지요."

독수리 전대장의 눈이 경악으로 물들었다.

"미, 믿을 수 없군. 사상자 없이 사막 전사 열세 명을 전멸시키다니……. 호위로 붙은 전사들이 비교적 약한 놈들이었나 보군."

그렇게 생각할 수밖에 없는 것이 독수리 전대는 작전 과정에서 네 명을 잃었다. 그리고 다수의 중상자도 발생했다. 그런데 정작 몇 단계 아래로 평가받는 까마귀 전대가 사상자 없이 성공적으로 임무를 완수해버린 것이다.

"놀랍군. 어쨌거나 사실을 그대로 보고하도록 하겠네. 철수 준비를 하게. 적의 시체는 머지않아 도착할 후속 부대가 수습할 걸세."

"알겠습니다."

제8장
신화의 탄생

까마귀 전대가 거둔 전과는 발톱 기사단 전체의 화젯거리가
되었다.

"뭐라고? 까마귀 전대가 사상자 없이 사막 전사 열세 명을
처치했다고?"

"사실이야. 벌써 소문이 떠들썩해."

"혹시 저번처럼 적 우두머리에게 일기투를 건 것 아닐까?"

"그건 아니라더군. 아무래도 상대했던 사막 전사들이 무척
약했던 것 같아."

그레고리 자작 역시 까마귀 전대의 전과를 놀라워했다. 지
금 리셀은 그레고리 자작에게 불려 가 있었다.

"놀랍군. 전사자 없이 임무를 완수하다니 말이야. 도대체 어떤 방법으로 대원들을 훈련시켰기에 이런 결과가 나왔나?"

"대원들이 잘 따라주었습니다. 용병들이 쓰는 협공술을 응용해서 상대했기에 좋은 결과가 나온 것 같습니다."

"용병식 협공술이라……. 기사도를 생각하면 바람직하진 않지만 어쨌거나 부하들의 생명을 지켰다는 점에서 칭찬해줄 만하군."

빙그레 미소를 지은 그레고리 자작이 책상 위의 서류 하나를 집어 들었다.

"저번과는 달리 훌륭히 임무를 완수했으니 그에 대한 포상이 있어야겠지? 까마귀 전대에 풍성한 보급 물자가 지원될 걸세. 그리고 일주일간의 휴가를 주겠네. 대원들이 인근 도시에서 푹 쉴 수 있도록 배려해주지."

그러나 그것은 리셀에게 만큼은 예외였다.

"하지만 자네는 병영 밖으로 나갈 수 없네. 이유는 알고 있겠지?"

리셀이 묵묵히 고개를 끄덕였다. 충군형으로 복무하는 자신의 입장을 십분 이해하고 있는 리셀이었다.

"알겠습니다. 배려에 감사드립니다."

좋은 소식을 가지고 왔지만 대원들은 별달리 반색하지 않았다.

"휴가 따윈 별로 반갑지 않습니다. 그냥 대장님과 함께 연무장에서 훈련을 하겠습니다."

"고작 일주일로는 고향에 갔다 오지 못하지요. 휴가를 나가 봐야 술밖에 더 먹겠습니까? 그냥 반납하겠습니다."

"보류해 두었다가 다음번 휴가와 합쳐서 쓰는 게 나을 것 같습니다. 지금은 수련을 해야지요."

대원들의 대답에 리셀이 쓴웃음을 지었다.

'대원들이 이젠 나 못지않게 수련광이 되어버렸군.'

달리 생각해보면 그럴 만도 했다. 이번 임무 수행으로 인해 그간 훈련장에서 흘린 땀의 대가가 확실히 증명되었다. 대원들에게 수련은 단순히 몸을 혹사시키는 것이 아니라 희망을 보장하는 생명줄이 된 것이다. 월슨이 조심스럽게 입을 열었다.

"그나저나 오늘은 파티를 하는 것이 어떻습니까? 사상자가 나오지 않은 것을 기념하며 말입니다."

"술도 한 잔 하도록 하지요. 공포를 잊기 위해서가 아니라 승리를 자축하는 의미에서 말입니다."

전대원들은 하나같이 술고래들이다. 그런 그들이 무려 6개월 동안 술을 한 방울도 먹지 않았으니 뱃속에 살던 술 벌레가 얼마나 요동치겠는가? 레인 역시 그런 월슨의 의견에 동의하고 나섰다.

"좋은 생각입니다. 대원들끼리 자축연을 하는 것도 전대의 단합에 도움이 될 것입니다."

대원들 전원이 찬성하고 나섰지만 정작 리셀은 떨떠름한 표정이었다.

"레인 부전대장이 대원들을 데리고 갔다 오도록 하라. 나는 막사에 있겠다."

"안 될 말입니다. 대장님이 빠지신다면 저희 역시 가지 않을 것입니다."

순간 레인의 눈빛이 미묘하게 빛났다.

"혹시 지금까지 술을 드셔 본 적이 없으십니까?"

리셀이 씁쓸히 웃으며 고개를 흔들었다.

"단 한 번 먹어보긴 했다. 그것 때문에 엄청나게 고생을 했지."

"도대체 무슨 술을 드셨기에?"

"포도주였다."

당시의 기억이 떠올랐는지 리셀이 얼굴을 찡그렸다. 물론 그가 마신 술은 맹독이 든 포도주였다. 그로 인해 겪은 고초는 말로 다 표현하기 힘들다. 그러나 대원들은 조금 다르게 받아들일 수밖에 없다.

"세, 세상에. 포도주로 고생을 하셨다니?"

"도수가 낮아 우린 그다지 선호하지 않는 술인데."

순간 대원들의 눈빛이 빛났다. 이참에 리셀을 술로 골탕먹여보자는 충동을 느낀 것이다.

대원들 눈에 비친 리셀은 마치 돌로 된 골렘과도 같은 인간이었다. 지금은 어느 정도 단련되었다지만 리셸과 삼 대 일로 대련을 마치고 나면 온 삭신이 쑤시는 걸 피할 길이 없었다. 그러나 리셸은 그런 대련을 오전에만 열 번을 한다. 그러고도 아무 일 없었다는 듯 멀쩡한 표정으로 오후 수련을 준비하는 것이다.

오후의 수련 과정은 더욱 혹독하다. 리셸은 서른 명의 대원 개개인과 대련을 펼친다. 물론 오후 수련을 끝내고 나면 리셸 의 얼굴에도 어느 정도 피로감이 드러날 수밖에 없다. 그러나 막사에 돌아가서 자고 난 후 아침이 되면 다시 멀쩡한 모습으 로 연무장에 나와 대원들을 기다린다. 그것도 가장 먼저 말이 다. 그 생활을 벌써 6개월 넘게 해 온 리셸이었다.

'세, 세상에……. 인간이 맞긴 맞는 거지?'

'체력 하나는 타의 추종을 불허하는 분이시로군.'

그렇게 대원들을 한없이 경악시킨 리셸이었다. 그런데 여기 서 의외로 리셸이 술에 약하다는 사실을 알게 되었으니……. 대원들이 드러나지 않게 눈빛을 교환했다.

'이 기회에 대장님을 한 번 보내보자.'

'독한 술을 연신 권해서 취해 쓰러지게 만드는 거야. 이때 가 아니면 언제 대장님의 약한 모습을 볼 수 있겠어.'

레인 역시 그 음모에 가담했다. 그도 리셸이 모든 면에서 완 벽한 인간이 아니란 사실을 확인하고 싶었던 모양이었다.

"여기에서 대장님이 빠지시면 섭섭합니다. 까마귀 전대는

전체가 하나입니다. 설사 대장님이라도 빠지는 것을 용납할
수 없습니다."

"솔직히 말해 나는 술을 무슨 맛으로 먹는지 모르겠어. 쓰
기만 하고 말이야. 그러니 너희들끼리 가라."

"저희들을 위해서라도 가 주십시오. 부탁입니다."

결국 리셀은 전대원들의 수작에 넘어가고야 말았다.

"알겠다. 그런 말까지 들은 마당에 빠지기가 뭐하구나."

리셀의 승낙을 들은 전대원들의 얼굴에는 희색이 만연했다.

"술값은 저희들이 각출해서 내도록 하겠습니다. 그럼 선술
집으로 가도록 하지요."

까마귀 전대원들은 위풍당당하게 리셀을 앞세우고 선술집
으로 향했다. 까마귀 전대원들의 모습이 보이자 선술집 주인
이 급히 달려나와 그들을 맞이했다.

그들은 지금껏 최고의 매상을 올려준 일급 단골손님들이다.
가끔 술에 취해 패싸움을 벌이는 등 심심찮게 사고를 치긴 했
지만 그래도 지금껏 그들의 주머니에서 털어낸 수익이 무척
쏠쏠했다.

"아이쿠. 어서 오십시오. 왜 이렇게 오랜만에 오셨습니까?
혹시 다른 단골이라도 뚫으신 것 아닙니까?"

"그간 바빴소. 그리고 다른 단골이라니? 우리가 어찌 주인
장을 두고 다른 업소로 갈 수 있단 말이오. 오늘 술집 전체를

세내겠소. 그러니 다른 손님은 받지 말아 주시오.”

서른 명이 넘는 까마귀 전대원들을 쳐다보던 술집 주인이 희희낙락해서 연신 고개를 끄덕였다.

“아직 시간이 일러 손님이 아무도 없습니다. 말씀대로 더 이상 손님을 받지 않도록 하지요. 대신 많이 팔아주셔야 합니다?”

선술집 안에 까마귀 전대원들이 삼삼오오 모여 자리를 잡았다. 제법 규모가 큰 선술집이라 대원 전체가 들어가도 공간이 넉넉했다.

“맥주를 올릴까요?”

“아니오. 오랜만에 왔으니 오늘은 좀 고급으로 마셔야겠소. 위스키와 브랜디를 갖다 주시오. 통째로 말이오.”

주인 입장에서는 절로 얼굴에 미소가 떠오르게 만드는 주문이다. 비싼 술이 그만큼 이문이 많기 때문이다.

“알겠습니다.”

술집 주인은 두 말도 없이 술통을 꺼내러 지하실로 향했다. 그동안 대원들은 의미심장하게 웃으며 눈빛을 교환했다.

위스키와 브랜디는 맥주와는 비교조차 할 수 없을 정도로 도수가 센 술이다. 게다가 이 선술집의 술은 오래 숙성시켜서 도수가 세기로 유명하다. 비록 맥주보다 몇 배나 비쌌지만 리셀 전대장을 보낼 수 있다면 충분히 감수할 수 있다.

잠시 후, 술집 주인이 큼지막한 통을 힘겹게 들고 와 탁자 위에 올려놓았다.

"우선 브랜디를 한 통 가지고 왔습니다. 와인 잔을 가져다 드려야죠?"

"아니오. 그냥 맥주잔으로 주시오."

독하디독한 브랜디를 큼지막한 맥주잔에 따라 마신다는 것은 심히 이상한 일이었지만 주인은 아무런 말도 하지 않았다. 어쨌거나 술만 많이 팔아준다면 무슨 요구든 받아줄 수 있다.

뚜껑을 딴 레인이 나무로 된 맥주잔을 집어넣어 한 잔 가득 퍼 올렸다. 그리고 한 잔을 더 떠서 리셀에게 건넸다.

"한 잔 받으십시오. 임무에서 죽지 않게끔 저희들을 수련시켜주신 데 대한 감사의 의미입니다."

리셀이 얼굴을 찡그리며 레인이 건넨 잔을 물끄러미 쳐다보았다.

"정말 마셔야 하나? 무척이나 쓰던데."

"당연히 받으셔야지요. 제 성의를 무시하지 말아 주십시오."

리셀은 어쩔 수 없이 맥주잔을 받아들었다. 알싸하게 풍기는 알코올 냄새에 리셀이 얼굴을 찡그렸다. 회심의 미소를 지은 레인이 보란 듯 맥주잔의 브랜디를 단숨에 들이켜 버렸다. 독한 술이라 숨이 턱 막혔지만 억지로 눌러 참았다. 한 잔을 모두 비운 레인이 탄성을 내질렀다.

"캬! 역시 술잔은 비워야 맛이죠. 자, 대장님도 쭉 들이키십시오."

우거지상을 지은 리셀이 술잔을 입으로 가져갔다. 옆에서 대원들이 망설이는 리셀을 연신 부추겼다.

"첫 잔은 단숨에 마시는 것입니다."

"쭉 들이켜 보십시오. 생각보다 뒷맛이 좋습니다."

리셀이 어쩔 수 없다는 듯 술을 꿀꺽꿀꺽 마셨다. 목젖이 오르락내리락하며 독한 브랜디를 모조리 식도로 내려보냈다. 한 잔을 완전히 비운 리셀이 술잔을 탁자 위에 내려놓았다.

"꺼억. 역시나 쓰군. 뒷맛도 마찬가지야. 이런 걸 도대체 왜 먹는지 모르겠어."

대원들의 얼굴에는 걸렸구나, 하는 표정이 역력했다. 레인의 뒤를 이어 윌슨이 다가와 맥주잔을 내밀었다.

"이번에는 제 성의를 받아주십시오. 지금껏 저를 세심하게 지도해 주신 데 대한 감사인사로 한 잔 올리는 것입니다."

리셀이 오만상을 찌푸리며 윌슨이 내민 맥주잔을 쳐다보았다.

"이러다간 꼼짝없이 서른 잔을 마셔야 할 것 같군. 배가 터져버리겠어."

"저희들의 마음인데 당연히 드셔야지요. 무엇보다도 전대 장님은 저희들 생명의 은인 아니십니까?"

"쓴 것은 정말 싫은데."

리셀이 어쩔 수 없다는 듯 윌슨의 잔을 받아 마셨다. 물론 이후에도 계속 대원들이 술을 권했음은 두말할 나위도 없었다.

석 잔을 비웠을 때 비로소 몸에서 반응이 왔다. 갑자기 현기증이 밀려들며 사물이 두세 개로 보이기 시작했다. 본격적으로 취기가 올라온 것이다. 상체를 휘청거리는 리셀을 본 대원들이 회심의 미소를 지었다.

'드디어 걸렸어.'

'생각보다는 술이 센 편이야. 독한 브랜디를 맥주잔으로 석 잔이나 마시고 나서야 취기를 느끼다니 말이야.'

브랜디는 포도주를 증류해서 만든 술이다. 무엇보다 브랜디의 가장 큰 특징으로 취기가 서서히 올라온다는 점을 들 수 있다. 그러나 일단 한 번 올라오기 시작하면 급속도로 취기가 번져간다. 리셀을 만취시키는 것은 이제 일도 아니었다.

"자, 제 잔을 받으시지요."

잔을 내미는 대원의 모습이 이젠 대여섯 개로 보였다. 연신 비틀거리던 리셀이 잔을 받아 단숨에 마셔버렸다.

"……여, 여전히 쓰, 쓰긴 하지만. ……그, 그래도 머, 먹을 만은 하군."

완전히 혀가 꼬부라진 말투, 그럼에도 불구하고 대원들은 만행을 그치지 않았다. 하나같이 사악한 미소를 지으며 연신 리셀에게 술잔을 권하는 것이다.

그러나 대원들은 한 가지는 눈치채지 못했다. 리셀의 몸에 마나가 순환하고 있다는 사실을 말이다.

보고를 마친 뒤 이렇다 할 수련을 하지 않았기 때문에 리셀의 마나는 마나홀에서 조용히 잠자고 있었다. 그러다 리셀이 만취하자 마나홀에서 흘러나와 전신을 순환하기 시작했다. 몸에 해로운 기운은 모조리 끌어다 몸 밖으로 배출시키는 것이 마나의 효능이다.

마나는 리셀의 몸을 완전히 잠식한 알코올 성분을 독으로 간주하고 몸 밖으로 배출시키기 시작했다. 맹독도 말끔히 빨아들여 배출시키는데 그보다 훨씬 약한 알코올 기운을 배출시키는 것은 일도 아니다. 구태여 식도로 보내 뱉을 필요도 없었다. 전신의 땀구멍을 통해 내뿜어버리면 그만이다.

쉬이익.

모공을 통해 알코올 기운이 급속도로 배출되었다. 이어 마나가 정수리 부근을 통과하는 순간 리셀은 정신이 번쩍 드는 것을 느꼈다. 감각이 예민해지며 머리가 맑아졌다. 그때 리셀은 볼 수 있었다. 게슴츠레한 눈빛으로 자신을 쳐다보는 대원들의 흉악한 미소를 말이다.

'이것 봐라?'

리셀은 비로소 대원들의 음모를 눈치챌 수 있었다. 힘으로 안 되니 술로 보내 버리겠다는 간교한 술책이 틀림없었다. 리셀이 고개를 들자 기다렸다는 듯, 한 대원이 술잔을 내밀었다.

“제 술도 받으셔야지요.”

“그래야지. 암, 그렇고말고.”

리셀은 두 말도 하지 않고 술잔을 받아 쭉 들이켰다. 금방이라도 쓰러질 것만 같았던 리셀이 돌연 정신을 차리자 대원들은 깜짝 놀랐다. 그러나 그들은 흉계를 접지 않고 계속 수작을 부렸다. 차례대로 다가와 권하는 술을 리셀은 잠자코 받아마셨다. 이제 그는 더 이상 취하지 않았다. 술의 알코올 기운은 몸에 들어가자마자 땀구멍을 통해 몸 밖으로 배출되었다. 결국 리셀은 서른한 잔의 술을 모조리 받아 마시고 말았다.

‘세, 세상에…….’

대원들의 얼굴은 이제 경악으로 물들어 있었다. 그 독하디독한 브랜디를 큼지막한 맥주잔으로 무려 서른한 잔이나 마셨건만 리셀은 멀쩡했다. 아니. 겉모습만으로는 단 한 잔도 마시지 않은 사람 같았다. 놀라는 대원들을 쳐다보며 리셀이 차갑게 미소 지었다.

“오는 게 있으면 가는 게 있어야겠지? 이제는 내가 한 잔씩 주도록 하겠다. 레인이 제일 먼저 잔을 권했지?”

“그, 그렇습니다.”

“한 잔 받도록 해라. 내 마음이니 거절하지 않으리라 믿겠다.”

세 개로 늘어난 브랜디 통은 말끔히 비어 있었다. 물론 그 절반은 리셀이 마셔버린 상태였다.

"이 통은 조금 작군."

리셀은 방금 주인이 가져다 놓은 위스키 통을 땄다. 브랜디보다 한결 더 독한 위스키 냄새가 사방으로 퍼져갔다.

맥주잔으로 한 잔 가득 위스키를 퍼올린 리셀이 머뭇거림 없이 레인에게 잔을 내밀었다.

"가, 감사합니다."

레인이 질린 표정으로 술잔을 받아들었다. 브랜디야 그나마 맥주잔 가득 들이킬 수 있었지만 위스키는 그렇게 만만히 볼 술이 아니다. 한 잔을 더 퍼낸 리셀이 보란 듯이 단숨에 들이켜 버렸다.

"크으. 이 술은 더 쓰군. 이렇게 쓴 것을 도대체 왜 먹는 거지? 자네 뭐하나? 나는 잔을 깨끗이 비웠어."

레인은 울며 겨자 먹는 심정으로 맥주잔 가득 찰랑이는 위스키를 억지로 뱃속에 구겨 넣어야 했다.

위스키는 엄청나게 도수가 센 술이다. 어지간히 술이 센 레인이라도 맥주잔 가득 담긴 위스키를 단번에 마셨으니 멀쩡할 리가 없다. 취기가 확 올라와 현기증을 느낀 레인이 비틀거리다 힘없이 그 자리에 주저앉았다. 그 모습에 리셀이 혀를 찼다.

"쯧. 겨우 한 잔 먹고 주저앉다니 이게 웬 약한 모습이야? 음, 다음 차례가 윌슨이었던가? 설마 자네는 저러지 않겠지? 자, 여기 있다."

참담한 표정의 윌슨이 리셀이 건네준 맥주잔을 받아들었다. 맥주잔에 가득 담긴 호박빛 액체를 보자 숨이 턱 막혀왔다. 그러나 지은 죄가 있으니 어쩔 것인가? 단숨에 마셔버리는 수밖에……. 결국 전대원 서른한 명 전원은 맥주잔에 가득 담긴 위스키를 원샷해야 했다.

선술집은 완전히 초토화가 되어버렸다. 사방에 토사물과 토해낸 술이 깔려 발 디딜 틈이 없을 정도였다. 그 사이로 인사불성이 된 대원들이 어지럽게 널브러져 있었다. 리셀과 술 대결을 하다 완전히 맛이 가버린 것이다.

그리고 마지막까지 남아 리셀과 술 대작을 하던 용사가 마침내 장렬히 전사를 했다. 4조의 주축 수비수이자 까마귀 전대에서 가장 술이 세다는 토드가 술잔을 들이키다 말고 모로 쓰러져버렸다.

"우왜액."

입을 통해 조금 전 먹은 술이 반쯤 소화된 저녁 식사 내용물과 섞인 채로 거품과 함께 게워져 나왔다. 그를 끝으로 까마귀 전대원들은 완전히 전멸해버렸다.

그 모습을 본 리셀이 싱긋 미소를 지었다. 서른한 명을 술로 보내 버렸지만 리셀의 겉모습은 술을 마시기 전과 전혀 변함이 없었다. 잠시 후 그가 입은 튜닉 위로 김이 모락모락 피어올랐다. 마나가 순환하며 알코올 기운을 빨아들여 배출하는 것이다. 그러니 그가 어찌 술에 취할 것인가?

"앞으로 술 하고는 그리 친해질 것 같지 않군. 쓰기만 한 걸 도대체 왜 먹는지."

삐걱.

몸을 일으킨 리셀이 기지개를 켰다. 고개를 돌렸을 때 질린 표정으로 이쪽을 쳐다보는 주인과 눈이 마주쳤다. 순간 주인이 급히 고개를 숙였다.

'세, 세상에 저게 인간이야? 브랜디 세 통과 위스키 다섯 통 중 절반을 마셔버리고도 저렇게 멀쩡하다니.'

내심 혀를 내두르는 주인이었다. 귓전으로 취기가 전혀 깃들어 있지 않은 멀쩡한 음성이 파고들었다.

"이 녀석들은 그냥 내버려두도록 하시오. 밤새 푹 자도록 말이오. 그리고 일어나면 막사로 복귀하라고 전하시오. 그리고 술값은……."

리셀이 손가락을 내밀어 뻗어 있는 전대원들을 가리켰다.

"저 녀석들이 낸다고 했으니 일어나면 받도록 하시오."

"술값이야 걱정 마십시오. 까마귀 전대원이라면 얼마든지 외상으로 드릴 수 있습니다. 워낙 확실하신 분들이니……."

"좋소. 그럼 난 이만 가보도록 하겠소. 대원들이 물어보면 막사로 돌아갔다고 말하시오."

말을 마친 리셀이 선술집 밖으로 성큼성큼 걸어나갔다. 홀로 남은 주인이 머리를 절레절레 흔들며 혀를 찼다.

"세상에 저런 사람은 처음 보겠군. 뭐 나야 한 달 매상을 하루 만에 다 올렸으니 좋기는 하지만 말이야. 그나저나 큰일이로군."

바닥에 어지럽게 널린 토사물과 시체(?)들을 본 주인이 오만상을 찌푸렸다.

"저걸 어떻게 다 치우나? 아무리 봐도 무리야."

결국 주인은 리셀의 조언대로 시체들을 그냥 내버려두기로 결정했다.

대원들은 다음 날 해가 중천에 뜨고 나서야 하나둘씩 깨어났다. 일어나자마자 두통으로 머리를 부여 쥔 것은 두말할 나위가 없었다.

"아이고. 머리가 깨질 것 같군."

"이게 뭐야? 으악! 누가 내 등에다 토했어?"

겨우 술에서 깨어난 대원들이 부스스한 얼굴로 소란을 피웠다. 리셀이 없다는 사실을 발견한 그들은 뜬눈으로 밤을 새우고 구석에서 끄덕끄덕 졸고 있던 주인을 깨워 상황 설명을 들었다.

"토드를 녹다운시키고 난 뒤 일어나 막사로 돌아가셨다고요?"

주인의 말에 대원들이 입을 쩍 벌렸다.

"그렇고 말굽쇼. 마치 술에 전혀 취하지 않은 것 같았습니다. 비틀거리지도 않고 멀쩡히 걸어나가시는 것을 똑똑히 보았습니다."

어이가 없었는지 대원들이 서로의 얼굴을 보며 고개를 갸웃거렸다. 기가 차서 말도 나오지 않았다.

'그토록 술이 센 사람이 세상에 존재하다니.'

'힘과 체력뿐만이 아니라 주량까지 인간의 한계를 넘어서신 분이로군.'

씁쓸히 웃는 대원들에게 주인이 손바닥을 비볐다.

"그런데 술값은 어떻게 할까요? 전대장님께서 지불하지 않고 가셨습니다. 대원들이 사기로 했다고 말입니다."

"그랬지. 얼마요?"

물론 술값은 눈알이 튀어나올 정도로 비쌌다. 주인이 내민 계산서를 본 대원들이 기겁을 했다.

"뭐가 그렇게 비싸오?"

"그것도 많이 깎아 드린 겁니다. 여러분들이 어제 마신 술은 브랜디가 세 통에 위스키 다섯 통입니다. 단골이시라 파격적으로 깎아 드린 거지, 원래 받는 가격은 그보다 훨씬 비쌉니다."

결국 대원들은 각자의 주머니를 털어 술값을 지불할 수밖에 없었다. 개인당 한 달 보수의 절반씩을 털어야 될 정도로 금전적 피해가 막심했다.

"완전히 적자로군."

"거금을 날려버렸어."

완전히 패잔병 몰골로 막사로 돌아온 대원들은 놀라운 광경을 볼 수 있었다. 놀랍게도 리셀이 평소와 전혀 다름없는 모습으로 훈련에 열중하고 있었다. 목검을 들고 연신 허수아비를 두들기던 리셀이 대원들을 보고 빙그레 웃었다.

"이제 깨어났는가? 나는 괜찮으니 원하는 사람이 있으면 수련에 참가하도록 해라. 오랜만에 혼자 수련을 하니 심심하군."

그 말에 대원들이 치를 떨며 고개를 절레절레 흔들었다. 그들의 눈에 비친 리셀은 한 마디로 인간이 아니었다.

"오, 오늘은 쉬겠습니다. 머리가 깨질 것 같아서……."

"거, 검을 들 힘조차 없습니다. 내, 내일부터 열심히 하겠습니다."

황급히 막사로 돌아가며 앞으로는 두 번 다시 리셀을 술자리로 데리고 가지 않으리라 다짐하는 대원들이었다. 리셀을 한 번 골탕먹여 보려다 된통 당해버린 것이다.

다음 날부터 또다시 수련이 이어졌다. 대원들은 아직까지 술이 덜 깬 부스스한 얼굴로 수련을 시작했다. 그러나 이전의 몸 상태로 돌아가는 것은 금방이었다.

사슬갑옷을 입고 연무장 다섯 바퀴를 돌자 술기운이 모두 땀으로 배출되었다. 이후 이어지는 수련은 이전과 전혀 다름이 없었다. 누구 하나 꾀부리지 않고 열심히 땀을 흘렸다. 그런데 리셀의 얼굴에는 곤혹스러움이 떠올라 있었다.

'어떻게 된 거지?'

이제 리셀은 자유자재로 어깨에 마나를 밀어 넣을 수 있었다. 그런데 의당 팔의 통로를 뚫어야 할 마나가 더 이상 움직이려 하지 않았다. 처음에 리셀은 수련이 모자라서 그런 줄 알고 더욱 훈련에 매진했다. 그렇게 얼마간 수련하자 마침내 마나가 움직임을 보였다.

그런데 정작 팔의 통로를 뚫어야 할 마나가 엉뚱한 곳으로 움직이는 것이 아닌가? 전신을 순환하던 마나가 몰려드는 곳은 다름 아닌 허벅지 쪽이었다. 리셀의 예상이 어그러지고 만 것이다. 생각에 잠겨 멍하니 서 있는 리셀을 대원들이 일깨웠다.

"대장님?"

퍼뜩 정신을 차린 리셀이 대원들을 쳐다보았다.

"오늘은 사정이 있어 수련을 못 봐주겠다. 그러니 개인 수련을 하도록."

대원들이 머뭇거림 없이 고개를 끄덕였다.

"알겠습니다. 저희들끼리 대련하도록 하지요."

"그간 무리하셨으니 좀 쉬십시오."

나무 그늘로 걸어간 리셀이 생각에 잠겨 들어갔다.

'왜 마나가 팔의 통로를 뚫지 않고 허벅지로 몰려드는 거지?'

물론 그 이유를 리셀이 알 리가 없었다. 그것은 리셀에게 상당히 중요한 문제였다. 하루빨리 팔의 통로를 뚫어야 빛나는 검의 소유자. 즉, 블레이드 오너가 될 수 있다. 그래야만 마스터의 유명을 이행할 수 있는 것이다. 그런데 엉뚱하게도 마나가 허벅지로 몰려들다니……. 답답한 심정에 리셀이 한숨을 내쉬었다.

'강제로 한 번 통제해 볼까?'

리셀은 인위적으로 마나를 팔로 유도해볼까 하는 생각이 들었다. 뼈를 깎는 수련으로 인해 리셀의 마나에 대한 통제력도 제법 높아졌다. 기를 쓰고 유도한다면 어쩌면 마나를 팔로 집중시킬 수 있을지도 모르는 일이었다. 그러나 고민하던 리셀은 이내 고개를 흔들었다.

'그럴 순 없어. 마나는 철저히 순리대로 흘러가도록 놓아둬야 해.'

지금껏 리셀은 일절 마나에 강제성을 행사한 적이 없다. 그저 자연스럽게 흘러가도록 내버려 둔 것이다. 그 대가로 마나는 리셀이 지금의 경지에 이르도록 도와주었다. 그런 상황에서 마나를 강제로 움직이게 하는 것은 결코 내키지 않는 일이다.

만약 리셀이 그렇게 마나를 대하지 않았다면 지금의 경지까지 오지도 못했을 것이다. 더욱이 드래곤의 마나를 몸속에 받아들였을 당시, 늘 해오던 대로 억지로 통제하려 들지 않은 덕분에 리셀은 위기를 모면할 수 있었다. 만약 어디 한 군데 부자연스러운 구석이 있었다면 리셀의 몸은 그때 산산이 터져나 갔을 것이다. 게다가 리셀은 일말의 호기심을 느끼고 있었다.

'흠, 어깨에 마나를 주입하자 힘이 비약적으로 강해졌어. 그렇다면 허벅지에 주입되면 어떨까?'

리셀이 조심스럽게 손을 뻗어 허벅지를 어루만졌다. 허벅지에 마나가 주입될 경우 어떤 능력이 생길까 생각하니 궁금해 미칠 지경이었다.

'달리는 속도가 빨라질까? 아니면 내가 생각지 못하는 능력이 따로 생길까?'

리셀의 시선이 연무장에서 열심히 수련하는 대원들에게로 가서 닿았다. 저들에게 리셀은 한 마디로 구세주라고 볼 수 있었다. 그러나 지금까지의 고생이 단지 대원들에게만 도움이 된 것은 아니었다. 리셀 역시 대원들과의 대련으로 많은 것을 얻고 있었다. 그들의 힘이 아니었다면 리셀은 어깨에 마나를 주입하는 것조차 순탄치 않았을 것이다.

'지금까지 해오던 대로 수련하면 허벅지에 마나를 주입할 수 있을 것이다. 순리대로 가는 것이 역시 내 몸에 맞아. 그리고 내가 수련할 수 있는 곳은 오로지 이곳밖에 없어.'

까마귀 전대와 함께하는 연무장은 리셀에게 최상의 수련장이었다. 이곳이 아니라면 어디에서 이토록 효과적으로 수련할 수 있겠는가?

'게다가 나는 앞으로도 4년 동안 이곳에서 더 복무해야 해.

그래야만 자유를 찾을 수 있어.'

리셀이 충군형으로 복무한 지 1년이 가까워지고 있었다. 4년을 더 복무해야 남부 전선에서 풀려날 수 있었다. 리셀은 마음을 편하게 먹기로 했다.

'그래. 지금까지 해왔던 대로 대원들과 수련하도록 하자. 마나가 팔이 아닌 허벅지로 몰려들더라도 무슨 상관일까? 어차피 다른 곳에서는 이렇게 효과적으로 수련할 수 없는데 말이야. 게다가 어찌 알겠어. 마나가 허벅지에 주입되면 어떤 능력이 생길지 말이야.'

생각을 접어 넣은 리셀이 몸을 일으켰다. 말없이 연습용 철검을 뽑아들고 대원들을 향해 걸어가는 리셀이었다.

"개인 수련은 끝이다. 다시 대련을 시작한다."

까마귀 전대의 신화는 계속 이어졌다. 3개월 후 까마귀 전대는 또다시 임무에 투입되었다. 예전과 마찬가지로 도주로 차단이 그들의 역할이었고 한 번 손발을 맞춰본 독수리 전대와 함께 임무에 나섰다.

그 작전에서 대원들은 한결 나아진 실력을 보여주었다. 대원들은 용병식 협공술에 맞춰 톱니바퀴처럼 정교하게 움직이며 적을 포위 공격했다. 주축 수비수들은 이전보다 능숙하게 방패 역할을 수행해 냈으며 이를 중심으로 진퇴를 거듭하는 조원들의 공격 역시 더욱 예리해졌다. 특히 그들이 내던진 손도끼는 거의 백발백중이었다.

이번에 상대해야 할 사막 전사들의 수와 수준은 저번보다 떨어졌다. 게다가 리셀이 무려 사막 전사 다섯을 단신으로 처리해 버렸으니 사상자가 나오는 것이 오히려 이상한 일이었다. 어지럽게 널린 사막 전사들의 시체를 쳐다보며 레인이 인원 보고를 했다.

"전사자 무, 사망자 무, 경상 두 명입니다."

피와 땀으로 목욕을 한 리셀이 빙그레 웃었다.

"수고들 했다."

대원들은 임무가 끝났음에도 여전히 흥분을 감추지 못했다. 부쩍 강해진 실력이 확실하게 느껴졌기 때문이었다. 사막 전사들의 공격이 예전처럼 무섭지 않았다. 역시 연무장에다 흘린 피와 땀은 그들을 결코 배신하지 않았다.

잠시 후 뒤쫓아 온 독수리 전대원들은 놀라움을 금치 못했다. 단순히 우연으로 치부했는데 그게 아니었음을 확인하게 된 것이다.

"이, 이번에도 희생자 없이 임무를 완수했어."

"놀랍군!"

까마귀 전대의 활약은 그것으로 끝나지 않았다. 가장 바뀐 것은 까마귀 전대가 작전에 투입되는 빈도수가 잦아졌다는 점이다. 예전에는 한 번 작전을 수행하면 3, 4개월 정도는 쉬도록 내버려두었다. 인원을 보충하여 재편성하려면 그 정도 시

간이 필요하다. 게다가 대원들이 동료의 죽음을 극복할 시간
도 주어야 한다.

그러나 까마귀 전대는 거듭되는 임무에도 단 한 명의 희생
도 없이 훌륭히 임무를 완수해 냈다. 그러니 작전에 투입되는
주기가 짧아질 수밖에 없었다.

까마귀 전대원들은 더 이상 임무에 투입되는 것을 두려워하
지 않았다. 전대장 리셀을 믿고 하나로 똘똘 뭉친다면 두려울
것이 없다. 동료들이 전사하는 일은 이제 발생하지 않는다. 대
원들은 그 믿음을 철석같이 믿고 있었다.

결국 까마귀 전대는 이후 투입된 세 번의 작전 모두 사상자
없이 훌륭히 임무를 수행하는 기염을 토해냈다. 그리고 다음
임무에서는 누구도 예상하지 못했던 전과를 거뒀다.

“이 녀석들이 왜 오지 않는 거지?”

매복지에 숨어 적을 기다리던 대원들이 지루한 듯 손을 비
볐다. 적이 도주해 올 시간이 넘었는데 도무지 오지 않는 것이
다. 이번 임무의 파트너는 팔콘 전대였다. 까마귀 전대와 약간
의 알력이 있었던 전대이기도 했다. 서로 간의 감정이 좋지 않
았지만 임무 수행에 개인감정을 드러낼 순 없다. 그리하여 팔
콘 전대장이 알려준 적의 예상 도주로에 와서 매복하고 있었
는데 아무리 기다려도 적은 털끝도 보이지 않았다.

리셀 역시 이해하기 힘들다는 듯 고개를 갸웃거렸다.

“어떻게 된 거지?”

바로 그때 기척이 들려왔다. 대원들이 바짝 긴장하려는 순간 리셀이 눈을 휘둥그레 떴다.

“저건 말발굽 소리잖아? 그것도 단 한 필이야.”

사막 전사들이 말을 타고 도주하는 경우는 드물다. 간혹가다가 데저트 렙터를 이용하는 경우는 있었지만 말이다. 잠시 후 한 필의 말이 모습을 드러냈다. 정체를 간파한 순간 대원들이 깜짝 놀랐다.

“아군이로군. 팔콘 전대의 대원이야.”

한눈에도 알아볼 수 있는 팔콘 전대의 제복을 입은 기수는 온몸이 피투성이였다. 리셀 앞에 도착하자 더 이상 버틸 수 없었던지 기수가 힘없이 말에서 떨어졌다.

“정신 차려라. 무슨 일인가?”

입에 물을 흘려 넣자 기수가 겨우 정신을 차리고 입을 열었다.

“지, 지원이 필요합니다. 적이 함정을 파놓고 기다리고 있었습니다.”

대원들은 깜짝 놀랐다.

“팔콘 전대는 완전히 포위되었습니다. 감당하기 힘든 수의 사막 전사들이 적 거점에 집결해 있습니다.”

그 말에 리셀이 고개를 돌려 대원들을 쳐다보았다.

“팔콘 전대를 구출하러 가자. 서둘러라. 전우들이 위기에 빠졌다.”

리셀의 말이 끝나기도 전에 대원들이 몸을 일으키고 있었다.

길을 따라 얼마간 달려가자 적 거점이 모습을 드러냈다. 폐허가 된 사막 부족의 마을이었는데 사방에 온통 시체가 널려 있었다. 마을 입구로 들어서자 사막 전사들에게 포위되어 악전고투하는 팔콘 전대의 모습이 보였다. 줄잡아 오십 명이 넘는 사막 전사들이 포위된 팔콘 전대원들에게 맹공을 가하고 있었다.

가장 눈에 띄는 것은 백발이 성성한 사막 전사 한 명이었다. 시퍼런 예기를 토하는 시미터를 자유자재로 휘두르며 공격해 오는 그를 팔콘 전대의 전대장과 부전대장 스탤론이 기를 쓰고 방어하고 있었다. 그러나 역부족이었는지 계속해서 뒤로 죽죽 밀려나는 광경이 눈에 선명했다. 이미 그들의 몸은 피투성이였다. 한눈에 정세를 파악한 리셀이 검 손잡이를 불끈 거머쥐었다.

'보기 드문 고수로군.'

목표를 정한 리셀이 부하들에게 명령을 내렸다.

"각 조가 바짝 붙어 적을 상대한다. 강한 상대와 부딪혔을 경우 망설임 없이 협공술을 써라."

"알겠습니다."

까마귀 전대원들이 부챗살처럼 진형을 펼치며 사막 전사들의 배후를 급습했다. 레오폰 측 역시 까마귀 전대의 등장을 눈치채고 있었다. 일단의 전사들이 기다렸다는 듯 몸을 돌려 까마귀 전대를 맞이했다.

리셀의 안색은 딱딱하게 굳어 있었다. 이 정도의 난전이라면 반드시 사상자가 나오기 마련이다. 꽤나 실력이 있어 보이는 사막 전사가 많이 포진되어 있었다. 대원들의 안위가 걱정된 리셀이 입술을 질끈 깨물었다.

'적의 우두머리를 단숨에 처리해야 해. 그래야만 적의 전의를 꺾을 수 있어. 대원들을 살리려면 압도적인 위력을 보여줘야 해.'

리셀이 바람처럼 달려갔다. 리셀의 접근을 눈치챘는지 백발의 사막 전사가 팔콘 전대장과 부전대장을 밀어내고 몸을 돌렸다. 둘의 거리가 10미터 정도로 좁혀지자 리셀이 땅을 강하게 박찼다. 한껏 응축된 마나가 허벅지로 밀려들었다.

콰아아앙.

엄청난 폭음과 함께 모래 먼지가 확 피어났다. 리셀의 몸이 마치 시위를 떠난 화살처럼 쏘아졌다.

그간의 수련을 통해 리셀은 허벅지에 자유자재로 마나를 밀어 넣을 수 있게 되었다. 그 효능은 사뭇 예상 밖이었다. 대원들이 모두 잠든 야밤에 리셀은 홀로 나와 마나를 허벅지에 밀어 넣어 보았다. 우선 대외적으로 감지되는 변화는 없었다.

"반드시 새로운 능력이 생겼을 것이야."

리셀은 연무장을 달리기도 하고 나무 말뚝을 걷어차 보기도 하며 드러나는 변화를 살폈다. 새로운 능력은 오래지 않아 발견되었다. 리셀이 우연히 바닥을 박차고 뛰어올랐을 때 드러난 것이다.

부우웅.

리셀의 몸이 돌연 허공으로 솟구쳤다. 족히 2미터는 넘게 뛰어오른 것이다. 예상치 못한 높이에 깜짝 놀란 리셀은 순간적으로 균형을 잃어버릴 뻔했다. 휘청거리며 겨우 착지한 리셀이 놀란 표정을 지었다.

"하마터면 발목이 부러질 뻔했군."

허벅지에 마나가 주입되자 도약력이 비약적으로 향상되었다. 순간적인 도움닫기로 2미터를 솟구쳐 오르는 것은 개구리나 벼룩이 아니고서야 인간으로서는 불가능한 일이었다. 처음에 리셀은 상당히 난감해했다.

'이것을 도대체 어디다 써먹지?'

그러나 사용처는 오래지 않아 명확해졌다. 무릇 기사라면 누구나 말을 타고 적을 밀어붙이는 차지(charge) 기술을 익힌다. 이는 말에 타지 않았을 때에도 쓸 수 있는 기술이다. 방패로 앞을 가린 다음 순간적으로 땅을 박차고 상대에게 돌진하는 것이다. 이 차지 기술에 당한 적은 밀려 넘어지거나 균형을 잃을 수밖에 없다. 리셀이 터득한 새로운 능력은 이 차지 기술을 더없이 위력적으로 만들어주었다.

우지직.

시범 삼아 시도해 본 차지에 어른 몸통 굵기의 나무 말뚝이 그대로 부러져나갔다. 위력을 확인한 리셀의 얼굴이 환해졌다.

"잘 되었어. 적을 급습할 때 사용하면 되겠군."

이 새로운 능력을 사용하면 리셀의 몸은 무서운 속도로 앞으로 쏘아진다. 어깨에 마나를 주입하면서 나오는 괴력과 병행한다면 제아무리 강한 적이라도 순간적으로 자세를 허물어뜨릴 수 있다.

리셀은 지금 이 자리에서 바로 그 기술을 시전하고 있었다. 제국의 기사가 쏜살처럼 달려들자 백발의 사막 전사는 깜짝 놀랐다. 저렇게 빠른 속도로 달려드는 인간을 본 적은 없었다.

"뭐, 뭐야?"

백발 전사가 급히 방어 자세를 취했다. 리셀은 달려듦과 동시에 맹렬히 검을 휘둘렀다. 어깨에 마나가 쫙 빨려 들어가며 힘이 폭발했다. 그의 장검이 사막 전사가 들고 있던 시미터의 칼날을 정통으로 후려갈겼다. 그때 놀라운 일이 일어났다.

콰아아앙.

엄청난 폭음과 함께 사막 전사의 몸이 급속도로 튕겨 나갔다. 사람이 그대로 날아가 버린 것이다. 착지하는 순간 여력을 이기지 못하고 벌렁 나자빠진 사막 전사가 급히 몸을 일으켰다. 그의 눈은 경악으로 물들어 있었다.

“이 무슨 말도 안 되는…….”

놀라움은 여기서 끝이 아니었다. 리셀이 튕겨 나간 사막 전사를 바짝 따라잡으며 검을 휘둘렀던 것이다. 급히 시미터를 들어 막았지만 자세가 완전하지 못했다. 게다가 리셀의 장검에는 인간이 감당하기 힘든 괴력이 실려 있었다.

콰드드득.

가로막은 시미터가 빙글 돌더니 저만큼 날아가 버렸다. 시미터 손잡이를 잡고 있던 사막 전사의 손바닥은 훌렁 벗겨져 있었다. 놀랄 겨를도 없이 리셀의 검이 짓쳐들어왔다. 결국 엄청난 위용을 자랑하던 백발의 사막 전사는 비명조차 지르지 못한 채 목이 달아나 버렸다.

허공으로 솟구치는 핏줄기 사이로 외마디 고함 소리가 들렸다.

“적의 우두머리가 죽었다! 모두 힘을 내서 남은 잔적을 소탕하라!”

그 말에 레오폰 전사들이 깜짝 놀라 소리가 들려온 방향을 쳐다보았다. 왜냐하면 전장에 울려 퍼지는 그 고함 소리가 레오폰의 언어였기 때문이다. 물론 리셀이 의도적으로 한 행동이었다.

“저런!”

전사들의 눈에 경악의 빛이 떠올랐다. 이번 작전을 위해 특별히 초빙해온 노전사 카미르가 목이 달아난 시체가 되어버렸기 때문이었다. 그들이 보고 있는 사이 머리통을 잃은 몸뚱이가 힘없이 무릎을 꿇더니 엎어졌다.

"카, 카미르님이 죽었어."

"제국 기사의 검에 당해버리신 거야."

사막 전사들의 전의는 급격히 사그라졌다. 조금 전까지만 해도 적의 대장과 부대장을 압도적으로 밀어붙이던 카미르였다. 그런데 새로 등장한 제국의 기사가 단숨에 카미르의 목을 날려버렸으니 사막 전사들로서는 겁을 집어먹을 수밖에 없었다.

리셀이 여세를 몰아 한데 모여 있는 사막 전사들의 무리 속으로 파고들었다. 미친 듯이 쌍검을 휘두르는 위용은 마치 성난 사자를 방불케 했다. 여기저기서 비명 소리가 터져 나왔다.

"크아악!"

리셀은 추호도 사정 봐주지 않고 검을 휘둘렀다. 필사적으로 저항하던 사막 전사들이 피를 뿌리며 쓰러졌다. 단 한칼에 팔이 마비되어 시미터를 떨어뜨리는가 하면 목과 가슴이 꿰뚫려 피를 펑펑 쏟아냈다. 마치 어린 양 무리에 뛰어든 늑대가 닥치는 대로 살육을 하는 듯한 광경이었다. 남은 사막 전사들 중 가장 지위가 높은 자가 목청껏 고함을 질렀다.

"퇴각하라! 모두 알아서 몸을 빼도록……."

명령이 떨어지자 사막 전사들이 일제히 퇴각하기 시작했다. 제각기 시미터를 휘둘러 제국 기사들을 밀어낸 뒤 몸을 빼는 모습은 그들이 녹록지 않은 정예임을 보여주었다. 사막 전사들은 눈 깜짝할 사이에 흔적도 없이 사라져버렸다. 남은 것은 즐비한 시체뿐이었다.

"이 개자식들."

동료를 잃은 기사들이 분노해서 그들을 추격하려 했다. 그러나 경험이 많은 팔콘 전대장이 손을 들어 그것을 만류시켰다.

"그만, 추격하지 마라. 사막은 놈들의 보금자리다. 깊이 들어갔다가 역습을 당할 수도 있어."

그 말에 기사들이 연신 씨근거리며 추격을 멈췄다. 분노가 가라앉자 극심한 피로감이 몰려들었기에 기사들은 체면도 잊고 패잔병처럼 여기저기에 털썩털썩 주저앉았다. 리셀은 그 와중에도 까마귀 전대의 인원 점검을 하고 있었다.

"피해는?"

"다행히 전사자는 없습니다만 중상자가 둘 나왔습니다. 그리고 대원들 대부분이 경상을 입었습니다."

까마귀 전대의 피해는 무시하지 못할 정도였다. 우선 사막 전사들이 워낙 많아 협공술을 펼치기 어려웠다. 그 때문에 어지럽게 난전을 벌였고 결과적으로 많은 대원이 다쳤다. 그나마 대원들이 서로의 등을 지켜 주어서 전사자가 발생하지 않았다. 현재 까마귀 전대원들의 결속력은 다른 전대와는 비교조차 할 수 없었다.

"두 번 다시 검을 들지 못할 정도의 중상인가?"

"다행히 그렇지는 않습니다. 얼마간 요양하면 다시 싸울 수 있을 것입니다. 대장님께서 적 우두머리를 빨리 쓰러뜨려 주셔서 피해가 줄어들었습니다."

레인의 얼굴은 벌겋게 상기되어 있었다. 만약 적들이 후퇴하지 않았다면 이기긴 이겼으되 전사자가 속출했을 것이다.

"아무도 죽지 않아 다행이다. 들것을 만들어 중상을 입은 대원들을 옮기도록 하자."

바로 그때, 누군가가 다가왔다. 피로 칠갑을 한 팔콘 전대의 전대장과 부전대장 스탤론이었다. 그런데 그들의 눈에는 놀라운 빛이 역력했다. 도저히 믿지 못할 광경을 목격했기 때문이었다.

처음 백발이 성성한 사막 전사를 대면했을 때만 해도 팔콘 전대의 전대장 하워드는 상대를 한없이 얕잡아보았다.

"어디서 늙다리가 전쟁터에 기어 나오고 지랄이야?"

그러나 그는 금세 판단을 수정해야 했다. 단 몇 합을 나눈 것만으로 하워드는 백발의 사막 전사가 자신보다 훨씬 윗줄의 강자라는 사실을 알아차렸다. 그는 급히 지원을 요청했다.

"날 도와라, 부전대장. 나 혼자서는 감당할 수 없는 실력자이다."

괴력의 기사 스탤론이 가세했음에도 불구하고 전황은 나아지지 않았다. 오히려 백발의 사막 전사에게 밀려 고전에 고전을 거듭했다. 그는 그 정도로 뛰어난 실력을 가지고 있었다.

대장과 부대장이 그렇게 발이 묶여 있는 사이, 팔콘 전대원들은 사막 전사들의 조직적인 요격에 하나둘 쓰러져갔다. 까마귀 전대로 전령을 보낸 것은 바로 그때였다.

솔직히 말해 까마귀 전대의 힘으로 전세를 뒤엎을 것이란 생각은 애초부터 하지 않았다. 그저 까마귀 전대를 방패막이 삼아 팔콘 전대원을 하나라도 더 살려 퇴각시키려는 것이 전령을 보낸 의도였다. 하지만 까마귀 전대가 도착하자 상황은 판이하게 바뀌었다.

무엇보다도 까마귀 전대의 전대장 리셀의 무위는 직접 눈으로 목격하고도 믿기 힘든 지경이었다. 그토록 감당하기 힘들던 백발의 사막 전사가 단 세 합 만에 목이 달아나버렸다. 특히 검을 휘둘러 사람을 날려버리는 기술은 지금껏 듣지도 보지도 못했던 것이었다. 때문에 둘은 넋이 나간 듯 멍하니 리셀을 쳐다보기만 했다.

"철수해야 할 것 같습니다. 팔콘 전대의 사상자가 많은 것 같은데 까마귀 전대가 돕도록 하겠습니다."

둘은 그 말에 겨우 정신을 차렸다.

"지, 지원해줘서 고맙다. 덕분에 전대원을 살릴 수 있었다."

"별말씀을……. 그게 우리 소임이지요. 그나저나 적의 도주를 막지 못한 것이 걱정입니다."

"상관없다. 지금 까마귀 전대는 도주하는 적을 모조리 몰살

시킨 것보다 몇 배나 훌륭한 전과를 거뒀다. 그대들이 아니었다면 팔콘 전대는 아마 전멸했을 것이야."

팔콘 전대장 하워드는 전형적인 기사였다. 이전의 알력 따윈 어느새 털어버리고 진심으로 리셀에게 감사를 표하고 있었다.

"덕분에 부하들을 살릴 수 있었어. 진심으로 감사를 표하네."

"별말씀을."

두 전대는 즉각 철수 준비를 했다. 이번 작전으로 팔콘 전대가 입은 피해는 심각했다. 서른 명의 전대원 중 열 명이 죽었고 일곱 명이 더 이상 검을 잡을 수 없을 정도의 중상을 입었다. 중상자들 대부분이 팔이나 다리가 잘려나가 더 이상 기사로서 활약하지 못할 것 같았다. 지금껏 발톱 기사단이 입은 피해 중 가장 크다고 할 수 있었다. 물론 까마귀 전대의 경우를 제외하면 말이다.

전사자의 시체를 말 등에 실은 팔콘 전대가 느릿하게 이동하기 시작했다. 그 뒤를 까마귀 전대를 태운 말이 터덜터덜 걸어갔다.

제9장
나이트 리셀

　함정에 빠진 팔콘 전대를 구해내고 사막 전사들을 패퇴시킨 이번 전과로 인해 발톱 기사단에서 까마귀 전대를 보는 눈빛이 완전히 변해버렸다.

　"까마귀 전대장이 그렇게 무시무시한 실력을 갖췄다면서?"

　"믿을 수가 없군. 아직까지 서임받지도 못한 견습기사인데 말이야."

　"까마귀 전대원들의 실력도 이전과는 비교조차 하기 힘들 정도로 향상되었다던데 그게 사실이야?"

　"그렇다고 하더군. 사실 한동안 까마귀 전대원들이 시내에서 안 보이지 않았나? 병사들의 말에 의하면 그들은 거의 하

루 종일 연무장에서 수련을 했다고 하더군. 아침부터 저녁까
지 말이야.”

그 말을 들은 기사가 질린 표정을 지었다.

“어떻게 하루 종일 수련을 할 수 있지? 하루 네 시간 하는
수련 과정도 힘이 들어 숨이 턱턱 막히는데 말이야.”

“까마귀 전대원들의 속을 내가 어찌 알겠어? 어쨌거나 까마
귀 전대는 더 이상 미운 오리 새끼가 아니야.”

전과가 보고되자 지휘부는 발칵 뒤집혔다. 사막 전사들이
역으로 함정을 파서 기다린 것도 충격이었지만 팔콘 전대가
감당하지 못한 적을 까마귀 전대가 나서서 분쇄해 버렸다는
사실이 더욱 놀라웠다.

“까마귀 전대의 변화가 놀랍군.”

그레고리 자작은 즉각 이 사실을 지휘부에 알렸다. 소식을
들은 브렌트 백작은 전령을 보내 까마귀 전대장인 리셀을 불
러들였다.

“부르셨습니까?”

집무실에 들어온 리셀을 브렌트 백작이 잔잔한 눈빛으로 쳐
다보았다.

“먼 길 오느라 수고했네. 앉지.”

리셀은 브렌트 백작이 권하는 대로 의자에 앉았다. 그런데
리셀을 쳐다보는 브렌트 백작의 심경은 착잡했다.

‘이 녀석이 이렇게 성장했을 줄이야.’

그는 조금 전 간부 회의에서 나온 주제를 떠올려 보았다. 간부들은 입을 모아 까마귀 전대를 정식 전대로 승격시키자는 의견을 냈다.

“까마귀 전대를 승격시켜야 합니다. 입증된 전투력으로 보아 충분히 그럴 만한 자격이 있습니다.”

“까마귀 전대는 이번에 정말 큰 공을 세웠습니다. 지금처럼 보조 전대로 방치해두는 것은 남부군에게 큰 손실입니다.”

그때, 브렌트 백작이 조심스럽게 의견을 개진했다.

“전대장을 교체하는 것은 어떨까? 명망 높고 실력이 검증된 기사로 말이야.”

간부들은 이구동성으로 그 의견에 반대하고 나섰다.

“천부당만부당합니다! 지금의 까마귀 전대를 만들어낸 자는 다름 아닌 현전대장 리셀입니다. 지금 발톱 기사단뿐만 아니라 남부군 전체를 통틀어 봐도 까마귀 전대처럼 열심히 훈련에 몰입하는 부대는 없습니다.”

“일전에 한 번 가서 본 적이 있습니다만 한 마디로 놀랍더군요. 그들이 매일매일 소화하는 훈련량을 감안하면 지금처럼 성장한 것이 전혀 이상하지 않습니다.”

이미 까마귀 전대의 혹독한 훈련 과정은 남부군 전체에 정평이 나 있었다. 브렌트 백작이 전대장 교체를 강행하면 많은 간부들이 발 벗고 나서서 반대할 것이었다. 리셀에게서 시선을 거둔 브렌트 백작이 남몰래 한숨을 내쉬었다.

'난감하군.'

사실 리셀은 브렌트 백작에게 있어 최고의 고민거리였다. 혹시라도 리셀이 나중에 아그리아 공작가에 붙들리기라도 한다면 그와 황실의 입장이 난처해지기 때문이다. 바로 그 때문에 브렌트 백작은 충군형이라는 명목으로 리셀을 남부군에 붙들어두었다.

리셀을 장거리 정찰대에 배속시킬 때까지만 해도 이런 걱정을 하리라곤 생각하지 않았다. 장거리 정찰대는 그 정도로 위험한 병과였다. 솔직히 말해 브렌트 백작은 리셀이 장거리 정찰대에서 임무를 수행하다 조용히 전사하기를 바라고 있었다. 말썽의 소지가 있는 리셀이 죽어버리는 것이 그와 황실에 이득이 되기 때문이었다.

하지만 리셀은 장거리 정찰대에 훌륭히 적응해 냈다. 그대로 내버려 둔다면 무리 없이 5년의 복무기간을 채울 것 같았기에 브렌트 백작은 황급히 손을 썼다. 승진이라는 명목으로 그를 까마귀 전대로 보낸 것이다.

'까마귀 전대로 보낸다면 한 달도 되지 않아 조용히 사라지겠지.'

간단히 말해 임무 수행 과정에서 전사하라고 까마귀 전대장으로 발령을 낸 것이나 다름없었다. 하지만 리셀은 까마귀 전대에서도 훌륭히 버텨냈다. 아니, 버텨낸 정도가 아니라 대원들을 혹독하게 훈련시켜 까마귀 전대를 무시할 수 없는 정예 부대로 키워냈다. 실로 놀라운 능력이 아닐 수 없었다. 리셀은 이제 브렌트 백작이 섣불리 좌지우지하지 못하는 위치에 올라 있었다.

브렌트 백작은 더 이상 리셀을 다른 곳으로 배속시킬 엄두를 내지 못했다. 만약 그렇게 한다면 먼저 까마귀 전대원들이 벌떼처럼 들고일어날 것이며 남부군 간부들 사이에서도 반대 의견이 속출할 것이다. 뛰어난 실력의 전대를 공중분해시키려는데 어느 간부가 반발하지 않을 것인가? 결정을 강행할 경우 어쩌면 브렌트 백작의 의도를 눈치채는 자가 생길지도 모르는 일이었다.

'정말 골치 아프군.'

브렌트 백작이 죽은 아너프리의 얼굴을 떠올려 보았다.

'아너프리 경. 인재를 보는 경의 눈이 정말 정확하구려. 어떻게 저런 놀라운 녀석을 길러 낼 생각을 하시었소.'

쓸쓸히 머리를 흔들어 잡념을 날려버린 브렌트 백작이 정색을 하고 리셀을 쳐다보았다.

"내가 자네를 부른 이유는 간단하네. 간부 회의에서 까마귀 전대를 더 이상 보조 전대로 놔둘 수 없다는 의견이 나왔네."

"그렇습니까?"

"그렇다네. 까마귀 전대를 정식 전대로 승격시키려고 하는데 자네 생각은 어떠한가?"

말을 하면서 브렌트 백작은 리셀의 얼굴을 유심히 살폈다. 혹시라도 자신의 의도를 알아차리지는 않았나, 확인해 보려는 것이다. 자신이 리셀을 장거리 정찰대와 까마귀 전대로 보낸 이유는 가서 죽으라는 의미였다. 그 사실을 파악했다면 분명 리셀은 브렌트 백작에게 적의를 품고 있을 것이다. 아무리 겉으로 티를 내지 않더라도 사람 보는 데 도가 튼 브렌트 백작의 눈을 속일 순 없다. 그는 두런두런 대화를 나누며 리셀을 계속해서 살폈다. 결과는 오래지 않아 나왔다.

'이 녀석은 전혀 눈치채지 못하고 있어. 오히려 나에게 호감까지 가지고 있군.'

브렌트 백작의 입가에 미소가 떠올랐다. 그렇다면 방법은 간단했다. 리셀을 확실하게 자기 사람으로 삼아버리면 모든 것이 해결되는 것이다. 그는 즉시 리셀을 거두기 위한 준비 작업에 들어갔다.

"까마귀 전대를 정식 전대로 승격시키는 데에는 한 가지 걸림돌이 있어."

"그것이 무엇입니까?"

"정규 전대의 전대장은 반드시 정식으로 서임받은 정규 기사라야 하네. 그렇지 않을 경우 정식 전대로 승격시킬 수가 없네."

리셀의 눈이 커졌다.

"그렇다면 저 말고 다른 정규 기사가 까마귀 전대장으로 부임하게 되는 것입니까?”

“그렇지 않아. 솔직히 말하겠네. 나는 자네 말고는 지금처럼 까마귀 전대를 휘어잡을 수 있는 사람이 없을 것이라 생각하네. 자네도 그렇게 생각하지 않나?”

리셀이 묵묵히 고개를 끄덕였다.

“아마 그럴 것입니다. 저희 까마귀 전대의 결속력은 상상을 초월하니까요.”

“그렇다면 방법은 한 가지뿐이야. 자네가 정규 기사가 되는 것일세.”

리셀이 깜짝 놀랐다. 어떻게 자신이 정규 기사가 될 수 있다는 말인가?

“솔직히 이해가 잘되지 않습니다만.”

“그 사람, 고지식하기는. 내가 자네를 정규 기사로 만들어 주겠다는 뜻일세. 나, 브렌트 백작의 이름으로 기사 서임을 해 주겠다 이 말이야.”

리셀은 충격에 휩싸였다. 기사 서임. 그것은 결코 간단하게 생각할 성질의 문제가 아니었다.

기서 서임을 받는다는 것은 곧 목숨을 걸고 충성할 주군을 모신다는 뜻이다. 기사라면 설사 어떠한 경우에도 주군을 배신할 수 없다. 평생 주군의 충실한 칼이 되어 죽을 때까지 충성을 바쳐야 한다.

설사 주군이 국가의 반역자로 전락하더라도 기사는 충성 서약을 저버릴 수 없다. 그야말로 운명을 같이 하는 것이다. 그런데 뜻밖에도 브렌트 백작이 리셀에게 기사 서임을 조건으로 충성 서약을 받으려 하고 있었다.

일반적으로 기사 서임은 최소한 백작 이상의 대귀족만이 행할 수 있다. 그렇다고 해서 남작이나 자작 같은 군소 귀족들은 할 수 없다는 법규 같은 게 있는 건 아니었다. 그들 역시 자신에게 충성을 맹세한 자를 기사로 삼을 자격이 있다. 다만 그렇게 서임받은 기사들이 대외적으로 널리 인정받지 못할 뿐이다.

현재 자작이나 남작가에 소속된 기사들은 대부분 그런 경우였다. 그러나 그들은 다른 영지에 가서 섣불리 자신의 신분을 내세우지 못한다. 쉽게 말해 끗발이 먹히지 않기 때문이다.

그러나 백작 이상의 고급 귀족이 서임해 준 경우에는 어디에서나 당당하게 신분을 밝힐 수 있다. 특히 브렌트 백작처럼 명장으로 소문난 무장에게서 서임받은 기사라면 누구에게라도 인정받는다.

리셀이 당황해서 브렌트 백작을 쳐다보았다.

"이해하기 힘들군요. 왜 저를……."

"자네 정도의 인재가 탐나지 않는다면 거짓말이겠지. 어떻게 하겠는가? 자네가 결정을 내리면 까마귀 전대는 그 즉시 정식 전대로 승격될 것일세."

그러나 리셀은 고민하지 않았다.

“제게 그런 제안을 해 주신 것은 감사드립니다. 하지만 저는 받아들일 수 없습니다.”

브렌트 백작의 눈매가 가늘어졌다. 설마 리셀이 생각해보지도 않고 거절할 줄은 몰랐다.

“왜 그런 결정을 내렸지? 설마 내가 자네 주군으로서 부족한가?”

“결코 그렇지 않습니다. 다만 저는 반드시 루카스 후작가로 가서 마스터의 유명을 받들어야 합니다. 그렇기 때문에 백작님의 제의를 거절할 수밖에 없습니다.”

“마스터의 은혜를 갚는 방법은 여러 가지가 있어. 우선 내가 자네를 얻는 대신 루카스 후작가에 충분한 대가를 치러줄 것일세. 루카스 후작가가 흡족해하고 남을 만큼 말이야.”

그러나 리셀의 뜻은 확고했다.

“마스터께서는 한낱 산골 마을의 고아였던 저에게 자신의 모든 것을 주셨습니다. 그 어느 것도 아끼지 않으셨지요. 저는 도저히 그분께 한 맹세를 어길 수가 없습니다.”

“맹세를 했단 말인가?”

“그렇습니다. 저는 그분께 기사의 맹세를 했습니다. 반드시 루카스 후작가를 찾아가서 헌신하겠다고 말입니다.”

지금 리셀의 눈앞에는 죽은 아너프리의 영상이 떠올라 있었다. 그는 큰 부상을 입은 상태에서도 리셀을 지도해 주었다. 자신의 생명력까지 갉아먹어가면서 말이다.

‘이런!’

브렌트 백작은 맥이 탁 풀리는 것을 느꼈다. 그러나 쉽사리 포기할 생각은 없었기에 그는 까마귀 전대까지 들먹이며 협박을 했다.

“그렇다면 까마귀 전대를 정식 전대로 승격시킬 수 없네.”

“그거야 어쩔 수 없는 일이지요.”

일말의 미련도 없이 고개를 끄덕이는 리셀을 보며 브렌트 백작은 일이 글렀음을 알아차렸다. 리셀은 결코 그가 거둘 수 없는 인물이었다.

‘어쩔 수 없군.’

브렌트 백작은 결국 결단을 내렸다. 리셀을 더 이상 사지로 보내는 것은 어려운 일이다. 까마귀 전대는 이제 전 남부군 장교들의 주목을 받고 있었다. 리셀이 속한 까마귀 전대를 터무니없는 임무에 투입하는 것은 총사령관인 브렌트 백작에게도 불가능한 일이 되었다. 브렌트 백작의 얼굴에 체념의 빛이 떠올랐다.

‘할 수 없지. 이번 기회에 이 녀석에게 조금이나마 빚을 지워놓는 수밖에…….’

냉철한 관점으로 볼 때 리셀은 결코 적으로 삼아서는 안 될 종류의 사람이다. 그러나 브렌트 백작은 리셀과의 관계에서 첫 단추를 잘못 끼웠다. 혹시라도 나중에라도 리셀이 자신의 속마음을 알아차린다면 상당히 골치가 아파질 것이다.

그러니 기회가 있을 때 리셀에게 은혜를 베풀어 놓는 것이 현명한 판단일 것 같았다. 마음을 정한 브렌트 백작이 입을 열었다.

"자네 뜻이 그토록 확고하니 어쩔 수 없지. 그렇다면 이 방법은 어떤가? 그리 흔한 경우는 아니지만 말이야."

"무슨 방법 말씀이십니까?"

"난 반드시 까마귀 전대를 정식 전대로 만들 생각일세. 그러려면 자네를 정규 기사로 만드는 수밖에 없지. 그래서 생각해 낸 방법이야."

브렌트 백작의 말을 들은 리셀이 깜짝 놀랐다.

"일단 나에게 서임을 받게. 정규 기사가 되면 자넬 곧바로 자유 기사 신분으로 풀어주겠네. 충성 서약을 받지 않고 말일세. 그렇게 할 경우 자네는 아무런 걸림돌 없이 루카스 후작가로 찾아가 마스터의 은혜를 갚을 수 있게 되네. 게다가 견습기사보다는 정식으로 서임받은 자유 기사의 신분으로 찾아가면 더욱 환대받을 것일세."

리셀의 눈이 부릅떠졌다. 브렌트 백작의 말대로라면 기사 서임을 받지 않을 이유가 없었다. 오히려 리셀에게는 이득이었다. 마스터에게 한 기사로서의 맹세를 저버리지 않아도 될 뿐더러 까마귀 전대를 정식 전대로 승격시킬 수 있다. 무엇보다도 리셀의 신분이 판이하게 변해버린다. 정식으로 서임받은 정규 기사와 견습기사 사이에는 하늘과 땅 정도의 신분적 격차가 존재한다.

"하, 하지만 어째서 저에게 그런 제안을 하시는지……."

"이번에 자네가 세운 공의 보상이라고 생각하게. 그럼 어떻게 하겠나?"

브렌트 백작은 달리 꿍꿍이가 있었다. 그가 보는 관점에서 리셀은 뻗어나갈 가능성이 무한한 젊은 사자였다. 보고서대로의 무위라면 어쩌면 남부군에서 열 손가락 안에 들 만큼 강할 수도 있었다. 브렌트 백작은 나중에 리셀을 적으로 만나게 될 경우를 대비해 이런 결정을 내렸다.

브렌트 백작이 말한 대로 서임식만 해준 뒤 충성 서약을 받지 않고 자유 기사로 풀어준다면 공식적인 관계는 더 이상 이어지지 않는다. 그러나 정규 기사가 된 리셀에겐 죽을 때까지 브렌트 백작의 이름이 따라다니게 된다.

—저는 브렌트 백작님으로부터 서임받은 기사 리셀입니다

이 말은 리셀이 평생 자신을 소개할 때 해야 하는 인사말이다. 그것 자체로도 리셀과 떼려야 뗄 수 없는 관계를 맺게 되는 것이다. 그런 리셀이 어찌 브렌트 백작가를 적대할 수 있겠는가?

'이 녀석처럼 고지식한 녀석이라면 결코 나와 내 가문에 해를 끼치는 행동을 하지 않을 것이다. 그리고 내가 황제 폐하께 충성하는 한 황실에 대해서도 마찬가지겠지?'

이게 브렌트 백작이 내린 결정의 속사정이었다.

"그래 어떻게 하겠나? 내 제안을 받아들이겠나?"

"그래도 괜찮겠습니까?"

"물론이지. 나 역시 자네 정도로 훌륭한 인재에게 기사 서임을 해줄 수 있다는 사실이 무척이나 기쁘네."

결정을 내린 리셀이 묵묵히 고개를 끄덕였다.

"알겠습니다. 백작님의 제의를 받아들이겠습니다."

리셀의 기사 서임식은 일사천리로 진행되었다. 브렌트 백작의 가신과 기사단, 그리고 까마귀 전대원 전원이 모인 가운데 브렌트 백작이 정식으로 리셀에게 기사 자격을 부여했다.

"나 브렌트 백작은 가문의 명예를 걸고 황제 폐하의 이름하에 견습기사 리셀에게 기사 자격을 부여한다. 정식으로 서임받은 기사로서 기사도에 충실하고 레이디에게 헌신하며 불의에 맞서 싸우는 것을 두려워하지 않고 약자에게 관용을 베풀 것을 다짐하겠는가?"

브렌트 백작은 의도적으로 주군에게 충성을 바친다는 문구를 뺐다. 우선 자신에게 충성을 바칠 리셀이 아니었고 서임식이 끝난 뒤 곧바로 자유 기사로 풀어줄 예정이기 때문에 그런 것이다. 리셀이 묵묵히 대답했다.

"그렇게 하겠습니다."

"좋아. 지금 이 시간부로 리셀은 정식으로 서임받은 정규 기사가 되었다."

말을 마친 브렌트 백작이 예식용 검으로 리셀의 양어깨를 두드렸다. 그 모습을 지켜보던 까마귀 전대원들이 환호성을 내질렀다.

"만세!"

"리셀 전대장님의 정규 기사 서임을 진심으로 축하드립니다."

환호성이 잦아들 무렵 브렌트 백작이 식을 계속 진행했다.

"원래는 서임을 마친 뒤 충성 서약을 받아야 한다. 그러나 나이트 리셀과 약속한 내용이 있으므로 그 과정은 생략하겠다. 그리고 나는 나이트 리셀을 아무런 조건 없이 자유 기사 신분으로 풀어주겠다."

그 말에 브렌트 백작의 가신들은 충격에 휩싸였다. 자유 기사로 풀어줄 거면 왜 이런 거창한 서임식까지 열어 기사로 임명한단 말인가? 지금껏 이런 경우는 듣도 보도 못했다. 그러나 가신 된 입장에서 감히 주군이 내린 결정에 왈가왈부할 수 없었다.

이미 약속이 되어 있었기에 리셀은 담담한 표정을 짓고 있었다. 브렌트 백작은 리셀이 자유 기사가 되었음을 모두의 앞에서 선언함으로써 모든 의식을 끝냈다.

"축하하네. 자넨 이제 정규 기사야. 동시에 어디에도 소속되지 않은 자유 기사이기도 하지."

"감사합니다. 이 은혜 잊지 않겠습니다."

“물론이지. 결코 잊어서는 아니 되네. 허허허.”

서임식이 끝나고 리셀은 대원들과 함께 막사로 복귀했다. 브렌트 백작은 명령서를 내려 까마귀 전대 역시 정식 전대로 승격했음을 발톱 기사단에 널리 알렸다. 각급 전대장들의 반응은 비교적 긍정적이었다.

“의당 그래야지. 까마귀 전대라면 충분히 정규 전대가 될 자격이 있어.”

“사실 승격이 한참이나 늦은 셈이지.”

반면 드래곤 전대나 그리폰, 와이번 전대처럼 상위의 전대들은 그 사실을 고깝게 보았다. 까마귀 전대와는 달리 구성원 대부분이 유서 깊은 귀족 가문의 자손이나 기사들로 이루어져 있기 때문이었다.

“그런 허접한 쓰레기들이 우리와 같은 정식 전대로 승격하다니 이해가 되지 않는군.”

“비록 정식으로 서임받기는 했어도 까마귀 전대장은 원래 충군형을 받고 복무하는 자라고 하더군.”

그러나 고깝더라도 어쩌겠는가. 남부군 총사령관인 브렌트 백작이 정식으로 내린 명령서인데 말이다.

그날 까마귀 전대의 연무장에서는 대대적으로 잔치가 열렸다. 리셀이 정규 기사가 된 것을 축하하기 위해 대원들이 준비한 축하연이었다.

"축하드립니다. 대장님."

"이제 우리 전대도 정식 전대가 되었군요."

연무장 한복판에 피운 모닥불 위로 꼬챙이에 꿰인 새끼 돼지가 지글지글 기름을 떨어뜨리며 익어가고 있었다. 대원들은 흥분과 취기로 인해 달아오른 얼굴로 술을 마시고 고기를 먹었다. 리셀 역시 대원들과 함께 기쁨을 나누었다.

"사실 리셀 전대장님은 진작 기사가 되셨어야 합니다."

"그럼요. 발톱 기사단에서 그 누가 리셀 전대장님을 실력으로 누를 수 있단 말입니까?"

연이은 칭찬에 리셀이 머쓱해했다.

"그만 해라. 실력은 결코 절대적이지 않아. 제아무리 강한 기사도 방심하면 칼을 맞을 수 있어."

"리셀 전대장님이 누구에게 진다는 것은 도무지 상상이 가지 않습니다."

두런두런 대화를 나누며 술잔을 부딪치는 대원들이었다. 그런데 리셀의 앞에는 술잔이 놓여 있지 않았다. 그럼에도 불구하고 대원들은 누구 하나 리셀에게 술을 따라줄 생각을 하지 않았다. 아니, 감히 그럴 수 없다는 게 정확한 판단이었다.

리셀을 한 번 골탕먹여보려다 대원들은 확실하게 혼쭐이 났다. 그 고생을 하고도 리셀에게 술을 권할 자는 아무도 없었다.

"리셀 대장님은 이제 걱정이 없으시겠습니다. 얼굴도 잘생

기셨고 검술 실력은 천하무적이고 거기에다……, 술도 비인간적으로 세시고 말입니다."

"솔직히 말해 술을 무슨 맛으로 먹는지 모르겠다. 쓰기만 할 뿐 아무런 맛도 느낄 수 없어."

"술이란 것은 원래 인생의 쓴맛을 보고 난 후에야 달게 느껴집니다. 아직까지 인생의 쓴맛을 보지 않으셨나 보군요?"

윌슨의 너스레에 대원들이 너털웃음을 터뜨렸다. 그 모습에 리셀이 쓸쓸히 웃었다. 윌슨의 말과 달리 씁쓸했던 일을 벌써 여러 번 경험해본 리셀이었다. 그때 모닥불 쪽으로 왜소한 체형의 그림자가 다가왔다.

"조금 늦었어요. 가지고 올 게 있어서……."

가느다란 음성, 파디아였다. 그녀는 무척 소중한 듯 조그마한 단지를 품에 꼭 안고 있었다. 그녀가 지나칠 때 윌슨이 손을 뻗어 엉덩이를 짝 하고 때렸다.

"왜 이렇게 늦었느냐? 너도 우리 까마귀 전대원이다. 자축연에 늦으면 안 되지. 어이쿠. 이거 보게. 엉덩이가 실한 것을 보니 이제 시집보내도 되겠구나."

느닷없이 엉덩이를 두들겨 맞은 파디아가 눈을 흘겼다.

"윌슨 기사님. 정말 그럴 거예요? 복수할 거예요."

"행. 네 복수는 하나도 무섭지 않다. 그래, 어떻게 복수하려고?"

파디아가 묘한 표정을 지으며 품에 안고 있던 단지를 들어

올렸다.

“리셀님이 쓴 술을 싫어하신다고 해서 제가 특별히 술을 담가 왔어요. 과일과 벌꿀로 담근 술이라 매우 향기롭고 달콤하지요. 다른 기사님들까지 드실 수 있게 넉넉하게 담갔지만 한 명은 예외에요. 윌슨 기사님은 국물도 없을 줄 알아요.”

그녀의 말에 대원들이 너털웃음을 터뜨렸다.

“크하하하. 파디아가 제대로 한 방 먹였구나.”

“그러게 왜 파디아를 건드렸어?”

윌슨은 울상이 되었다. 술이라면 환장하는 그에게 있어 직접 담근 새로운 술을 맛보지 못한다는 것은 고문보다도 참기 힘든 일이다. 결국 윌슨은 애처로운 눈빛으로 파디아를 올려다보며 두 손을 싹싹 비볐다.

“항복이다, 항복. 파디아, 제발 용서해다오.”

그제야 파디아가 배시시 웃으며 고개를 끄덕였다.

“좋아요. 이번 한 번만 용서해 드리도록 하지요.”

파디아가 대원들과 스스럼없이 장난치는 모습을 리셀이 빙그레 웃으며 쳐다보았다. 불과 얼마 전만 해도 꿈도 꾸지 못하던 일이다.

리셀의 막사에서 지낼 수 있게 된 후부터 파디아는 좀처럼 외출을 하지 않았다. 리셀의 심부름을 해야 할 경우에만 군모를 푹 눌러쓰고 나갈 뿐이었다. 그녀가 외출을 꺼려하게 된 이유는 사람들의 적의 어린 시선 때문이었다. 제국군은 레오폰 왕국과 싸우며 무수한 인명손실을 입었다. 남부군에 소속된 병사들은 예외 없이 사막 전사들에게 전우를 잃은 경험이 있다. 그런 그들이 파디아를 곱게 쳐다볼 리가 없었다.

"더러운 레오폰 계집!"

"네년의 동족 때문에 내 동료가 죽었어."

그나마 살기 어린 눈빛으로 쳐다보거나 침을 뱉는 경우는 양반이었다. 심할 경우 손찌검을 하거나 걷어차는 경우도 있었고 심지어 칼을 뽑아들고 죽이려 하는 병사도 있었다. 만약 그녀의 보호자가 리셀이 아니었다면 파디아는 지금까지 살아남기 힘들었을 것이다.

까마귀 전대에 오고 나서도 그런 사정은 크게 변하지 않았다. 까마귀 전대원들은 특히나 레오폰 왕국인에 대한 증오심이 컸다. 사막 전사의 칼에 얼마나 많은 대원들이 죽어갔던가? 그러나 훈련이 시작되고 전사자가 발생하지 않게 되면서부터 사정이 서서히 바뀌었다.

대원들은 이제 파디아가 리셀의 밤 시중을 드는 여인이 아니라는 사실을 똑똑히 인지했다. 단순히 리셀에게 레오폰 말을 가르치고 간단한 심부름만 해주는 존재란 사실을 깨달은 것이다. 처음에는 대원들도 그 사실을 알고 상당히 어처구니 없어했다.

"별일이시군요. 조금 어리긴 하지만 여자와 한 막사에서 같이 자면서 건드리지 않았다니 말입니다."

"왠지 모르게 여동생 같아서 말이다. 사실 난 형제가 없어서 귀여운 여동생을 무척이나 갖고 싶었거든."

"그래도 레오폰 여자 아닙니까? 까무잡잡하고 생김새가 특이한데 어찌?"

"어쨌거나 난 파디아를 건드릴 생각이 없다."

그 말을 들은 대원들의 눈빛이 묘해졌다.

"취향이 남다르신가 보군요."

"혹시 여자보다 남자를 더 좋아하시는 것 아닙니까? 아니면 혹시 불능…… 꾸에엑!"

눈치 없이 말하던 대원 하나가 뒤통수에 큼지막하게 난 혹을 부여잡고 몸을 웅크렸다. 레인이 주먹을 불끈 움켜쥐고 분노의 일격을 날린 것이다.

"미친놈. 한 대 더 맞아라."

"죽고 싶어서 환장했군."

대원들이 한 대씩 쥐어박는 모습을 본 리셀이 쓴웃음을 지었다.

"남색 취향은 아니야. 말만 들어도 소름이 오싹 끼쳐오니까 말이야. 그리고 불능 역시 아닌 것 같다. 아침에 일어날 때마다 아랫도리에 천막이 서니까."

"흠. 이상하군요. 전혀 욕정이 일지 않습니까?"

그 말에 리셀이 생각에 잠겨 들어갔다.

'지금 생각하니 좀 이상하긴 하군.'

사실 피 끓는 나이의 젊은 리셀이다. 그런 그가 어리고 매력적인 파디아와 한 방을 쓰면서 욕정을 느끼지 않는다는 것은 확실히 정상이 아니다. 게다가 파디아는 리셀이 원한다면 언제든지 치마끈을 풀 여인이었다.

오히려 그녀는 종종 촉촉한 눈빛으로 리셀을 유혹해 왔다. 그때마다 자신도 모르게 아랫도리에 힘이 불끈 들어가는 리셀이었다. 그러나 파디아가 기대했던 일은 일어나지 않았다. 리셀이 명철히 이유를 분석해냈다.

'마나야. 마나 때문이었어.'

흥분해서 혈액 순환이 빨라지면 어김없이 마나홀의 마나가 깨어난다. 마나가 머리를 일깨우는 순간 욕정은 흔적도 없이 사라져버린다. 바로 그 때문에 리셀은 파디아의 유혹에 빠져들지 않았다. 그 사실을 떠올린 리셀이 쓴웃음을 지었다.

'마나를 운용하게 된 게 꼭 좋은 일만은 아니로군.'

머리를 내저은 리셀이 대원들에게 에둘러서 말했다.

"마스터께서는 평소 금욕과 절제를 강조하셨다. 그 가르침을 이행할 뿐이야."

"언제나 저희들을 놀라게 만드십니다. 대장님은……."

납득하기 어려운 이유였지만 리셀의 말이기에 대원들은 믿었다. 그리고 파디아에게 잘 대해주기로 결정했다. 동료들을 죽인 자들은 전사들이지 파디아 같은 어린 소녀가 아니다. 게다가 그녀가 리셀의 막사에서 꼼짝도 하지 않는 것이 좀 안쓰

럽기도 했다.

가장 먼저 파디아에게 말을 건 대원은 가장 넉살이 좋은 윌슨이었다. 조심스럽게 주위를 살피며 막사를 나서던 파디아를 보고 윌슨이 먼저 인사를 했다.

"안녕, 파디아. 대장님의 식사를 타러 가는 게냐?"

갑작스럽게 인사를 받은 파디아가 화들짝 놀라 다시 막사로 달려 들어갔다. 마치 맹수를 본 토끼 같은 반응이었다. 그 모습을 본 윌슨이 혀를 찼다.

"쯧쯧. 얼마나 괴롭힘을 받았으면……."

파디아는 대원들에게 쉽게 마음을 열지 못했다. 그동안 받은 적의로 인해 마음이 꽁꽁 얼어붙어 있었던 것이다. 그런 파디아와 친해지기 위해 대원들은 상당히 공을 들였다. 그리고 우연한 기회에 파디아의 경계심을 누그러뜨릴 수 있었다.

어느 날 수건을 빨러 개울로 나간 파디아를 서너 명의 병사들이 둘러쌌다.

"왜, 왜 이러세요?"

겁에 질려 주춤주춤 물러서는 파디아를 향해 병사들이 팔을 걷어붙이며 다가갔다.

"정말 잘 만났다. 오늘 전투에서 절친한 전우가 죽었어. 네년 같은 레오폰 족속들이 죽였단 말이야."

"그 앙갚음을 해야겠다. 일단은 흠씬 두들겨 맞자. 그다음은? 흐흐흐. 상상에 맡기지."

살기를 피워 올리며 접근하는 병사들을 보고 파디아는 극도로 겁에 질려 그 자리에 주저앉았다. 수건을 깨끗하게 빨기 위해 막사에서 조금 떨어진 개울로 나온 것이 화근이었다. 공교롭게도 바로 그때, 월슨을 비롯한 십여 명의 까마귀 전대원들이 그 광경을 목격했다.

"이런 개자식들이 감히 우리 까마귀 전대의 마스코트를?"

"죽고 싶어서 환장했군. 건드릴 것이 없어서 어디 우리 파디아를……."

애초부터 상대가 안 되는 싸움이다. 세 명의 대원이 파디아를 보호하며 다독여 주었고 나머지 일곱 명의 대원들은 불운한 병사들을 늘씬하게 짓밟기 시작했다.

"으아악. 잘못했습니다. 살려주십시오."

"제, 제발."

결국 파디아를 건드리려 했던 병사 네 명은 거의 죽을 만큼 두들겨 맞고 뻗어버렸다. 말 그대로 비 오는 날 먼지가 풀풀 나도록 구타당한 것이다. 응징을 마친 대원들은 파디아를 철통같이 에워싼 채 막사까지 호위해 주었다.

"혹시라도 건드리는 녀석이 있으면 생김새를 기억해 두었다가 알려다오. 지금보다 더 잔인하게 응징해주마. 결코 잊지 못하도록."

"널 건드리는 녀석은 설사 기사라도 박살을 내어버리겠다."

이후 파디아는 대원들에게 마음을 열었다. 고마운 마음에 수련할 때 쓰는 수건을 빨아주기도 했고 간단한 간식거리를 준비해 주기도 했다. 그런 파디아에게 대원들은 더욱 살갑게 대했다. 그리하여 지금처럼 스스럼없이 장난을 주고받는 사이까지 발전하게 된 것이다.

모닥불로 다가온 파디아가 발그레한 얼굴로 리셀의 옆에 착 달라붙었다. 소중하게 안고 온 항아리를 개봉하는 손길이 살짝 떨렸다.

"제가 직접 담근 술이에요. 결코 쓰지 않을 테니 한 번 맛보세요."

리셀이 빙그레 웃으며 잔을 들어 올렸다.

"고맙구나."

한 잔 마시자 감미로운 맛이 혀끝에 맴돌았다. 파디아의 말대로 맛이 매우 달콤했다. 도수도 그리 높지 않아 리셀이 마시기에 딱 좋은 수준이었다.

"맛있군. 훌륭하다."

"정말이에요?"

파디아가 볼을 더욱 붉게 물들이며 몸을 비비 꼬았다. 그 모습을 본 대원들이 박장대소를 터뜨렸다.

"크하하하. 파디아가 대장님에게 정통으로 꽂혔구나."

"그럼, 그럼. 대장님 정도면 그 어떤 여자라도 반할법하지. 파디아 힘내라! 파이팅!"

파디아가 뽀로통한 표정으로 대원들을 흘겨보았다.

“놀리지 말아요.”

“어이쿠. 지금 파디아를 건들면 안 되지. 내가 잘못했다. 그러니 담가 온 술을 맛이라도 보게 해주렴.”

금세 얼굴을 푼 파디아가 직접 담근 술을 대원들에게 한 잔씩 따라주었다.

“와. 이거 맛있는데? 달착지근한 게 뒷맛이 그만이야.”

“앞으로 종종 담가 달라고 해야겠는걸?”

그 말에 파디아가 손가락을 들어 가볍게 흔들었다.

“꿈도 꾸지 마세요. 오직 전대장님을 위해서만 담글 거니까요.”

“크하하하.”

대원들이 터뜨리는 너털웃음이 밤하늘 사이로 퍼져 나갔다. 그렇게 까마귀 전대는 리셀의 정규 기사 승격을 축하하며 하얗게 밤을 지새우고 있었다.

제10장
빛나는 무명

세월이 훌쩍 지나갔다. 남부 전선의 상황은 여전히 소모전 양상을 띠고 있었다. 브렌트 백작은 노련하게 병력을 통솔하여 전선을 굳건히 지키고 있었지만 기다리고 기다리던 레오폰 왕국 정벌군은 좀처럼 구성되지 않았다. 여러 고급 귀족 가문들의 의견이 상충되어 정벌군 구성이 늦어졌기 때문이었다.

사실 아스트리아 제국의 주변국 정벌은 다분히 정책적이었다. 제국은 정복한 나라의 영토와 자원을 탐내기보단 종주국을 만드는 데 주력했다. 아스트리아 제국은 자원이 넘쳐나는 부유한 강대국이다. 구태여 주변국을 침략해서 물자를 빼앗아야 할 이유가 전혀 없는 것이다.

그 사실은 아스트리아 제국 특유의 조공 무역만 봐도 충분히 알 수 있었다. 아스트리아 제국은 상인들의 민간 무역 외에 정식으로 사신단을 교환하는 조공 무역을 행한다. 속국들이 사신단을 통해 특산물을 바치면 그 답례로 풍성한 하사품을 내리곤 했는데 그 값어치는 속국이 보낸 것의 몇 배에 달했다. 다시 말해 무역을 하면 할수록 오히려 아스트리아 제국이 손해를 보는 구조였다.

그렇다면 아스트리아 제국은 왜 이런 손해를 보면서까지 조공 무역을 하고, 또 속국을 유지하려 할까? 그것은 2백 년 동안의 경험에서 나온 소산이었다.

2백 년 전 통일 전쟁 이후, 아스트리아 제국은 이렇다 할 전쟁을 치른 적이 없다. 대국의 최고 요지를 차지하고 앉아 있기에 가장 국력이 부강하고 인구가 많다. 그러니 감히 아스트리아 제국을 침략하려는 나라가 없는 것이다. 그러나 아스트리아 제국도 여러 번 국운이 휘청거릴 정도의 위기 상황을 겪었다. 바로 내란 때문이었다.

사자를 죽이는 것은 외부의 적이 아니라 내부의 곪은 상처 때문이란 것을 증명하듯, 아스트리아 제국은 참혹한 내전을 몇 번이나 경험해야 했다. 같은 아스트리아 제국 소속의 기사와 병사들이 서로에게 검을 겨누는 끔찍한 일이 빈번하게 일어난 것이다.

대부분 황위 계승권에서 밀려난 황족과 강력한 군사력을 지닌 변경백들에 의해 일어난 반란이었고 그로 인해 아스트리아 제국은 엄청난 국력의 손실을 감수해야 했다.

변경백. 국경 부근에 영지를 가지고 있어서 필수적으로 강력한 군사력을 보유하고 있는 대영주를 일컫는 말이다. 외적의 침입을 막아내야 했기 때문에 중앙 정부의 지원까지 얻어 기사단과 정예병을 양성한다. 통상적으로 변경백들의 군사력은 중앙 귀족의 몇 배에 달한다. 바로 이 변경백들이 아스트리아 제국의 가장 큰 골칫거리였다.

자고로 힘을 가진 인간은 야망을 불태우기 마련이다. 강력한 군사력을 보유하게 된 변경백들은 황실에서 밀려난 찌꺼기 황족들과 손을 잡고 난을 일으켰다. 잊을 만하면 일어나는 반란으로 인해 아스트리아 제국은 골머리를 앓아야 했다.

그러나 변경백은 제국에게 필수불가결한 존재이다. 만에 하나 외침이 있을 경우 그걸 최일선에서 막아내는 것이 다름 아닌 변경백이였다. 중앙군이 집결하여 분쟁 지역에 도착하려면 상당한 시간이 필요하다. 그동안 변경백이 자체 병력으로 시간을 끌어주어야만 제국의 영토를 지킬 수 있다. 때문에 제국의 황실로서는 울며 겨자 먹기로 변경백들을 지원하면서도 다른 한편으로 대안을 모색할 수밖에 없었다.

오랜 고민 끝에 제국에서 생각해낸 해결책은 바로 속국 제도였다. 주변국을 정벌하여 속국으로 삼고 세금과 조공을 받아낸다. 그 대가로 속국이 침공을 당하면 대대적으로 병력을 파병해서 지원해주는 것이 속국 제도의 대략적인 구조이자 특징이다. 이렇게 하면 굳이 변경백이 강대한 군사력을 보유하게 내버려두지 않아도 된다. 속국으로 삼은 나라가 천연적인 방파제 역할을 해주기 때문이었다. 게다가 제국의 속국이 되면 주변 국가들은 쉽사리 그 나라를 침공할 수 없게 된다. 강력한 아스트리아 제국의 응징을 앞장서서 받고자 하는 나라는 어디에도 없었다.

아스트리아 제국이 채택하여 시범적으로 운용해 본 결과, 속국 제도는 더없이 확실한 효과를 보였다. 그것은 서로에게 이득이 되는 윈윈 게임이었다. 작은 왕국들은 아스트리아 제국의 속국이 되는 데 그리 반감을 가지지 않았다. 일단 자존심을 굽히고 굴복하기만 하면 제국은 속국에게 아무것도 원하지 않는다. 왕과 귀족들 모두가 속국이 되기 전과 마찬가지로 재산과 영지를 보존할 수 있는 것이다.

게다가 해마다 조공 무역을 통해 풍성한 하사품을 받을 수 있는 건 물론이거니와 아스트리아 제국의 속국이라는 견고한 울타리까지 생기는 것이다. 위기에 처할 경우 아스트리아 제국의 지원을 받을 수 있기 때문에 주변국들이 감히 침공하려 하지 않았다.

소문이 퍼지자 자발적으로 제국의 속국이 되고자 하는 왕국들도 속속 생겨났다. 제국에서는 일단 속국을 만들면 그 접경지에 위치한 변경백들의 군사력을 강제적으로 감축시켰다. 물론 반발하는 변경백도 있었지만 그렇지 않은 영주들이 더 많았다. 영지의 자원을 대량으로 소비해서 강력한 군사력을 유지하는 이유가 무엇인가? 일차적으로 주변국의 침공으로부터 영지를 지키려는 것이 그 이유였다. 그런데 속국이라는 방파제가 생겼으니 구태여 천문학적으로 돈을 잡아먹는 기사단과 군대를 유지하지 않아도 되는 것이다. 그 돈이면 영지민들을 배불리 먹일 수 있을뿐더러 영주도 한결 더 호화로운 생활을 할 수 있게 된다.

그렇게 해서 변경백들의 군사력은 속국 제도가 널리 시행됨과 동시에 급속히 줄어들어 갔다. 그리고 그것은 제국에 상당한 안정을 가지고 왔다.

속국이 동맹국 개념이라고는 하지만 원칙적으로 다른 나라이다. 때문에 권력 다툼에서 밀려난 황족들은 더 이상 반란을 일으키지 못하게 되어버렸다. 제아무리 찌꺼기 황족이라 하더라도 엄연히 황위 계승권을 가지고 있다. 그런 황족들이 변경백과 손을 잡을 경우 반란을 일으킬 수 있는 명분이 생긴다. 어디까지나 자국 내의 일로 치부되는 것이다.

하지만 속국과 손을 잡고 반란을 일으킬 경우, 즉각 반역으로 간주되어 중앙군의 응징을 받아야 한다. 다른 나라의 군대를 끌어들이는 것은 명백한 반역행위이다. 무엇보다도 제국의 눈치를 보는 속국이 황족들과 손을 잡을 리도 없었다.

속국 제도를 운용하고 난 뒤 제국의 사정은 급속도로 안정

되었다. 동부와 서북부에 집중되어 있던 속국을 점차 다른 지역으로 넓혀나가고 있었으니 말이다.

그러나 저항이 전혀 없진 않았다. 우선 북부의 얼음 왕국 레틴은 결사적으로 제국에 저항하는 나라 중 하나였다. 레틴 왕국 사람들은 차라리 부러질지언정 휘어지지 않는 성품을 지녔다. 때문에 그들은 제국의 제의를 일절 받아들이지 않고 철저하게 저항했다.

그들을 응징하기 위해 제국에서는 벌써 여러 번 정벌군을 보냈다. 하지만 레틴 왕국군은 추운 날씨와 얼음을 무기로 이 침략을 훌륭히 막아냈다.

그리고 남부 라할리아 사막 아래에 자리 잡은 레오폰 왕국 역시 아스트리아의 속국이 되는 것을 거부하는 나라 중 하나였다. 사막 부족의 드높은 자부심으로 인해 그들은 속국이 되길 권하는 제국 사신의 목을 베어 소금에다 절인 뒤 돌려보냈다. 분노한 제국 황제가 군대를 보냈음은 두말할 나위도 없었다. 그러나 두 번에 걸친 정벌은 준비 부족으로 인해 실패로 돌아가 버렸다. 두 번의 침공을 격퇴하고 나자 자신감이 생긴 레오폰 왕국은 도리어 역습을 해왔다. 사막 전사들을 라할리아 사막 너머로 보내 제국의 남부 영지를 교란시키기 시작한 것이다. 그러나 두 나라의 국력 차이는 실로 엄청나다. 레오폰 왕국으로서는 도저히 감당할 수 없는 인원과 물자를 동원할 수 있는 나라가 아스트리아 제국이다. 만약 잠자던 아스트리아가 깨어날 경우 레오폰 왕국은 그야말로 처절한 응징을 당하게 될 것이다.

견습기사 카일은 긴장으로 인해 몸이 굳어 있었다. 말로만 들었던 남부군의 발톱 기사단에 배속된 것이 마치 꿈만 같았다.

카일은 아스트리아 제국 북부에 위치한 밀란 자작가의 셋째 아들이었다. 위로 형이 둘이나 있었기에 그는 일찌감치 기사의 길을 선택했다. 귀족 가문의 직계 자손이라면 평민으로 시작하는 기사보다 월등히 탄탄한 길을 걸을 수 있다.

카일은 일찌감치 견습기사가 되어 검술을 배웠다. 아버지 밀란 자작을 섬기는 노기사들이 집중적으로 그에게 검술을 가르쳤다. 거금을 들여 수도에서 초빙해 온 검술 선생에게서도 검술을 익혔다. 그러니 다른 기사보다 성취가 월등히 빠른 것은 두말할 나위가 없었다.

그런 밀란 자작가에 어느 날 황제의 인장이 찍힌 징집령이 날아들었다. 일정수의 기사와 병사를 남부군으로 보내라는 명령이었다. 밀란 자작은 머뭇거림 없이 카일을 남부군으로 보내기로 결정했다.

"이것은 가문의 명예를 드높일 절호의 기회이다. 이번 기회에 네가 갈고닦은 검술을 펼쳐서 공을 세워라. 그리하여 밀란 자작가의 이름을 드높이도록 하라."

"알겠습니다. 아버님."

카일은 가문에서 차출된 병력과 함께 남부로 이동했다. 밀란 자작은 카일이 공을 세우게 하기 위해 많은 공을 들였다. 맺어놓은 인맥을 통해 재물을 아낌없이 뿌렸다. 카일이 명성이 자자한 남부군의 발톱 기사단에 배속되도록 손을 쓴 것이다.

자작가의 재정에 무리가 갈 정도로 돈을 쓴 끝에 밀란 자작은 카일을 발톱 기사단에서도 상위급 전대인 와이번 전대에 집어넣을 수 있었다. 객관적으로 보자면 카일의 실력으로는 들어가기 힘든 곳이지만 인맥과 뇌물을 총동원한 끝에 뜻을 이룬 것이다. 그런 만큼 카일은 기대에 잔뜩 부풀어 있었다.

"자네 이름이 카일인가? 밀란 자작가의 직계 자손이라고?"

"넷. 그렇습니다."

군기가 바짝 들어 얼어 있는 카일을 본 중년 기사가 피식 미소를 지었다.

"어쨌거나 와이번 전대에 온 것을 환영하네. 시내로 나가도록 하지. 선배들이 환영식을 열어주겠네."

"감사합니다. 술값은 제가 내도록 하겠습니다."

선배들에게 잘 보여야 한다는 생각에 카일이 자청하고 나섰다. 그 말에 선배 기사들이 묘하게 미소 지었다.

"상당히 예절바른 후배로군."

"뭐, 그래 준다면 우리야 고맙지."

카일은 세 명의 선배 기사와 함께 시내의 선술집으로 이동
했다. 술값을 대신 지불한다는 말에 호감을 가졌는지 선배들
은 여러 가지 주의사항을 알려주었다.

"남부 전선에서는 판금갑옷을 입지 못하네. 그러니 사슬갑
옷을 준비하도록 하게."

"알겠습니다."

카일이 술을 산다는 말에 선배들은 상당히 술값이 비싼 곳
으로 그를 안내했다. 물론 시킨 술은 비싸기 때문에 평소에 잘
시키지 않는 종류의 것이었다. 둥근 테이블에 둘러앉은 기사
들은 두런두런 담소를 나누며 술을 마셨다.

"아직까지 견습기사 신분이라고 들었네. 아버지가 영주인
데 왜 서임을 받지 않았나?"

영지를 가진 자작이라면 충분히 아들을 기사로 임명할 수
있다. 그럼에도 불구하고 카일은 서임을 받지 않은 채였던 것
이다. 물론 기사들은 그 이유를 어느 정도 짐작하고 있었다.

'자작의 서임은 그리 인정받지 못하지. 아무래도 공을 세워
백작 이상의 고급 귀족에게 서임 받으려는 모양이야.'

물론 카일의 속마음도 그랬다. 하지만 그것을 이 자리에서
솔직하게 털어놓을 순 없었다.

"아직까지 제 실력이 모자랍니다. 더 실력을 키워 떳떳하게
서임받을 생각입니다."

"좋은 마음가짐이야."

한참 대화를 나누는데 때마침 일단의 무리들이 선술집에 들어섰다. 와자지껄한 분위기가 막 굴러먹던 용병들인 것 같았다. 바로 옆 테이블에 앉은 무리들이 본격적으로 떠들기 시작했다.

"마침내 결단을 내렸군?"

"암, 그래야지. 그래야 하고말고. 주인장. 여기 술을 주시오. 질 좋은 위스키를 통째로 말이오."

사내들은 마치 술집이 제 것인 양 와자지껄 떠들기 시작했다. 그 모습에 카일이 눈살을 찌푸렸다.

'저런 무례한 놈들.'

겉으로 보기에는 도저히 기사로 보이지 않았다. 여기저기 구겨진 거무튀튀한 제복은 정말 멋대가리가 없었다. 잘 다려진 제복을 걸친 자신들과 정말 대비되는 모습이었다. 그들이 계속해서 떠들자 카일의 인내심이 마침내 한계를 넘어섰다.

카일은 자작 가문의 셋째 아들이다. 영주의 직계 가족은 영지 내에서 왕이나 다름없는 위치에 놓여 있다. 카일을 대하는 영지민들은 무슨 꼬투리나 잡히지 않을까, 살살 눈치만 보는 것이 습관이 되어 있다. 그것은 영지의 기사들 역시 마찬가지였다. 불가피한 일이 아니면 항상 양보를 해주기 때문에 카일은 모든 것을 마음먹은 대로 처리하는 게 습관이 되어 있었다.

그런데 웬일인지 와이번 전대의 선배들이 가만히 있었다. 시끄러운 무리들 쪽으로는 고개도 돌리지 않는 선배들의 모습에 카일은 자신이 나서야겠다고 생각했다. 제복이 후줄근한 것을 보니 별로 신경 쓰지 않아도 될 작자들 같았다.

콰당.

의자를 박차고 일어난 카일이 버럭 고함을 질렀다.

"이것 봐. 이 술집 너희들이 세를 내었나? 왜 이렇게 시끄러워."

그 말에 사내들이 대화를 멈추고 카일을 쳐다보았다.

"조용히 하지 않으면 단단히 혼날 줄 알아. 선배님들을 대접하고 있는데 어디서 같잖은 것들이……."

카일은 더 이상 말을 이어나가지 못했다. 갑자기 숨이 콱 틀어 막혔기 때문이었다. 잠시 후 카일의 다리가 후들후들 떨리기 시작했다. 사내들의 눈에서 잘 정제된 살기가 쏟아져 나왔기 때문이었다.

"으흑."

신음을 흘린 카일이 털썩 그 자리에 주저앉았다. 그럼에도 불구하고 카일을 향해 집중되는 살기는 한결 더 농밀해졌다. 그것은 결코 평범한 살기가 아니었다. 헤아릴 수 없는 실전으로 혹독하게 단련된 기사에게서나 볼 수 있을 법한 살기였다. 카일의 얼굴이 파랗다 못해 하얗게 질려갔다.

"으으으."

그가 도와달라는 눈빛으로 선배 기사들을 쳐다보았다. 그러나 선배 기사들은 약속이라도 한 듯 그의 시선을 외면했다. 마치 카일을 전혀 모르는 사람들처럼 테이블에 고개를 푹 처박고 있는 것이다. 살기를 이기지 못해 부들부들 떨고 있는 카일의 귓전으로 차가운 음성이 파고들었다.

"같잖은 것들이라고 했나?"

"……."

"자부심이 대단하군. 소속이 어디지?"

소속을 묻는 말에 카일이 발작적으로 고함을 질렀다. 와이번 전대의 이름을 빌어 호가호위하려는 것이다.

"나, 나는 와이번 전대 소속이다. 와이번 전대는……."

살짝 격양된 듯한 음성이 카일의 말을 끊었다.

"그런가? 그렇다면 와이번 전대의 대원이 사적인 자리에서 우리를 공개적으로 모욕했다는 말이 되는군. 까마귀 전대를 말이야."

카일의 눈이 경악으로 물들었다. 그렇다면 저들이 남부군 전체에서도 소문이 자자한 까마귀 전대란 말인가? 믿을 수가 없었기에 카일이 고개를 절레절레 흔들었다.

"마, 말도 안 돼."

까마귀 전대, 원래는 극히 위험한 임무만을 도맡는 보조 전대로 시작했다. 워낙 인원 손실률이 높아 기사들이 극히 기피하는 전대로 배경이나 연줄이 없는 자들만이 배속되었다.

그러나 어느 순간 까마귀 전대에 대한 평가가 바뀌기 시작했다. 지극히 위험한 임무를 수행하면서도 전사자가 한 명도 나오지 않게 된 것이다.

　중요한 작전 몇 개를 연달아 성공시킨 포상으로 정식 전대로 승격한 이후, 까마귀 전대는 지금껏 무수한 전장에 투입되어 다른 전대에 비해 몇 배나 많이 임무를 수행했다. 매 임무마다 까마귀 전대는 단 한 명의 전사자도 없이 작전을 성공리에 수행했다. 그리고 몇 년의 세월이 지난 지금은 완전히 발톱 기사단의 전설이 되어버렸다.

　현재 까마귀 전대원의 전투력은 단연 발톱 기사단 중에서 최고로 평가받고 있다. 1년 전쯤에 벌어진 전대 간의 결투에서 자신들의 실력을 확실하게 입증한 것이다.

　당시 발톱 기사단의 최상위 전대인 드래곤 전대원들과 까마귀 전대원들 사이에 우연히 시비가 벌어졌다. 지금껏 최고로 인정받던 드래곤 전대원들이 급속도로 치고 올라오는 까마귀 전대를 곱게 볼 리가 없었다. 처음엔 단순한 자존심 싸움이었지만 상황은 일파만파로 퍼져 나갔다.

　급기야 두 전대는 결투를 통해 시시비비를 가리기로 결정했다. 얼마나 사안이 컸는지 발톱 기사단의 단장인 그레고리 자작이 직접 공증을 섰다.

　이례적으로 두 전대의 전대장들은 결투에서 제외되었다. 까마귀 전대장이 비정상적으로 강하다는 사실을 안 드래곤 전대에서 수를 쓴 것이다. 그리하여 두 전대는 각각 대원 열 명씩을 뽑아 단승식으로 결투를 벌여 승차가 많은 쪽이 이기는 걸로 가닥을 잡았다.

그 결투에서 드러난 결과에 발톱 기사단 전체가 발칵 뒤집혔다. 놀랍게도 까마귀 전대가 열 번의 싸움에서 모조리 이긴 것이다. 곱게 수련한 드래곤 전대의 기사들은 실전에서 철저히 단련된 까마귀 전대원의 적수가 되지 못했다. 무엇보다도 주목을 받은 것은 부전대장인 레인의 비약적인 무위 증진이었다.

레인은 검술이 그리 뛰어나지 못하다는 평가를 받던 견습기사였다. 남부군에 부임할 당시 그의 평가서에는 검술에 대한 평가가 최하 등급으로 매겨져 있었다. 때문에 사람들은 레인이 그저 잘 돌아가는 머리를 인정받아 부전대장이 되었을 것이라 추측했다. 그랬던 레인 부전대장이 그야말로 압도적인 실력을 발휘하며 드래곤 전대의 결투 상대자를 완전히 박살내버린 것이다.

결국 드래곤 전대는 모든 사람들이 지켜보는 앞에서 까마귀 전대원들에게 패배를 승복하고 무례를 사과해야 했다. 두 전대의 우열이 우연찮은 기회에 가려진 것이다.

그렇게 끊임없이 파란을 불러일으키는 존재들만 모여 있는 곳이 다름 아닌 까마귀 전대였다. 그리고 그 사실은 카일 역시 잘 알고 있었다.

카일은 원래 소문이 자자한 까마귀 전대에 들어가고 싶은 마음이 굴뚝같았다. 그것은 카일 뿐만 아니라 남부군에 배치된 모든 견습기사들의 한결같은 염원이었다. 하지만 전사자가 단 한 명도 나오지 않기 때문에 까마귀 전대는 지금껏 일체 인원 충원을 하지 않았다.

그런 상황에서 카일이 그만 까마귀 전대에 시비를 걸고 만 것이다. 그는 눈앞이 깜깜해지는 것을 느꼈다.

'내가 미쳤지. 어쩌자고.'

만약 저들이 까마귀 전대원이란 사실을 알았다면 결코 시비를 걸지 않았을 것이다. 더 이상 상황을 악화시킬 수 없다고 생각한 카일이 즉시 고개를 숙여 사과를 했다.

"죄, 죄송합니다. 제가 실언을 했습니다. 용서해 주십시오."

그러자 자신을 향해 집중되던 살기가 다소 누그러졌다. 그러나 까마귀 전대원들은 이번 일을 곱게 넘길 기미가 아닌 듯했다.

"와이번 전대에 가서 정식으로 따지도록 하겠다. 우리 까마귀 전대원을 모욕했다고 말이다. 같잖은 것들이라고?"

카일의 이마에서 식은땀이 주르르 흘러내렸다. 이미 와이번 전대보다 상위로 평가받는 드래곤 전대가 까마귀 전대에게 박살이 났다. 만약 상황이 악화되어 결투라도 벌어진다면 와이번 전대의 패배는 불 보듯 뻔했고, 이후 자신은 영원히 대원들 앞에서 허리를 펴지 못할 것이다. 그때 다행히 구원자가 나타났다.

"그만들 해. 우릴 몰라보고 그런 것인데 감정적으로 대응할

필요는 없어. 어쨌거나 우리가 정도 이상으로 시끄럽게 떠든
것은 사실이니까 말이야."

카일이 고개를 돌려 입을 연 자를 쳐다보았다. 매우 곱상하
게 생긴 평범한 체구의 청년이었는데 자신과 비슷한 연배로
보였다. 이목구비가 뚜렷하고 피부가 매우 희고 매끄러워 여
장을 해도 어울릴 것 같았다.

'저자도 까마귀 전대원인가? 도저히 그렇게 보이지 않는데
말이야. 어쨌거나 말이라도 고맙군.'

그러나 이어지는 말에 카일의 눈이 경악으로 물들었다.

"너무 너그러우십니다. 전대장님."

"대장님. 우리가 같잖다는 소리를 듣고도 참아야 합니까?"

청년이 빙그레 미소를 지었다.

"우릴 몰라보고 한 소린데 어쩌겠나? 너그럽게 넘기도록 하
지. 내일 임무를 수행해야 하니 더 이상 소란 일으키지 말도
록. 그럼 난 이만 들어가 보겠다. 적당히 먹고 복귀하도록 해
라."

그가 몸을 일으키다 카일을 쳐다보았다.

"보아하니 와이번 전대의 신입인가 본데 가급적 입조심을
하는 게 좋을 거야. 끊임없이 전투가 벌어지기 때문에 남부 전
선의 기사들은 매우 거칠어. 알겠나?"

카일은 대답하지 못했다. 경악으로 인해 입가에서 침이 줄
줄 흘러내렸다. 발톱 기사단에 끊임없이 파란을 불러일으키는

까마귀 전대의 전대장이 설마 자신과 비슷한 또래의 젊은 기사일 줄은 꿈에도 알지 못했다. 귓전으로 까마귀 전대원들의 으름장이 파고들었지만 그것조차 들리지 않았다.

"애송이. 운 좋은 줄 알아라. 이번 한 번은 봐주겠다."

"다음에 걸리면 가만두지 않을 것이다."

각자 한 마디씩 위협적인 말을 뱉고 더는 신경 쓰지 않겠다는 투로 다시 고개를 돌리는 까마귀 전대원들이었다. 와이번 전대의 선배 기사들이 조심스럽게 다가와 넋을 잃고 있는 카일을 부축했다.

"이만 돌아가도록 하지."

선배들의 손에 이끌려 선술집 밖으로 나온 카일이 떠듬떠듬 입을 열었다.

"조, 조금 전 나간 사람이 까마귀 전대의 전대장이 맞습니까?"

"그렇다. 미리 말했어야 했는데 깜빡 잊었다. 앞으로는 말을 조심하도록 해."

카일이 기세 좋게 고함을 질렀을 때 그들은 속이 철렁했다. 이 하룻강아지가 어쩌자고 사자의 수염을 잡아당기나 싶었다. 하지만 모든 것은 무지가 불러일으킨 만용이었다. 카일이 간신히 말을 이어나갔다. 조금 전의 일들이 여전히 믿기지 않는 눈치였다.

"드래곤 전대장이 결투를 기피할 정도로 강하다고 알려진 까마귀 전대장이 저토록 젊다니 믿어지지가 않군요.”

“하지만 사실이다. 까마귀 전대장 리셀은 발톱 기사단 전체에서 제일 강할지도 모른다는 평가를 받고 있지. 이만 막사로 돌아가 쉬도록 하자.”

“네, 선배님.”

카일은 아직까지 충격이 가시지 않은 눈빛으로 까마귀 전대장이 사라진 방향을 힐끔힐끔 쳐다보았다.

『블레이드 헌터』 5권에서 계속

B.J
백묘
판타지
장편소설
FANTASY STORY & ADVENTURE
비제이
대상인의 동전에는 재물의 행운이,
농부의 쌀에는 풍농의 기운이 서려 있다!
백묘 판타지 장편소설 『비제이(B.J)』
리텐 제국의 신비로운 보물 트레저!
트레저의 봉인이 풀리는 순간, 세상은 혼란에 빠진다!
dream
books
드림북스

『아독』, 『백발검신』의 작가!
이광섭 판타지 장편소설

전장의 신이 되어라!

『아이더』

천방지축 아이더의 대책 없는 영웅 서사시

dream books
드림북스